陳映真全集

9

1987

人間

目次

關於台灣文學的一島論

讀松永正義〈八〇年代的台灣文學〉書後

日本年輕的台灣近現代史研究者松永正義（Matsunaga, Seighi, 1949-）的論文：〈台灣文學的歷史與個性〉（一九八四年四月），引起此間關心台灣文學的人們的注意。在這篇論文中，松永正義以這樣的論證，主張台灣文學為中國文學的一個組織部分：

松永正義指出，從日清戰敗，台灣割讓給日本，以至於戰後的現在，台灣與中國本部割離的九十年間，形成和展開了台灣的近現代文學，從而賦予台灣文學以明顯的特性與問題性。在另一方面，台灣文學雖然承續中國三千年文學的傳統，是經由漢人以漢語寫成的文學，但在理論上，卻不能單單據之而謂台灣文學為中國文學的一部分。因為馬來西亞和新加坡華人系作家所寫的文學，雖由華人以漢語寫成，卻不能說這文學是中國文學，而應稱為馬來文學和新加坡文學中的（華語）文學。這正如同以英語寫成的加拿大、澳洲和美國文學，並不是英國文學一樣。松永正義在此進一步認為，台灣文學等是不是中國文學的問題，還有一個民族認同

(identity)的問題。松永正義接著指出:「因此,像台灣獨立運動者所主張,謂台灣人已經形成了相異於中國人的民族社會,所以台灣文學和中國文學,是個別不同的文學。這樣的思考,在邏輯上,是可能的。」但是,松永正義從以下的思考認為,台灣文學與中國大陸的文學之間,不單只是有著文學傳統上和語言上的共同性,而有進一步的共同「基礎」。松永正義說道:

這個基礎是:台灣社會與大陸社會之間,有著大陸社會和其他地方的華僑社會間迥然不同的關係,而在相當程度上存在著這兩個社會形成一個統一的社會之指向性和可能性。如果沒有這種可能性,台灣文學多少會變成和中國文學殊異的文學,亦未可知。因此,至少以迄今為止的歷史看來,台灣向著未來的奮鬥,是作為中國這整個社會為了變革而做的奮鬥的一個部分,從而具有與(中國)大陸的努力相共的基礎,共同面對相同的課題。台灣文學和(中國)大陸文學,看來似乎便在各個地區中,個別地共享著為中國社會的變革所做的奮鬥和對於未來的探索。如果我們可以說台灣文學是中國文學的一部分,那並不是因為出於被某種政治要求所奪目的教條,而是出於指向中國全體社會的、上述(台灣與大陸)共享的奮鬥與探索而云然的。這便恰恰如同說大陸(各地)文學是中國文學的一部分,有同樣的意義……

一

一九八四年七月，松永正義又發表了〈八〇年代的台灣文學〉，文章一開頭，概括了他數月前發表的上述〈台灣文學的歷史與個性〉有關從台灣文學中看出了解決存在於台灣內部的、所謂「中國與台灣重疊的民族主義問題」的可能性。松永正義以為，一九七七到七八年的台灣鄉土文學論戰所顯示的、指向「台灣的現實」的民族主義的提起，有明確的、新的性質。在這一點上，鄉土文學論戰，有劃時代的意義。松永正義這樣說道：

論戰中所顯示的民族主義的指向，已經既非向來的、與「中國」割斷的台灣民族主義，亦非把台灣視為相對於中原為邊陲而加以蔑視的中華主義，而是在根植於台灣的現實之時，面向中國的未來，具有優異而生動活潑的構造的東西。台灣與中國的重疊的民族主義這個問題，雖是台灣文學中存在的、關係到根本的大問題，但似乎在此顯見了導向此一問題之解決的一個可能性……王拓的〈〈是現實主義文學，不是鄉土文學〉〉評論，便是表現這一論爭的成果的一個典型……

但是，在台灣鄉土文學論戰的五年之後，松永正義做了三點新的補充意見，引起我們的興味。

緊接著鄉土文學論戰的七九年，發生了高雄事件。文學家王拓和楊青矗失去了自由。松永正義以為，鄉土文學論戰重要的旗手之一作家的參加政治，從而投獄，「象徵著含涵在鄉土文學論戰的一個方向被壓抑而沉默」。這是松永正義的第一個補充。

事實上，台灣鄉土文學論戰，與七八年以後，隨中美國交的遽斷而升高的黨外民主化運動，據我個人的體會，並沒有實際的理論的關聯。王、楊的投入民主運動，就他們個人而言，是從「以文學淑世」而向著「從政而淑世」的飛躍。這在他們當時的競選言論中，歷歷可考。所以七九年事件的結果，如果找不到鄉土文學論戰與民主運動的關聯，恐怕就難於說它「象徵著含涵在鄉土文學論戰的一個方向的被壓抑而沉默」吧。

然而，松永正義所沒有計及(日語：「勘定」)的，是七九年事件，對所謂「中國與台灣的重疊的民族主義」的龜裂，所起的出人意表的、強烈的作用。手邊的資料，就有一個旅居美國，不可不謂好思而有文采的青年，與省內一個極具小說創作才能的青年的述懷(《台灣文藝》第九八、九九期)，可以作為佐證。具體說來，政治上和思想上一般地比較貧乏的台灣文學，直到一九七九年之前，和整個台灣中產階級的民主運動，遑論與更「激進」的分離論，是不曾相應的。

台灣文學的一島論，其實鮮明地是一九七九年以後發展起來的。對於「台灣」、「台灣文學」和「台灣人」的凝視和討論甚至爭論，以及「台灣文學即台灣人意識的文學」論，和所謂「政治文學」與「人權文學」等等的提起，其實全是七九年之後的存在。七九年事件的影響，其實反而不是「抑壓」和「沉默」了。

然而，看來七九年的事件，對雙方都起著重要的經驗上的作用。這年以後，政治性的逮捕迅速減少到近乎沒有的地步，而黨外運動也在事件的創傷中超人意表地、迅速地重編和發展。到了一九八六年，政府將解除戒嚴和黨禁鮮明地列入國政的行事曆上，而民進黨也早已實質上地宣告成立，在台灣戰後史的舞台上，令人驚詫地登場。在一連串於一年前絕對無從想像、令人目不暇給的變化中，原本體制外的黨外，在幾乎準備不足的情況下，一夜之間被整編到由執政當局、民進黨和美國所形成的、新的三邊體制，成為維持台灣政治和外交上基本現狀，為松永正義所說以美國國內法(《台灣關係法》)為依據的「中美關係」之「不安定」的性格，補足了某種程度的「安定」性。對於懂得從「日本的侵略與戰後的冷戰結構」去理解中國大陸與台灣的「分斷」的松永正義和其他好學深思的研究者而言，上述新的三邊體制的形成，今後將對「中國與台灣的重疊的民族主義問題」之發展發生什麼樣的影響，恐怕是一個極富啟發意義的分析和研究課題吧。

二

松永正義的第二點補充，是說從文革的失敗、「四人幫」的崩潰、一直到鄧體制的「四個現代化」和「中國革命的變質」的整個過程，形成一種對中國未來的展望之喪失，從而導致「統一的中國」這個影像的「風化」。松永正義說，「實際上，從歷史上看來，『中國』影像的混亂，導致在重疊的民族主義中，『台灣』的比重增加了。」而在台灣鄉土文學論戰中發現的、新性質的民族主義，至此受到再質問。

所稱文革浩劫、中共「革命的變質」云云，事實上有全球性的影響。以日本而論，中共的失敗，加上日本經濟的持續高成長，導致今日日本右翼文化和意識形態的極度膨脹，和左翼（尤其是「毛派」）知識分子的衰退所形成的、日本強大的「右迴旋」運動。但就與「中國和台灣的重疊的民族主義」中，「台灣」民族主義比重的增加的關聯而言，松永正義所言，不能說絕無其事，因為至少應有個別的真實性。但如果台灣文學的一島主義和一九七九年的事件有直接而明顯的關聯，其實與松永正義所說「戰後的冷戰構造」有著更為貼切的關係。一整個台灣新生代對中國的冷漠與異國化，甚至少數人對中國事物的輕蔑與仇恨，其實是松永正義所稱「日本的侵略與戰後的冷戰構造」這個史的矛盾所不斷地生產與再生產的結果。作為日本的前殖民地台灣，不但是二次大戰東亞地區日本帝國主義所加害地區唯一近乎沒有對日批判的地方，也是全世界唯一缺少對帝國主義批判的發展中地區。這種冷戰心智的延長，不但與曾經傲慢地以「台灣的安全與日本安全有關」為言的日本戰後保守體制有關，恐怕也是在七九年事件之後，台灣文學和民主運動的某一部分，向著一島論迅速展開的重要潛因吧……

三

松永正義的第三個補充點，是說當前台灣民主運動主張「尊重一千八百萬人民的意志」的「自決」論，並以之反對目前中共所提的「統一」論。他進一步認為，目前台灣黨外的民主和自決運動，「並不必然否定台灣與大陸間在民族上和文化上的同一性」。對於當前台灣的政治選擇，則先以「民主化的、合於台灣具體現實的（日語：「等身大」）政府」為目標，從而與向來的台灣獨立論有明顯的差別。但是，無論如何，台灣民主化運動，和圍繞著怎麼也無從擺脫的中國統一問題之間的各種對立，似乎在迫使人們於運動的開展中進一步反省和探索著。而這反省和探索，直接與「台灣是什麼？台灣人又是什麼？」這樣一個激越的疑問相連結，從而在鄉土文學論戰的基礎上，重新去思考論戰的內容……

老實說，對於目前台灣民主運動中的「自決」論之具體內容，我還缺少具體的調查研究。而且在客觀上，我也不便在此細論台灣民主運動和「傳統的台灣獨立論」之間的異同。但從松永正義的這一補充點引起我的興趣的，是韓國民主運動和他們的祖國統一運動的一致性。同樣處於分裂國家的歷史境遇，同樣處在「戰後全球性冷戰構造」的前衛，同樣在政治、經濟、文化和軍事上受到日本和美國的強大影響的韓國，為什麼似乎沒有「南韓與北韓的重疊民族主義」問題，沒有喪失統一的韓國這個悲壯的展望，也沒有「民主化運動與圍繞在祖國統一」上的諸問題間的對立」，從而被迫去詰問「南韓、南韓人是什麼？」的「激越的問題」？為什麼南韓的民主化運動，並不存在著以「南韓民族論為理論基幹的」，把韓國執政黨與民眾間的爭執，看成「北韓人對南韓人的民族矛盾」，以樹立「依賴美日的反共政權」為目標的「南韓獨立論」？進一步看，南韓文學據說也優秀地存在著相對於模仿（西方）的、唯美文學的，民族主義的、現實主義的文學。而且在近年來，南韓的史學界和文學界，集中而嚴肅地重新凝視著二次戰後南韓的各種歷史問題，對於松永正義所說「日本侵略與戰後的冷戰構造」所衍生的韓國歷史、知識、思想和文學的諸問題，進行認真嚴肅的再思考。

比較地看來，台灣在近兩年間，因七九年事件以後逐漸發展起來的、台灣文學和文化上的一島論，正逐步發展著某種反對和批評中國文化，從而「建設」台灣獨自的文化和文學的趨向。

以中國為政治、文化和文學的敵人，在極端處甚至形成對中國事物的輕蔑與仇視。這當然是所謂「中國與台灣重疊的民族主義」中，「台灣」一端的偏重化，但也恰好顯示了在「戰後的冷戰構造」這個泥土中培育出來的，台灣政治、文學和文化的一島論，如何罕見地表現了時代錯置的冷戰心智，而與這兩年來韓國民主、文化和文學運動的發展，大異其趣。

看來，台灣和韓國之間廣泛的對比研究，正向著好學深思、認真懇篤的松永正義和一切深刻思索著台灣文學諸問題的人們，提出很有意義的挑戰……。

初刊一九八七年三月七日《中國時報・人間副刊》第八版
收入一九八七年六月人間出版社《人間文叢1・趙南棟及陳映真短文選》，
一九八八年四月人間出版社《陳映真作品集8・鳶山》

「台灣」分離主義

「知識分子的盲點」[1]

一心一意要按照殖民者的形象改造自己

在台灣近五十年的歷史上，有兩個歷史時期，在台灣的一小部分中國人，以做中國人為恥。頭一個時期，是日本發動侵華戰爭時，日本人在台灣瘋狂地推行戰爭協力的「皇民化」運動，有一小撮台灣人，深恨自己不是日本人，以體內所流動的中國血液為污濁、為卑下，一心要使自己成為皇國日本的國民。在文學上，以小說〈道〉為它的典型。當時有一批台灣人以改姓名、說日語、穿日本衣飾、吃日本式菜飯為高尚，一心想擺脫「本島人」的羞恥印記。

在漫長的舊殖民地時代，在廣泛的西方殖民地，都產生過這樣的人種。他們都以自己亞洲、非洲、拉丁美洲的母文化、語言和種族為羞恥，一心一意要按照殖民者的形象改造自己。

日政下台灣「皇民化」運動中的部分台灣人，以中國的文化、語言、血液為落後、羞恥，一

一九八七年三月

心嚮往日本殖民者的文明與開化。在日本法西斯主義的煽惑下，一小部分台灣人反對「支那」、「清國奴」，鄙視和蔑視中國的人、文化和事物。

他們以日本人或美國白人中心的觀點來仇視、鄙視自己的民族

二十年後的五〇年代，先是在日本，後是在六〇年代末的北美，繼之則在八〇年代的台灣，產生了另外一批反共、反中國的台灣人。他們也一樣以中國的文化、語言和血液為醜惡、為落後、為恥辱。

在殖民地台灣，少數台灣人的「皇民」思想，是在日本資本帝國主義向中國擴張，遇著中國人民全面抗戰致使戰爭陷於泥沼，乃急欲以速戰打開東南亞和太平洋的出路這個背景下的產物。五〇年代以降的台灣分離運動，也是戰後二體制對峙下，世界資本主義體系在新殖民主義全球戰略下的一個產物。兩個歷史時代中少數台灣人的反華、蔑華思想，一樣都傾慕日本或美國，及美、日兩國的「文明」、「進步」與「開化」，對自己的民族，卻以日本人或美國白人中心的觀點，加以仇視和鄙視。在台灣五十年歷史上，少數台灣人的反華和蔑華運動，有這共同的特點：(一)是新舊殖民地結構下的意識形態；(二)反共；(三)反華；(四)鄙視一切中國的事物。

林林總總的暴論和奇譚怪說

幾十年來，這樣的思潮，在台灣島內外，形成了林林總總的暴論和奇譚怪說。最近，台灣一切支持台灣民主運動人士所寄予厚望的民進黨，在機關報上刊載了一位長住美國的畫評家寫的有關「二二八」的文章，正是這種暴論和奇譚怪說的一例。

這篇文章說，如果日本人繼續占領台灣，一九四七年的二二八事件就不會發生；如果來光復台灣的祖國是個好祖國，也不會有「二二八」。結論是：一切都是光復惹的禍，台灣其實如果沒有一個祖國，如果到現在還在日本統治下，要比現在強多了。

日本人繼續占領台灣，意味著日本太平洋戰爭的勝利，意味著日德義軸心法西斯蒂對全世界的支配。這當然是一切法西斯．反共．納粹們的夢想。該文作者不惜以寄望世界的納粹．法西斯化來實踐對中國和「亞洲大陸」的仇恨與輕蔑，這樣的台灣分離主義者在知性和文化上的貧困，已經不是一般的知識可以理解了。

反反覆覆批評台灣歷史上對中國的歸向與「依賴」

這篇文章，反反覆覆批評台灣歷史上對中國不能忍的文化、感情和政治上的歸向與「依賴」。該文批評林獻堂擺脫不掉中國情結，批評台灣初初割讓後台灣士紳地主階級的「台灣民主國」「遙奉聖清」，割不掉中國尾巴，所以失敗，卻沒有說明光復之初完全割掉中國尾巴，「遙奉大日本帝國」的辜振甫們的「台灣獨立運動」何以也失敗？文章痛詆光復之初台灣知識分子熱情提倡祖國文化；甚至於台灣《笠》詩刊某位「跨越(日、中)語言」的前輩，也遭到粗暴的攻訐，說他們由日文改習中文寫作，「無異從近代社會又跨回到封建的舊社會去」，說「跨越語文的愚行」是「第一號罪首」，背叛了光復當初的廣大讀者，造成「文學良知的破產和文學人格的犧牲」。該文把張文環、龍瑛宗、楊逵和巫永福全列為「皇民文學家」，並且稱讚這些「皇民文學」「作品的思想與技巧都是純熟的」，改以漢文寫作，則「終其生」無甚成就！

其實是「依賴」美日帝國主義的經濟、政治和文化

像這樣的暴論，完全沒有政治經濟學、台灣史、台灣文學史的最粗淺的語言和知識，根本沒有辦法做知識上的討論。這類的暴論超乎一切知識的貧困與混亂之上，唯有以下的觀點和執意是異常明顯的：「依賴」美、日帝國主義的經濟、政治和文化而不與之「對立」、不加以批

判，對中國抱持著五〇年代世界冷戰心智造成的仇恨、鄙視和反對。

在戰後冷戰結構中二體制對立的世界現代史總的矛盾上，重新對日本、南韓、台灣、菲律賓……的「戰後」與「光復」，做出全面的結算，從而對新近在美國、國府和民進黨組成的三邊構造的展開，去分析和批判不同形式的台灣分離運動，應是今後台灣前進的知識分子富於挑戰的新的課題了。

初刊一九八七年三月《遠望》創刊號
另載二〇一七年一月《遠望》第三卷第一期、總三四〇期
收入一九八八年五月人間出版社《陳映真作品集13・美國統治下的台灣》

1 本篇為「民進黨與台灣前途」專題文章。

神學討論顯露光采 1

這篇小說的作者在小說之前列出清單明揭題旨與人物的代表性，這種做法實在不利於作者，甚至引發反感。

由這篇小說的前言提要讓我反省到台灣小說目前最大的困境，就是剛才葉老所說的，哲學的不在，這可能也是台灣整個文化或藝術最大的問題。文學工作者欠缺思想內容，又自命擁有一套思想，卻無法檢證，或加以理解。

譬如，作者說明他的企圖是要表現愛、宗教、善與惡、欲望和嘗試，在文法上，這些都是主詞，沒有賓詞，愛的什麼？宗教的什麼？或者善與惡的掙扎、混亂……，由此顯現作者思想本身的空泛，他以為有很深刻的事情要表達，但是思想的本質並不存在。雖然思想本身並不等同於文學或藝術，而作者自覺的意圖是十分必要的。

明白了為什麼寫，還要懂得怎麼寫。小說人物在他寫來，悲劇不像悲劇，喜劇不像喜劇，因為悲劇人物除了限制於悲劇原點的宿命之外，還必須有個陪襯，僅執著於某些遺傳個性或遺傳因子，是不夠的。悲劇人物要有高於常人的個性，如伊底帕斯對崇高的人性尊嚴的堅持；喜劇人物要有低於常人的個性，如卓別林連走路都會跌倒；但是，他的人物卻什麼都不是。因此，觀察他自覺意圖的表現情況，焦點（focus）的喪失、思想的不確定是最大的遺憾。

他自覺的意圖由於題目龐大籠統而砸了自己的腳，反倒是某些關於宗教與人物的討論與呈現，不自覺中顯露出光采。宗教討論的部分，我與李喬兄的看法不太一樣，由於少年時期我曾在教會生活過，較長也十分關心比較激進的宗教理論，因為有這層接觸，小說中神父的話頗讓我吃驚，譬如，他批評台灣的宗教界不重視知識和思想，他似乎瞭解到真正的宗教信仰裡，知識和思想並不能使人得到救贖，但是，現代的宗教信仰卻不能沒有知識和思想，在台灣宗教界存在最大的缺陷就是，看輕知識與思想。

在討論宗教的描述中，最令我動容的是第六七頁到六八頁的那段講詞，已達解放神學的水平，在台灣很少有牧師能夠講得這麼好，只是後來極惡意的表現，證明他說的不過是假話，這樣的傳道人實在少見。

在世界文學中，常常可以看到墮落的傳教人在腐敗裡得到救贖，例如葛林或遠藤周作筆下的天主教徒，處在非常複雜的心境下踩著基督的身體或十字架，只為了得救，而〈廣澤地〉的作者卻將這種救贖簡單化了，講道騙人，存心遺棄女人，李神父只是一個簡單的壞人。這種虛偽幾乎顛覆了前面提到的優點。

其他如對老金的描寫，基本上，我同意青矗兄的看法，我認為他對老金那種愚忠的嘲諷，表現得太露骨，露骨就顯得平常，而減輕了他的感動力。另外值得一提的是他對山地問題的關心，儘管他對山地問題的分析並不很充分，但是對山地青年面臨生存環境的苦悶與絕望，掌握得相當切實，具有現實性。

整體來看，思想不在是最大的缺點，而為許多似是而非的思想而混亂了描寫，也是問題所在。

這大概是時下一般作家的通病，沒有足夠的思想基礎卻喜歡寫評論文章，反而更彰顯出不足的地方。

再者，由於思想的不在，失去主軸而產生了許多歧義，小說可貴之處原在於其歧義性，一旦歧義多到一定的程度，而可以有許多不同的解釋，就失去意義了。

這篇小說的作者無論狀物寫人，塑造角色，都顯示出他具有語言文字的才華。我給他的建議是，在朝向表現人生的方向上，對於「知」的凝煉要更下功夫，否則，就直接拿筆當作一面鏡子，把感覺真實地表達出來。

初刊一九八七年三月二十四日《自立晚報・副刊》第十版

1 本篇為陳映真對於《自立晚報》「第三次百萬小說」進入決審作品〈廣澤地〉（作者王幼華）之決審意見。

台灣內部的日本

再論日本戰爭電影《聯合艦隊》

關於日片《聯合艦隊》的拙論(二月六日,《人間副刊》),引起了兩位讀者來信,對拙論有所批評。現在針對其中既無署名、又無通訊地址的一封所提起的一些問題,做進一步的探討,對於讓我們理解一九五〇年中期以後,日本戰爭電影結構性的「右傾化」歷史和意義的理解,應有一些助益。

這位匿名的讀者對拙論的反論,可以概括為這幾點:

(一)《聯》片「確實是有很重的軍國主義色彩」,「但若不如此,實不足以縱論太平洋戰爭始末」。

(二)《聯》片的主題,「只是討論日本對戰爭所持的態度,及聯合艦隊覆亡始末而已」,目的原不在討論「日本的戰爭責任問題」,所以不必「和受侵略人民的苦痛扯上關係」,《聯》片何嘗有視人命如草芥的思想?

（三）《聯》片並不是日本當局製作以麻醉人民的宣導片，「它只是把日、美國力之懸殊，聯合艦隊逐漸陷入深淵的慘況，活生生的描繪出來而已」，絕沒有說「日本不該為戰爭負責」。

（四）「不要忘了日本當時已是騎虎難下之局，為了阻止日本本土成為戰場，為了避免日本被占領、被瓜分」，日本只有戰爭之一途，「哪裡還有選擇的餘地」？

（五）「為了挽救國家，日本只有奮戰到底」……「為了日本國魂不致斷喪，也為了日本存續發展」，「自然『有人必須為之死命，有人必須為之存活』」。

（六）日本海軍不能與日本軍閥一概而論。「日本海軍受制於軍閥內閣」，「否則又怎願悍然發動太平洋戰爭」？

這樣「坦率」的反論，老實說，即連實際上思想親日的人，都會覺得不安吧。對於這樣徹底的親日論，恐怕只能引用日本人自己對日本戰爭電影的「右傾化」批判代為答覆，或者他才能入耳吧。手邊新從友人處借得日本著名的影評人山田和夫（Yamata, Kazuo, 1928-）所著《描寫戰爭的眼光：虛偽的映像》（新日本出版社，一九八四），恰好深刻地回答了這位匿名讀者的問題。

為侵略罪責翻案

山田和夫指出，在美國占領軍比較自由主義的官僚們「指導」下，戰後日本的民主主義、和平主義電影，有迅速的發展。許多深刻而痛烈控訴日本軍國主義和侵略戰爭罪行的優秀電影不斷推出(如木下惠介《大曾根家的早晨》，黑澤明《無愧於我們的青春》，等等)。深受侵略戰禍洗禮的戰後日本人民、知識分子和電影人，自然形成了堅實的民主．自由．和平與反戰的文化力量。

一九五〇年，美國改變了「和平．民主．非戰」的日本占領政策。一九五三年，美日雙方共同聲明，日本要透過「教育」和「傳播」來增進「日本國民」對於「防衛責任」和「愛國心」之自動的精神，並由美方指令日本設立「警察預備隊」。山田和夫接著說道：這一新形勢最大的阻力，「是懷著痛切的戰爭體驗的戰後日本人民根深蒂固的反戰和平志向」。

但是，一九五〇年以後的形勢，使得敗戰只不過五年，在戰後未受到批判的日本右翼和戰爭勢力，緊緊抓住了西方的世界新戰略形勢而復活，開始逐步進行為日本侵略戰爭和軍國主義翻案、恢復名譽的工作。山田和夫說：

一九五〇年代中葉以後，為日本軍國主義翻案的電影開始陸續登場。在這些電影中，過去的軍神復活了（《山本元帥與聯合艦隊》，一九五六），日本天皇以明星演出而登場（《明治天皇與日俄戰爭》，一九五七；《天皇、皇后與日清戰爭》，一九五八）……在這些作品裡，太平洋戰爭和日俄戰爭變成日本不得已拿起武器的「自衛」戰爭，為日本侵略戰爭和其責任者翻案免罪。山本元帥也成了自始反對對美宣戰、無可奈何地戰死於前線的「悲劇英雄」；A級戰犯，被看成日本的「愛國者」……

進入六〇年代，日本開始了電視和音響文化的時代。據山田和夫說，日本對戰爭的反省和控訴，至六〇年而呈全面性風化。這一時期的日本戰爭片，受到美國好萊塢電影西部片，大噱頭（spectacle）主義的影響（例如岡本喜八《獨立愚連隊》中，日軍屠殺中國兵的場景，簡直就是美國西部片中的白人騎兵屠殺印第安人一樣的「過癮」）。一九六七年，從《日本最長的一日》（導演岡本喜八，同年來台演出，筆者曾以〈日本軍閥的陰魂未散〉一文，加以批判）開始，日本戰爭電影開始以大資本、「多元性、複合性」的戲劇構成演出，從而達到「使日本戰爭責任煙消雲散，有效地把戰爭和戰爭關係人描寫成愛國者，忠誠殉國，把從天皇以下的日本侵略戰爭的責任者加以美化、英雄化、『人間化』，而達成翻案、脫罪的目的……」。山田和夫進一步指出，以《日本最長的一日》為濫觴的，以「大資本、多元、複合性戲劇構成」來美化日本過去的侵略罪案，並為之翻案的日本軍國主義戰爭電影，到了八〇年代的《二〇三高地》、《大日本帝國》、《聯合艦隊》和《燃燒的零式戰鬥機》，達到它的頂峰。

我們這位匿名的讀者，一再怒責我「戴上有色眼鏡」，「以道德觀取代(電影所)傳達的主題，而後肆行加以抨擊」。山田和夫已經從日本戰後電影史的鋪排，深刻地告訴了我們日本電影資本和日本右翼戰爭協力者，在五〇年冷戰構造中，長期以來蓄意美化日本戰爭罪責，為日本侵略戰爭翻案、開脫的結構性事實，則我們中國人怎能把《聯》片的主題單純地看成「日本海軍如何而戰，如何而敗，如此而已」呢？

隱藏戰爭犯罪本質的技倆原型

山田和夫犀利地指出：七〇年後半到八〇年，日本軍國主義電影掩藏其罪惡目的的幾個共同的技倆，至少有五種：

(一)用「愛與死的戲劇」來掩飾侵略戰爭的本質。以《聯合艦隊》為例，它的海報上這樣寫：「當巨艦『大和』號開航時，男兒們捨棄了愛情。蔚藍的大海喲！請為我訴說這苛烈的青春！」畫面上是巨艦「大和」號，背景是一個英俊的日本海軍士官正和嬌美的戀人悱然訣別。小字：「請和您所最愛的人來觀賞！」

在《二〇三高地》、《大日本帝國》都也是用這同樣的技法。

(二)像美國好萊塢式的戰爭片一樣，把日本侵略戰爭拍得有趣，有看頭；拍成一場精彩的運動比賽，使觀眾有冒險、英雄崇拜的興奮感，從而轉移了觀眾對侵略戰爭本質的批評，暗中鼓舞了對過去戰爭的肯定與崇拜。《二〇三高地》和《大日本帝國》和《聯合艦隊》正是箇中的傑作。

(三)「余豈好戰哉？余不得已也！」的遁辭，也是近代日本戰爭電影所最喜歡用的技法。《聯》片中的山本元帥，被寫成自始反對對美開戰，但為了服從閣議，知其不可而為之，終至壯烈戰死。我們匿名的讀者不也說日本海軍部發動太平洋戰爭是「沒有選擇」、不得已的嗎？不也說因為勢成騎虎，「為阻止日本成為戰場，被瓜分」而不能不戰嗎？山田和夫指出，山本不肯輕易對美開戰，是因為他深知美國國力之強，不願打沒有勝算的仗罷了。在中日戰爭中，山本就是日本海軍作戰司令部負責的校官。當時日本海軍航空隊對絕對有勝算的中國上海，施行野蠻的、不分軍民的轟炸，殺人無數，山本又何曾反對過？何曾表現過一點點自由主義、和平主義的性格？至於怕日本成為焦土，被人瓜分，這位匿名讀者可曾追究過：如果日本不先以他人的國土為戰場，去瓜分、占領別人的國土，人又何以焦土之、瓜分之呢？

這種「戰爭宿命論」的技倆，也表現在《二〇三高地》上。片子開頭，畫面上圖解說明二十世紀初西方列強向亞洲攫取殖民地。帝俄的魔手，先伸向中國東北，而後伸向朝鮮。旁白：「誕生不久的明治維新政府，為了在西方殖民主義擴張的風暴中找到保衛日本的據點，開始計畫取得日本對朝鮮的支配權。」換言之，日俄之戰，不是日本侵略之戰，是被逼、不得已的自衛戰爭。在整個《二〇三高地》中，上自天皇以下，沒有一個不是厭於戰爭的和平主義者。山田和夫接著說道：「把日俄戰爭、太平洋戰爭說成日本『自衛戰爭』，完全是歷史的偽造……那只是把日本的戰犯責任曖昧化罷了。日俄戰爭……是一種侵略戰爭。證據：日本戰勝後，取得『南滿鐵路』路權和遼東半島，為嗣後日本侵華取得了最初的立足之地，並在一九一〇年得以因『日韓合併』而併朝鮮為日本殖民地。日俄戰爭最大的被害者明白地是朝鮮和中國人民，日本已是加害者。而《二〇三高地》完全無視於此，任意在電影中展開它的『防衛戰爭』論……」

我們這位匿名的讀者也說《聯合艦隊》是日本海軍自己討論太平洋戰爭的家務事，為什麼「一定要……對侵犯太平洋地區人民的生命、尊嚴表達歉疚」？山田和夫這樣回答：「日本在中日戰爭中強行侵略，受到世界民主勢力的非難，引起中國人民激烈的抗戰而陷入泥沼的長期戰。日本天皇和高級支配階層為了打開這窘境，而向東南亞侵略，和美國發生衝突。至少，只要把日本行動回溯到一九三一年的『滿洲事變』，日本發動的太平洋戰爭，是日本侵華戰爭延長線上的侵略戰爭，殆無疑義。」把侵略戰爭看成日本海軍自己內部、與人無涉的戰爭，這是何等傲慢而無反省的態度！

（四）「見樹而不見林」，以樹忘林，是另一種障眼法。以戰爭的局部來喻說整個戰爭的意義，以障蔽戰爭之罪責，例如《聯合艦隊》以中途島之戰日本海軍一些判斷失誤和戰備、戰略的錯誤，來解釋整個太平洋戰爭，從而曖昧日本根本的戰爭責任。問題是，即使日本高層軍部官僚英明，沒有失誤，打贏了「太平洋戰爭」，日本的侵略就會成功？戰爭責任就可改寫？我們這匿名的讀者，很明顯就中了這個圈套。

（五）再一種障眼法，據山田和夫說，就是「好人被壞人拖累」說，和「人性」說。在《聯合艦隊》中，海軍部是好人，陸軍和「軍閥內閣」是壞人；山本元帥是開明、和平的好人，那些閣僚是愚蠢的壞人……其實，在侵略戰爭中，日本的海陸空軍，皆在天皇統帥權下，計畫和遂行整個侵略行動。日本三軍間的差異，惟戰略上細微的不同而已。山本五十六任海軍次官時代，侵華戰爭正熾，山本指揮下的日本海軍航空隊對上海軍民進行無差別的轟炸，引起國際輿論的指責，則山本何「善人」之有？

所謂「人性說」，是將天皇、山本元帥、東條英機、將校、士官、軍人家屬，個個描繪成富有人間性，情操感人；個個都是良夫、孝子、兄友、弟恭。山田和夫在引用了有名的社會科學家所說的「人是社會諸關係的總合」之後，這樣說道：「離開社會的、歷史的觀點而強調的『人性』描寫，就會不斷強調人的私的側面，而掩蓋了人在公共生活中的問題點，造成對戰爭責任的美化、人性化、英雄化，而達到為日本戰責開脫的目的。」《聯合艦隊》中上自山本元帥，下至每一個士官、軍屬，沒有一個不是被寫成離開社會和歷史意義的，私有、個別的「善人」與「完人」。則善人與完人所遂行的戰爭，怎麼會是罪惡的戰爭呢？

日本當局和日本戰爭電影

我們的匿名讀者說，《聯合艦隊》不是「日本當局製作以麻醉人民的宣導片」。但山田和夫卻和他有不同的意見。為日本侵略戰爭脫罪和翻案，絕不只是個別電影公司和導演的事，而是具有整個日本戰後史、戰後世界總戰略和日本戰後歷史與社會、政治的結構性的背景。

早在一九四七年，描寫日本戰爭罪行帶給日本人民之悲劇的紀錄片《日本之悲劇》，被「日本當局」強行沒收。一九五〇年，日本電影界進行整肅與再編，清除一批民主主義、和平、非戰的導演與電影人。一九六〇年，日本防衛廳干涉《預科練的故事》，認為該片不利日本建立自衛隊，而剪除非戰鏡頭，並大量製作鼓舞日本建軍的公關影片。日本東芝電器資本，因影片《獨子》有非戰思想，悍然中止合作拍片。日本政府因紀錄片《東京世運會》沒有強調天皇蒞會與自衛隊儀隊威儀而改編重新剪接。六七年，大型軍國主義戰爭片《日本最長的一日》榮獲文部省「青少年電影獎」！在山田和夫看來，從五〇年代中期一直發展過來的日本戰爭影片，是由日本政府、防衛廳、獨占資本各方面聯手，經過巧黠的行銷研究和企畫，在戰後世界[1]總體制和總戰略下，直接、間接地，有目標、有方法地為日本新軍國主義準備思想和感情的條件。

台灣內部的日本

我們的匿名讀者對於拙文的反論，恰好非常生動活潑地證明，上述五種技倆，是如何有效地（甚至在台灣）也達成了它美化日本侵略戰爭，為日本軍國主義翻案、開脫的洗腦效果。一個在日本侵略戰爭中被害民族的人，看過這精心設計的日本戰爭電影，一面口頭上承認它有「軍國主義」色彩，一面又忙不迭地為它辯護和開脫。這種不知以被害為被害的被害，令人感到背脊森冷的悲愴。

事實上，為《聯合艦隊》說話、揚揄的人還很不少。你在《聯合艦隊》的電影院中，整場聽著一些聽懂日語的中老年觀眾興奮地竊竊私語；我們的影評人公然說它是「反戰片」，說它對我們有教化和啟發作用（我們這匿名讀者也這樣想）。

近年來，台灣有一股莫名其妙的「日本崇拜」，崇拜其管理、其商法、其「民族性」(!)、其服飾，青年以抗日為老一代人的「歷史包袱」和「歷史恩怨」，聲言要「獨立地看日本」，「拋棄歷史偏見」。有少數一些人以對日批評是執政黨和外省人(或「中國人」)之事，使抗日成為「頑固」、「保守」、「非台灣」的代詞！事實上，在台灣內部，已經儼然存在著超年齡和省籍的日本！這種奇談怪事，是這個地球上，尋遍每一個角落都找不到的詫奇。

山田和夫對日本電影史的批判的回顧，卻也為我們台灣親日文化找到了解說。對於台灣的戰後，對於五〇年建構起來的冷戰文化，前進的歷史，正要求著我們做出批判性的再思考！

初刊一九八七年三月二十七日《中國時報・人間副刊》第八版
收入一九八七年六月人間出版社《人間文叢1・趙南棟及陳映真短文選》，一九八八年四月人間出版社《陳映真作品集9・鞭子和提燈》

1 人間版此處有「冷戰」二字。

序：走出國境內的異國

說來慚愧，一直到現在，從某個意義上說，我猶原是攝影的門外漢。

除了一般的紀念照片，在我的少年的時代，我只見過似乎想以攝影取代繪畫的「沙龍」攝影。在現代主義盛行的六〇年代，朋友張照堂很早就表現出他透過鏡頭去捕捉現代主義的夢魘世界的、驚人的才華。隨著台灣經濟的成長，我開始並不經意地接觸了「商業攝影」的世界。

但一直到八三年初步認識了「報告攝影」(photo-documentary)，我才領會到：讀好的報告攝影，與讀深刻動人的小說，看完一部思想和表現都好的電影，所感受的深刻銘感，[1]毫無二致。對於寫小說的人，報告攝影有一種說不出的親切和熟稔之感。想起E．斯密的〈西班牙鄉村〉、〈鄉村醫生〉，就像提起世界著名的短篇小說一樣，在心中產生溫暖、感人的回應。

二十多年來，一個飽食的、富足的台灣社會的形成過程中，一個新的、大眾消費的社會誕生了。在這樣一個社會裡，享樂成了公開而廣泛的生活目標。人的欲望，受到從未有過的、全

一九八七年三月

面而徹底的解放，觸覺、視覺、味覺、聽覺……這些官能之樂，獲得了最多、最多樣[2]、最尖銳的刺激，從而形成了一套以官能的感受為能事的文化。

在這樣的時代，映像的文化，空前強大。在印刷品上，在平面設計、在包裝、在雜誌、海報、看板、電視螢光幕上，極度講求技術和光影效果的映像充斥氾濫，在我們不知不覺間成為現代人思考和表現生活中一個極為重要的語言和符號。

但這作為現代人重要的思維與表達符號的照片，在由無數消費人所形成的現代大眾消費社會中，成為生產和再生產現代資本主義工業意識形態的最有效的工具。在我們極目可見之處，充斥著表現進步、舒適的都市生活，豐富過剩的現代商品，洋溢著青春和健康的肉體，發散著青春與幸福的美貌……的照片。在這些照片中，生活永遠是滿足、寬敞、舒服、方便和富裕的；人永遠是青春貌美、健康幸福的；社會上充滿著歡笑、機會、愛情和歡愉；而人的環境則永遠是那麼現代化、便捷、繁華的商業城市和高等住宅與公寓……。

這樣的映像，大量、密集、長期地生產和再生產，終至構成了一個虛構的世界。但這虛構的世界，卻因緊密附著之現代化大量生產和大量行銷、大量消費的經濟建制中，成為一種強迫性的觀念，使人們習於迎見這虛構的、幸福的人生，而拒絕被視覺商品長期排斥的、真實卻比較陰暗、比較鄉下、比較衰老、比較「粗鄙」……的，卻是真實的世界。

因此，當阮義忠的《人與土地》系列作品，出現在習玩於由一系列虛構的、商品的行銷符號所構成世界中，那些農村、農民、莊稼老漢和農婦，那些台灣山地少數民族，那些田園和山野，那些勤勞而沒有生產性、沒有利潤的勞動，那些紋刻著歲月和勞動的臉上的皺紋，對於現代讀者，[3]散發出某種異國情調。大眾消費的、行銷的圖像文化，使他自己的土地和人民成為異國。遼闊的土地，廣泛的勞動人民，成為現代人的國境內的異國……。

阮義忠把十三年來他在台灣生活中留下的映像，生動地留下這一段時間中台灣社會向著高成長狂奔過程背後的真實。照片的魅力，在於那樣生動而準確地凝固了時間、空間、生命和光影的瞬間，讓它發出無比的雄辯，說出千言萬言所未必道盡的，歷史、生活、時間和人的信息。而阮義忠這一系列對於現代人為「國境內的異國」，越是凝視、越去深讀，卻透露出這無由逃避的真實：台灣的現代化與進步，恰恰就是這一片四百年來有人生息的土地，和占人口三分之一的農民（現代勞動者的主要根源）和工人雙手締造、或付出代價的結果。

細讀阮義忠的這一系列作品，並且不斷凝思，阮義忠《人與土地》終竟有助於現代人把那充滿荒謬與顛倒的「國境內的異國」，重新顛倒過來，成為現代讀者自己心靈和文化的故國家園。而就在這個意義上，阮義忠提出了一個相當重要的問題：現代自覺的、改造的攝影工作者，有意識、有認識、有步驟地反叛攝影在現代資本主義大眾消費文化中臣妾的地位。如果現代映像工作者只是在不知不覺中成為創造對商品無窮嗜欲、塑造千萬個生活在虛構的生活映像中的白痴，攝影和攝影家對自己和自己的工作的反叛，恐怕就是個很重要的課題了。

當然，阮義忠基本上不是一個激進的攝影家。到目前為止，他還沒有一個進步主義的世界觀，並據以在工作中表現他對於歷史、對於人和對於生活的詮譯。阮義忠的可貴處，在於他那動人的誠實。他以他的方式、速度和步調追求進步和蛻變。他的這種誠實，深刻感人地表現在他的文章與作品上（〈人與土地：我的攝影主題・我的成長背景〉，《人間》第十五期，一九八七年元月）。在我看來，毋寧是他的這份誠實，將使阮義忠在這條干涉生活和現實主義的攝影道路上走得更長，更穩定，也更長久。

一九八七年以後，各種跡象都顯示，台灣的歷史和社會，將逐步或迅速地面對更為激動的挑戰。在這歷史翻開她的新的章節的前夕，不只是攝影家，大凡知識、文化、文學和藝術工作者，都要做好面臨新事物、新挑戰的準備。阮義忠的這項對自己、對社會的回顧，從這個視座點看來，就很可能對他自己，甚至對整個台灣攝影界，有一定的意義了。

初刊一九八七年三月人間出版社《人與土地・阮義忠攝影集》（阮義忠著）
收入一九八八年四月人間出版社《陳映真作品集10・走出國境內的異國》

1 人間版此處有「幾乎」二字。

2 「多樣」，人間版為「繁複」。

3 人間版此處有「竟而」二字。

為了民族的和平與團結

寫在「2·28事件：台中風雷」特集卷首

一九八六年以來，台灣開始了一連串驚人的變化。台灣第一個反對黨成立；四十年戒嚴體制和報禁的解除，進入了具體的日程表；今年二月，民進黨打破了台灣向來最大的禁忌，開了「二二八和平日」，來紀念四十年前的不幸事件，連體制派的大報，也以相當的篇幅，討論三、四十年來最大禁忌之一的「二二八」歷史問題。

對於這個「新現象」，國民黨沒有用抓人和鎮壓來反應，相對於它過去的行為法則，表現出相當程度的容忍與成熟。許多學者和黨外人士，都先後以不同的形式表示，重要的是我們決心今天去面對這個歷史遺留下來的問題，從而找出一條民族和平與團結的途徑，而不僅是去清算國民黨要不要為這四十年前的不幸事件「負責」。有人把公開探討二二八事件的可能性看得極為可貴，從而主張當時在南京的國府不必為這不幸的事件負責，或者主張不應因討論「犯罪責任」而錯失了公開究明二二八事件歷史真相的機會與可能性。

事變的中國現代史．世界史的背景

可是顯然有人持不同的看法，認為這是「把一切責任推給陳儀政府」，就是主張「蔣介石政府不必負責」，而加以強烈的批評。

我們以為，作為中央政府，無論如何，國民政府對二二八不幸事件的發生，負有無可推卸的政治和道義的責任。在政治和道義上的責任之外，國府和下屬的陳儀政府所負的具體責任，也許還有一個依什麼比率去看的問題。

就縱的歷史層和橫的社會面兩方面看，二二八事變雖起因於單純的緝查私菸事件，但是這個事件所處的環境，卻植基於一個更深刻、廣大的人文與物質結構之上。

從社會和經濟上來說，戰後台灣社會經濟的凋敝，因復員的「台灣軍屬」而益形惡化的失業，台灣編入中國大陸經濟圈而受到大陸財政崩潰的拖累，和一個在大陸瀕臨瓦解的政權對台灣政風的影響，都是事變的結構性原因。但這些原因的背後，其實還有世界和中國現代史的原因，那就是十九世紀以來東西帝國主義對中國的侵凌，是日清戰爭和第二次中日戰爭，是「大東亞共榮圈」、二次大戰和中國的內戰等等。在這些現代史的背景下，百年來，中國在不斷的革命與反革命、被侵略與抵抗侵略……這些複雜的葛藤中，在民族的遽亡或新生的邊緣掙扎不已。

因此，作為中央政府，不論名實如何，國府固然要為二二八和其他動亂「負責」，但在現實上，只說清廷或國府該不該對近代中國內外交煎的苦難負責，恐怕不足以全局性地討論問題了。

全民族的損害與創傷

當然，我們並不是說「萬方無罪，罪在帝國主義與中國現代史的葛藤」，從而「進一步為國民黨推卸責任」，但我們也絕不同意「萬方無罪，罪在國民黨」論。我們以為，國府作為當時中國最高的統治者，當然對二二八不幸事件負有最高的政治和道義上的責任。但是，我們深以為在二二八事變中，不只善良、無辜的台灣人遭受了「損害與創傷」，也有不少善良、無辜的外省人受到「損害與創傷」。四十年來，由於一直沒有出現今天這樣可以公開討論這段歷史公案的機會，加上五〇年代的戰後冷戰構造中，台灣分離主義運動在新帝國主義的卵翼下發展，使台灣內部的民族團結受到破壞，使得多數在台正直善良的外省人和台灣人，四十年來同樣生活在二二八事變所殘留未決的歷史問題的陰影中。因此，二二八事件是整個民族的「損害與創傷」；二二八事件所流的血淚，其實是中華全民族的血淚！在討論當前台灣公害、雛妓、農業和勞工問題時，尚且已經不能用「萬方無罪，罪在國民黨」論來探究問題的根源，尚且必須從造成公害、離妓……的台灣內外因素所組成的社會、經濟結構去看問題，像二二八事件這樣一個具有深刻中國現代史和世界史性質的問題，「惟國民黨有罪」論當然尤不足用以討論了。

從史的全局重新思考二二八

事隔四十年，在這奇蹟也似地開放了公開討論二二八事變的機會的現在，國民黨政府如果依然偏頗固執的硬要把二二八事變的起因，歸納為「台民親日奴化思想，中共煽動」的「官方說辭」，或者還是歸納為「惟國民黨、外省人有罪論」、「中國民族和台灣民族對決論」這個分離論的史觀，落後、膚淺尚是餘事，無法深入討論、分析，從而獲取歷史的智慧，根本解決此一歷史問題，進一步療傷止痛，建設民族內部的和平、團結與發展，才是嚴重的遺憾了。

因此，我們不但要從陳儀接收體制的專權、跋扈、貪瀆、腐敗、驕悍、劫掠和獨占去看二二八事變的起因，來討論國府的責任，不但要研究廿一師登陸後的血腥鎮壓、殺戮、暗殺的歷史，並加以批判，但也不要看不見瀕臨一九四九年全面崩潰的整個中國內戰下社會、政治的急速解體與新生所造成的痛苦與混亂，從而善於看見這內戰、社會各階級間的劇烈軋轢所帶來的「全面屠殺」、「征服者心態」、「官逼民反」……為全體中國人民所帶來的深重苦難。

也許中國只有在這個全局的觀照下，仔細研究分析以下諸事項：（一）國府來台接收結構中的CC派、政學系、三青團之間的矛盾和傾軋；（二）台灣民眾蜂起隊伍中的士紳、日本台灣兵復員分子、自日據時代發展下來的左翼反帝民族解放勢力，和一般失業的市民與城市流氓無產者各勢力間的對比與關係；（三）廿一師與台灣民眾武力間的對峙；（四）美國領事館與二二八事變之關聯；（五）丘念台、林獻堂、白崇禧、陳儀、柯遠芬和謝雪紅……這些人物爭變之間的內在與外在的邏輯關係，才能顯出更完整的意義。

帝國主義者的眼光

有人一向喜歡這樣說：二二八事變的原因是「島嶼文化與大陸文化」的「接觸過程」所必生的矛盾。他們說，經過五十年日本現代殖民地資本主義改造，使台灣社會的文明開化，遠高於大陸本部。因而，落後、野蠻的「大陸文化」強行對文明開化的台灣「島嶼文化」進行支配的結果，二二八事變，就不可避免了。台灣分離主義的學者王育德就讚揚日本對台灣的同化政策「相當成功」；日本的對台殖民政治，使台民「不管願意與否，享受了近代的恩惠」（王育德《台灣：苦悶的歷史》）。日據時代日帝體制派台灣人辜顯榮也有這樣的讚歌：「觀察（日本）帝國占領台灣以後而至今三十年間之治績，我台灣島民，應為地球上各國人民中最幸福之人民之一。試觀對岸之支那則明其故。」因為辛亥革命之後，「支那動亂相繼……實則……各自為政，……互爭權勢，橫徵暴斂」。相形之下，在日本治台後，「全島土匪一舉廓清。迄今二十餘年……島內和氣洋洋，一片昇平氣象。……如此幸福之人民，在世界上什麼地方可以尋得？」（王育德《台灣：苦悶的歷史》）

從殖民地、半殖民地知識分子，怎樣看待祖國的社會、文化和政治，可以區分出殖民地的革命知識分子和買辦知識分子。買辦知識分子以殖民者的眼光卑視和仇視自己的社會、文化，仇恨祖國的落後，必欲切斷自己的祖國的臍帶，按照殖民者的形象改造自己而後舒暢、自在。有兩種截然不同的看法，一種是把前近代的、半封建的、為民族的出路而新舊軋轢的中國「大陸文化」，與經過日本殖民地資本主義文化的台灣「島嶼文化」「接觸」過程所產生的矛盾，從整個當時中國內戰的「歷史中抽離出來」，然後將一切責任推給所謂「中國人」或「大陸文化」的「野蠻」，從而力言台灣和台灣人之必須與中國、中國人分離；另一種看法是從世界史、中國現代史全局的觀點，以台灣人的中國的自主性，為反對帝國主義，促進中國民族的自由、獨立、和平與民主而奮鬥。

有些人也喜歡這樣說：二二八事變終於使台灣人從中國祖國之夢甦醒過來，使台灣和台灣人向中國與中國人訣別。

但事實似乎不是這樣的。

一九四七年以後，中國大陸內戰的局勢有迅速的變化。一九四九年，國府全面退守台灣。相應於中國局勢的變化，經過了二二八洗禮的台灣革新、進步的知識分子、文化人、青年、學生和人民，似乎不但沒有因二二八事變而奔向分離主義。恰恰相反，一九四七年以後的數年間，以中國的民族解放為志向的台灣左翼思想和組織，有急速的發展。一九五〇年，韓戰爆發，國府展開了斷然的、徹底的政治肅清（red purge），秘密逮捕、拷問、處決、監禁，在台灣土地上不只進行十四天，而是四年、八年……；被害的人，是一整世代本省、外省的革新、民主主義的青年、知識分子、文化人和工人與農民，而其中曾經參與二二八蜂起者更不在少數。這當中的慘烈與恐怖，豈是二二八事變可以比擬？但是，這批人當中少數脫逃離開台灣者，不少奔向赤色中國，另外少數刑餘倖存下來的人，一直到現在，絕大多數都是秉持堅定的中國民族主義的台灣人！這次《人間》「2．28的民眾史」特集，用證言採集的方式披露了二二八事變在台中地區的風雷，生動地說明了這個事實。

韓戰爆發以後，形成了全球範圍內的兩個不同體制間的對立結構。在這兩個不同體制的對立線上，有四個國家的國土分裂，中國就是其中之一。為了整個冷戰的全球戰略，早在一九四九年開始，美國就有使台灣託管和獨立之意。前揭《被出賣的台灣》一書的作者柯爾，則早在二二八事變之前，就向白宮當局力言美國控制和支配台灣之必要，而主張以國際共管與陰促獨立的形式支配台灣。在國際法上，美國炮製了「台灣地位未定」論，至今猶為台灣分離主義者所樂道。和柯爾、麥克阿瑟盟軍總部有複雜關係之廖文毅所領導的台灣分離主義運動，不管它後來是如何發展與演變的，基本上是戰後世界冷戰構造下的產物。因此，台灣分離主義者，對於中國都有程度不同的輕蔑、厭惡與仇恨，而對於美國和日本，則有百般溫柔和千萬種溫存。

為了民族的和平與團結

二二八事變，是全中國人民共同的傷痕。事變發生當時，在兵荒馬亂的中國大陸，有很多記者、詩人、木刻家對這發生在台灣的不幸事件表示指責、抗議和憤怒。四十年來，特別是在台灣，它成為雖然逐漸痊癒、卻一直具體存在的民族內部的傷痛。

今年二月，台灣以民進黨為主的人士展開了「二二八和平紀念會」，提出了正確的「和平、寬容、團結、平反和賠償」這些口號。這是繼解除黨禁和軍事戒嚴後，台灣戰後史的大事。

而國府當局，在仍然擁有絕對強大的強制力的體制下，對於民進黨提出的這項高度敏感的議題，表現出不能不令人頷首的自我節制和基本上理性的反應。有論者認為，在一九四七年二二八事變和一九五〇年後數年間的政治肅清，國府用武力在台灣確立了絕對、獨占性的政治和經濟支配，使一個在台灣本地社會沒有階級代表性和物質基礎的政權，在美國對台協防、遠東反共、防共大戰略的冷戰構造中，世間難以一見地、反社會科學地、有板有眼地存在了四十年，並且竟然由上而下地也完成了它自己階級和物質基礎的建設，取得了「依賴性·出口導向經濟」型的發展。而一九四七年「前·近代的」地主、大資產者、買辦資本家的黨，到了一九八七年，逐漸蛻化成台灣獨占資本家、官僚資本家、買辦資本和廣大的地方體制派中產階級的政黨。這相應於台灣高成長經濟而現代化了的國民黨，從一九八六年開始，又由上而下地展開了一場驚人的台灣社會力再編成。呈現在我們眼前的，便是最近一系列令人眼花撩亂的自由化、開明化的現象。

在這樣的背景下解凍二二八歷史問題禁忌，要求我們以更有生產性的、更實事求是的態度去面對這歷史遺留的問題。在千頭萬緒中，分別批判二二八事件的「台灣人受日人奴化教育影響·中共煽動」論，和「落後的『大陸文化』與先進的『島嶼文化』接觸時勢所必致的悲劇」、「中國人殺台灣人」論，是最基本的工作。為二二八不幸事件重新補綴歷史的真相，似乎應該先從史實的採集著手，然後在來日期待能從新的史實中，找出新的意義。只有透過公開、嚴肅、認真的二二八歷史研究，重新認識歷史，才能解決二二八留下來的歷史問題。

我們強烈要求國府能率先公布二二八事件的歷史真相，鼓勵民間對二二八史實的再研究，從而有決心、有計畫地對二二八事件之冤案、錯案、假案進行嚴肅、誠懇的平反與名譽恢復，公開向受害者道歉，並做一定的物質補償。從民族的和平與團結出發，釐清歷史的公案。我們期待政府和民間對待二二八研究，都有這樣的態度。

本期《人間》初步整理了二二八事變在台中地區的風雷，包括當時士紳派和民眾派的葛藤、「二七」[1]部隊」、烏牛欄溪畔的戰鬥和大甲左翼運動者蔡鐵城的資料。尤其難能可貴的是，旅日立教大學戴國煇教授特為《人間》訪問了丘念台先生的秘書林憲先生，對二二八事變前後的台灣形勢，和這形勢中丘念台先生的思想、工作和感情，有詳細的探索，允為二二八歷史的重要材料。本刊得以獨家刊出，至為榮幸，特筆在此向戴國煇教授和林憲先生致最大的謝意。[2]

初刊一九八七年四月《人間》第十八期
收入一九八八年五月人間出版社《陳映真作品集13・美國統治下的台灣》

1 「二七」，人間版誤為「二十一」。
2 根據人間版篇末編者說明，陳芳明的駁論〈如果是為了和平與團結〉，刊載於一九八七年六月《台灣新文化》第九期。

「戡亂」意識形態的內化[1]

聽說國民黨即將在五月間宣告「戡亂」時期的結束。在理論上，這是國府宣告長期國共內戰的終結。國共之間全面對抗，也許應當從一九二七年「清黨」後，中共在廣闊的中國農村掀起農民武裝蜂起，建立農村政權開始的。一九四九年，國共內戰因中共建國而在歷史上告一個段落。一九四九年以後，以海峽為界的國共對峙，完全是在戰後東西陣營在全球範圍內的對抗結構上固定化和長期化的。

如果從一九二七年以降六十多年國共內戰歷史，看國府行將宣告結束「戡亂」，當然是一件大事。但從台灣內部看，其實也只不過是「理論上」的事。台灣在政治上、輿論上、文化上和知識上的極端反共、反中共、民族分裂主義、反民族—反統一和民族事大主義的意識形態，如果在「解嚴」之後沒有被全面顛倒，而且還變本加厲的話，「終止戡亂」以後，當然也不會有戲劇性的變化。

國共內戰之十餘年，已經是三代人的時間。如果先從「理論上」說，台灣戰後資本主義四十年的發展，國民黨的內戰意識形態「應該」在資本、商品和市場依自己運動的邏輯不斷擴大過程中相應風化，及至「解嚴」、「終止戡亂」之後，內戰意識形態也應已名存而實亡。但在現實上，卻不是如此，甚且還是和這推論完全相反的。在台灣，內戰意識形態恰恰是更深地內化和強化了。

以這回「三保警案」為例。中共用心良苦地縱放殺死大陸漁民的台灣警察，謹慎不挑動大陸人民對台灣警察殺死大陸漁民的憤怒，「免除」殺人警察的刑責，送回台灣。但人一回到了台灣，三位保警成了「忠義可風」的英雄，發獎金獎狀，開記者會吹牛。國民黨可以任日本海上保安廳占領釣魚台，任日本海警毆打在釣魚台海域作業的台灣漁民，不聞不問，但查緝「大陸客」和兩岸人民在海峽的「走私」，卻凶狠、神勇無比。郝柏村和目前在台主持兩岸事務的官僚早已經說得十分明白：即使結束戡亂，中共依然是一個「敵對團體」、依然是一個「叛國團體」，反共國策依然不變。卻偏有人對「戡亂」「結束」，抱著「浪漫的憧憬」。

國民黨的「海基會」、「國統會」和「陸委會」，其實是用來壟斷台灣與大陸交流、往來、溝通的窗口的機關。國民黨利用其作為執政者的廣闊資源，獨占兩岸關係，從而控制兩岸人民之間關係的發展。民進黨和台獨派指控國民黨和共產黨「暗中來往」，「出賣台灣」。其實，國民黨的「統一論」，一貫地是「勝共統一」、「顛覆統一」，以經濟、政治、文化等非軍事手段搞和平演變的「統一」，實質上，千條萬條，就是反統一、反共、反中共，在民族事大主義下持續民族分裂狀態。

台灣絕大多數的報社編輯、主筆、記者等言論工作者，立場不論朝野，對中共和大陸社會卻一樣充滿了根深柢固的、自覺或者不自覺的猜忌、敵意、驕傲自大、歧視，甚至鄙視。「解嚴」以來，沒有一家台灣報紙對大陸事物開始做比較客觀、深入的研究，用比較實事求是、理解、公平的態度，用不同於反共戒嚴時代「匪情研究」、「匪情報導」的角度和知識系統，打破內戰觀點，去認識、報導和分析大陸事物。正相反，官方立場的報章雜誌固無論矣，號稱「民間」大報，依然不改「匪情報導」的老調，自以為思想開放的年輕記者，一到大陸，國民黨長期教育的對「匪」敵情意識自然發動，反共偏見油然而生。至於立場鮮明的台獨報刊，其實早已取代國民黨的黨、軍報刊，負起激烈的反共、反華、反統一、反民族這些超標準的內戰／冷戰言論工作的大任了。總之，台灣的大眾傳播工業，台灣的一切意識形態機器，在對待中國問題上，在對待中共、對待社會主義、在對待民族和解與統一問題上，絕無朝野之分，也沒有「解嚴」前後之分，一律致力於生產和擴大再生產著反共、反中共、反統一、反民族甚至反中國的內戰「戡亂」意識形態。這是個大局，是總的性質。期待「結束」「戡亂」後的台灣言論界，有比較合理的改變，是完全不切實際的。

台灣的學術界、高教界、文化界也一樣。長期揹著「海外學人」的幾個人，和滿坑滿谷的美製PhD在台灣兩大報中被奉為言論領袖，在兩岸問題的「學術研討會」和「座談會」上、在專欄文章上、在專題訪問的發言中，大作「兩岸交流不宜過熟」、「民族主義偏狹」、「統一不能有浪漫憧憬」、「經濟差距縮小再統一」、「等大陸有民主再統一」、「照顧兩千萬人民的福祉」這些宏論。這些言論，從純粹的說理上，自然也不是完全沒有一點道理。問題在這些大小「專家學者」在思想上，極少有以民族分裂為民族之恥；很少有人反省過六十年內戰中知識分子扮演過的角色和要背負的責任；很少有人具有民族再團結、民族再振興的懷抱；很少有人批判地對待自己「學術生涯」中過剩的美國影響(American connection)和自己養成訓練過程中所累積的民族事大主義。他們的思想感情，也是千條萬條，不能統一，不要統一，不要結束民族分裂，不宜結束民族內戰。至於近十年間陸續回到台灣占領高教陣地的台獨系專家、學者、教授，積極在青年學生中宣傳反民族、反統一、反中共——即五〇年以降的冷戰和內戰戡亂意識形態，就更不用說了。而這恰恰不是國民黨反共權威統治最盛的時代的現象。這恰恰是「獨塊岩」式的國民黨國家的相對自主性減弱，「解除」了反共軍事戒嚴、「解除」了報禁之後的現象。「戡亂」結束後的台灣知識界，基本上還是這個局面——保守、反共、親西方、反民族甚至反中國——如果不是更其不堪的話。

二次大戰後，在第三世界，任何暫時性的解嚴和文人政府的出現，都意味著冷戰和內戰意識形態、政治、學術、文藝和論述系統的全面顛覆和瓦解；意味著反冷戰、反內戰——反反共——的論述系統的復權。台灣卻並不是如此，而恰恰是相反。

究其原因，至少有這幾端：

首先要指出，戰後因世界冷戰結構下反共國家安全體制的「獨裁成長」而取得經濟發展的四小龍，除了韓國有此較強大的反冷戰體系的學生、知識分子、文藝和社會等分野的運動之外，台灣、香港、新加坡的思想、文化、言論和意識形態，都表現出不同程度的、深刻的冷戰價值和反共論述的內化。「冷戰成長」和「反共獨裁成長」，加上四九年後大陸反共避秦人口在今日香港構成人口的主要部分；在台灣鞏固內戰和冷戰政治的價值系統的統治，再加上六〇年代末新興中產階級都是因冷戰成長和獨裁成長的香港、台灣戰後資本主義累積過程的產物；都是兩地冷戰．反共國家（state）高度相對自主性所栽培的產業和階級，「四小龍」的右翼意識形態，更始終起著高度支配作用。

其次，香港、新加坡的高等教育，和英國、美國有密切的聯繫，台灣和韓國者，則與美國有密切的聯繫。一九五〇年以降，「四小龍」不但在東西對峙和對華包圍、封鎖的戰略體系下「發展」了經濟，也同時發展了和美、日、英之間新的和舊的殖民主義文化、意識形態的關係。這使四小龍和其他廣闊的、貧困的亞洲渴望民族解放、國家獨立和構造性變革的運動與意識形態，形成明顯對比。

當然，也因為這樣，四九年以後中共在大陸上走的彎路、犯的錯誤，經歷的失敗，在台灣便已相乘相加地倍數顯現，從而有效地彎曲、掩蓋了中共在四九年以後若干得之匪易的堪稱巨大的成績。這些客觀的和加過成的彎路、錯誤和失敗，在台灣戰後不斷複製和擴大內戰和冷戰價值與意識形態上，起著十分有效而深遠的作用。

八〇年代中後，蔣氏家族從台灣戰後政治舞台上迅速而真實地消失。一個以李登輝為首的、美製PhD群為中心的新權力中心登場，六十年內戰和四十年冷戰所培育和鍛造的後蔣時代，在將冷戰與內戰的思想和價值內化到朝野肌理的深部而展開。台灣「戡亂時代的結束」，不是「戡亂」意識形態顛倒的開端，正好相反，是戡亂意識形態的固著化和內化的完成而展開。

然而，台灣政治、文化、學術和輿論界的反共．反民族保守主義，即「戡亂」意識形態，在兩岸關係上，和台灣民間在兩岸開放往來後經由民間宗教、民間曲藝和旅遊探祖的交流所形成的自然不諱的民族親和過程，形成針鋒相對的兩重構造。不幸的是，一年近百萬人次的台灣民眾在大陸旅遊的過程，似乎並不曾受到中共的重視。在大陸觀光系統末端的接待、服務品質上的粗糙、唯商業主義、觀光腐敗和觀光公害，在某些地區（例如廣州、深圳、桂林）對觀光客的訛詐和色情交易，不但正在嚴重傷害同胞旅客對中國的觀瞻，也在嚴重地傷害旅遊地中國人民的倫理和自尊，並且無可諱言地敗壞而不是增進了兩岸同胞的情誼。而這樣的惡果的積累，將使台灣民間有朝一日也被組織到內戰意識中，對大陸社會和人，產生疏離而不是親合的情感。

一九六八年，我因反內戰和反冷戰思維，在「戡亂」內戰的歷史中，干犯重罪，身繫縲絏。八〇年後半以後陸續發生了解嚴、解黨禁、解報禁的大事，如今又是解除「戡亂」的前夕。而我卻一如一九六〇年代的自己一樣孤獨，彳亍蹣跚於歷史無可如何的嘲弄之中，思之不禁啞然而笑了。

耀明：這是一篇遭罵的文章，卻是我真實感受。相知老友，如你以為為《明報》或為我或為兩者皆不宜發表，就把它扔字紙簍裡去得了。看看以後我能不能再為你寫點。祝好！

映真 扼手

四月七日

約作於一九八七年四月七日

初刊一九九一年五月《明報月刊》第二十六卷第五期、總三〇五期

本文依據手稿校訂

1 本篇手稿為致《明報月刊》總編輯潘耀明的傳真稿，後刊登於一九九一年五月號《明報月刊》，刊登版與手稿內文近無差別，唯前者有編輯所加之小標題。本文依據手稿校訂，對校《明報月刊》版本，改正錯字。手稿有標註月日，年分則據文章開頭推知寫於一九八七年。

一九八七年四月

「為弱小者代言」

日本報告攝影家樋口健二

一九八五年，在一個日本反核能發電組織所發行的月曆上，頭一回看到報導攝影家樋口健二(Higuchi, Kenzhi, 1937-)的攝影作品。經過友人的介紹，在第六期《人間》雜誌上第一次把他介紹給讀者，而不料我們就成了經常通信的朋友。這個月三日，他來台灣訪問，我們終於見了面。

樋口是日本長野縣諏訪郡一個自耕小農家的長子。大學預科(高校)畢業後，拿起鋤頭在田裡辛勤勞動，準備幹一輩子的農民。一九五八年，日本展開「現代農業」，即日本農業全面資本主義化的政策。由於家裡缺乏資金，向農會貸款則債責沉重，樋口健二終於勸服父母放棄農業，賣了田產，到東京另謀出路。

到了東京的樋口，先是找些零工、轉包工的工作，不久也就考進了「日本鋼管川崎製鐵所」當操作起重機的工人。「故鄉長野縣的風光、環境都很美麗，一下子栽進煙塵瀰漫的製鐵工廠，就像一條魚忽然被撈上岸來生活一樣……」樋口說。

一九六〇年，全日本掀起「反安保」國民運動。年輕的工人樋口參加了運動，「像別人一樣，我被點燃了對人和正義的關心」，他說。一九六一年，一個喜歡攝影的朋友去看當時在東京展出的，世界著名報告攝影家羅勃・卡帕（Robert Capa）作品。樋口健二受到無法用筆墨形容的衝擊和感動。「現代農業運動、川崎製鐵惡濁的環境、Capa影展，像一個又一個命運的環節，使原來註定當一輩子農夫的我，走上攝影家的路子……」他回憶的說。

一九六二年，他辭去川崎製鐵的工作，到東京綜合照相專科學校讀書。同年，日本著名報告攝影家桑原史成展出「水俣」系列，樋口大受震動，自此決心走上艱困的報告攝影生涯。

「在日本，根本沒有辦法用語言和文字來為自己發言的人，我看為數不下數百萬、數千萬人。他們多半是在最底層在支撐著我們這個社會的人們。」樋口健二說，「為這些一貫被忽視、被踐踏的人拍下他們生活的樣相，記錄他們的心聲，為他們代言，我覺得，就是我這種與他們的出身、經驗完全一樣的人，應該做的事。就這樣，我跟自己說，這條路，走下去了！」

在攝影學校學了兩年，畢業後留校當兩年的助手。學習和工作，條件都很艱苦，卻生動地教育了他：學報告攝影不是為了找工作餬口。「我耳聞目睹了許多報告攝影的先輩，有一餐沒一餐的，堅苦卓絕地工作，我終於覺悟，報告攝影家，難求當世的榮華……」

一九六六年七月，日本報紙上有一則短短的新聞：在一個叫四日市的日本濱海漁村裡，有一個老人家自殺死了。「只要我去另一個世界，就沒有昂貴的醫藥費……」老人留下了這樣的遺書。原來，四日市是日本煉油廠集中地，終日夜在亞硫酸氣和硫酸煙霧中生活的村民，廣泛罹患了支氣管炎和嚴重氣喘症。這位老人因不堪疾病和巨額醫藥費用而終於留書輕生。

這個消息震動了二十九歲的樋口，從此他在四日市展開了為期七年的攝影報導工作。「起先，為大眾傳播的橫暴工作態度激怒的村民仇視我，繼之我的作品沒有人要刊登。整整七年，我過著貧窮、連續幾天和太太吃生力麵度日的生活。為了生活，我只好一邊打工開車，一邊繼續採訪。」樋口說。一九六九年，他的作品終於因日本環保意識的抬頭而初受注意，得以在東京「東寶畫廊」展出。同年，四日市公害訴訟全面勝訴，有人出面洽商為他出攝影集。

「這時候，我忽然變得小有名氣。一些月刊、週刊編輯找我當特約。我開始拍些能賣錢的東西。可是我太太不喜歡這些為了賣錢拍的作品。」樋口健二說，「她告訴我，從前，你拍四日市，生活過得很清苦，而你的眼光是燃燒的、發亮的。現在，你的眼神黯淡，作品也失去了力量。」樋口大為震驚，決定辭去「賺錢」的工作。他說拍照一旦成為生活的手段，作品和人就開始枯萎。「有了一點錢，開始生出欲望，這欲望由小而大，最後從根本蠶食一個報告攝影者的心靈。」他說。

一九七〇年，樋口健二發現廣島忠海附近的大久野島上的嚴重問題。因為自一九二九年以迄戰敗的一九四五年，這個島一直是日本政府生產、研究和貯存毒氣彈的秘密基地。五、六千個關係毒氣彈生產的日本人，現在有四千人在慢性支氣管炎等後遺症中長期掙扎。因肺癌及其他惡性腫瘤死亡者，已經超過了八百人。「一九三〇年代，隨著日本對中國侵略戰爭的擴大，這島上的毒氣生產也不斷擴大。日本徵用了工人、農民、婦女、學生和青少年從事被隱瞞高危險、高毒性的勞動。」樋口說，「戰後，日本政府不但不給予悉心治療，反而企圖瞞天過海，在大久野島建設『夢幻之島』當休假中心，還僱用那些戰中被毒害的島民為建設休假中心打零工。世界上沒有比這個更殘忍的事了。」

樋口到「毒氣之島」大久野島去，這一拍攝，又是十三年。一九七三年，他同時進行控訴日本核能發電和核電轉包工人曝害的報告攝影工作。「從煤礦而石油而核電，每次能源轉換，都留下嚴重而廣泛的人的破壞與自然的破壞……」樋口說，「光華奪目的社會『現代化』和『進步』過程，總是以無數社會底層弱者的犧牲為代價。這些人需要有人為他們說話！」

長年來，樋口健二以什麼立場、什麼觀點，從事報告工作呢？

「報告據說要『客觀』。這是挺漂亮的話。我到處聽人這樣說，說了好久……問題是：在具體實踐上，怎麼客觀？我報告的故事，被害者，幾十年來，全都是那些漁民、農人和底層勞動者。」樋口沉思著說，「不是我太『同情』弱者，是我本人就是他們的一員。我和他們有共同的出身、命運和感受。我當然要站在這些與我同類、卻不會為自己說半句話的人代言。即使被說成『不夠客觀』，我也要繼續為他們代言。」

樋口健二說，大眾傳播，顧名思義，總是與「大眾」有關。而所謂大眾，那些在社會的底邊支柱著這個社會的大眾，卻長期被大眾傳播所卑視與忽視。「在『客觀性』的大義名分下，日本的大眾傳播大多為強者與幸福者說話。」樋口健二說。

有人說，報告攝影太譁眾取寵，太狹窄，太沒有多樣性，太過時了，樋口有什麼看法？

一件在人性上極為重要、嚴肅的題材，第一次向社會發表時，不妨以特寫之類的技巧去強調，引起關切。但如果第二次報導，他會以最看似平凡的影像，捕捉人與事物本然的原點。

「至於狹窄與否，那是哲學的不同吧。關心人間被害，逼視政治與企業的加害，對我而言，是豐富而真實的工作。」樋口說，「現在所謂『新派』、『多樣化』……其實只是幫著用刻意驚人的影像和光影，來掩蓋問題，隱蔽矛盾，把馬桶用彩色斑爛『多樣的多姿的蓋子』捂住罷了……」他認為所謂的「新」，所謂「多樣」……事實上使日本攝影愈來愈在技巧和形式上肥大，在內容上相對急速貧弱化和空虛化。「攝影應該回到『紀錄』這個最質樸的原點上，才能恢復它的人間性。」他說。

二十多年來，在採訪工作上，有什麼心得？

「對我而言，報告攝影關心的終極點是人。因此，我總以人為焦點，拍出人的真味……」他說。但要拍出人的真形真味，少則要三次，多則十次以上。因為頭兩次，拍的人和被拍的人都會有些緊張、尷尬、不好意思，一定不能用。「第三次……第十次，雙方關係自由、接納、熱絡後，真的東西才會出現。」樋口說。

他認為要和被拍的對象交真朋友，細心注意和尊重別人的生活秩序，在這個基礎上，要坦率，要「單刀直入」。「不要事先打電話。你估計可以去，就衝過去，讓他吃一驚也沒關係。彼此要變成可以同怒、同哭、同笑，有時還可以吵一架……這種平等的人與人的關係。」他說，「有這關係，在人家家裡吃、睡，儘可從容自由，這才能拍出好東西……」

他說，拍照的人，和寫文章的人不同，不能只待在書房裡，靠想像力做出東西來。「我們一定要到現場去。只要到現場，一定有東西。」他說，「人家在現場待兩天，你待三天、四天；人家留在現場一週，你一定等到第十天才離開現場。這才有與人不同的東西。」

此外，他喜歡走路。在現場，不管路途多遠，他喜歡走。「一邊走路，可以一邊構思，一邊判斷情況，尋思找誰幫忙，工作要打什麼地方切入。」他說。

這回他帶來他的三套傑作：「四日市」、「毒氣之島」和「核能發電」共八十幀作品，在台北市新象藝術中心地下室展覽廳展出。「亞洲的民主與和平，必須從亞洲人民間的理解與團結開始，」他說，「這次來，主要是相信我能從台灣的生活與人民學習到許多有用的啟示……」

初刊一九八七年四月九日《中國時報・人間副刊》第八版
收入一九八七年六月人間出版社《人間文叢1・趙南棟及陳映真短文選》，一九八八年四月人間出版社《陳映真作品集7・石破天驚》

關於雷驤的一點隨想

序雷驤《矢之志》

一九六〇年代中期，尉天驄兄出來辦的《文學季刊》雜誌，聚合了不少新的文學青年。認識雷驤，就是在這個時期。回想起來，二十多年就這麼過去了。

認識雷驤當時的記憶，於今猶原鮮明的，有幾件事：

畏友黃春明在創作上驚人的才華，使我對師範畢業的文化和創造上的關聯，發生了興趣。當時固然想過一些似是而非、於今卻已不復記憶的理由，但認識春明兄幾年後，認識雷驤和他的一票朋友們，益加使我以為師範教育對創造性的成長留下了可貴的隙縫。但自從雷驤他們以後，台灣師範教育體系給人的印象，似乎變得僵硬、保守和「沒有創造性」，但這畢竟也不過是「印象」罷了，恐怕很缺少分析上的支持。但總而言之，雷驤和他的朋友，一般地能文學、能音樂、能繪畫、能（現代）詩，當然，也頗能喝酒、能嬉鬧……

第二個印象是雷驤結婚得很早。當時《文學季刊》的朋友，除了春明兄外，都非但未婚，並且似乎大都還沒有女朋友吧。雷驤的身邊，卻時常有一位看來才高中生那麼大，安靜而美慧的妻子。總之，如果當時還不是妻子，畢竟不久就結婚了。反正就是這樣的記憶。

雷驤在文學上留給我最深的印象，是初讀他發表在《文學季刊》上的〈犬〉。有一條沉默的、「栗色的」狗，日夜奔波了很長一段時間，到一個地方，咬死了一個婦人，就消失了蹤影。這是一個近乎靈異的、復仇的、被自己的重咒所懺的故事。還記得讀著〈犬〉的時候，腦子裡圖畫著一隻「栗色」的野犬，在春陽下的公路上和田鄉路上，狂熾地奔跑。遠處是淺紫色的、台灣鄉村的山；田地上一片鮮黃的油菜花；路邊等距地站著一排木麻黃樹……。

這樣一個富於神秘主義、宿命主義的故事，雷驤不只用了讓不同角度、不同觀點的人去敘說同一件事的「羅生門式」的技巧來表現，在語言上，也表現出日文中譯似的、獨特的日本語風味，而使故事的神秘和宿命，有一種大抵類似於芥川龍之介的鬼氣，和出乎這鬼氣的、朦朧的氛圍。

雷驤語言的東洋味，跟他的省籍和年齡，怎麼看都不一致。當我問他，他說他一點也不懂日語，只是飢餓地吞讀著文學作品的少年時代，讀了不少文學書籍的中譯本，遂喜歡了日文中譯後的漢語在文法、思維上獨有的氣味。他的說法，於當時開始不熟而半生地閱讀日文書的我，尤有會心之感。但我於是深刻地感覺到雷驤，作為一個作家，已經具備了對於語言和文字高度細緻的敏感性這個極關重要的條件。

但是，至今我仍然不能明白，以雷驤的世代，何以在作品中表現出某種對於東洋濃厚的興味。語言的風格，表現在他陸續發表在《文學季刊》時代的〈犬〉、〈河岸〉、〈矢之志〉（注意這個題目的東洋風）和〈正典〉；在題材上，在隔了近二十年後重拾小說之筆而寫的〈雪景〉和〈菊花〉裡，語言上的東洋風味雖然已蛻去大半，但在題材上，卻仍有深密的日本關係。這種毋寧是純粹出於美學的日本傾向，構成雷驤文學的一個重要特點吧。

據我看，一般而言，雷驤的文學，生動表現了四十年來台灣生活的精神悶局中，人的微波與細浪的戲曲：過去的戀人，無條理而又難以自拔的欲望，重逢的荒蕪，英雄與懦夫的顛倒，醇厚的情感……一九八二年以後，雷驤蛻褪了他早年的語言風味，明顯地向著他自己的語言的建立展開。在當前一般地呈現在語言上的惡俗與無個性、無文化的台灣文學中，雷驤是少數幾個對文學漢語表現了過人敏銳與風格的作家之一。

一九七五年，我從流放的島上回來，受到雷驤夫婦溫暖的接待。在那兒認識了畫家楊熾宏夫婦。雷驤家多了一個聰明、可愛的孩子，夫婦倆看來一切依舊，只是多了一層為人父母的、當然已不像師範時代的成熟表情。不二年，我以近不惑之年結婚，雷驤和楊熾宏為我照相。我最難忘的是他們為我輯了一套黑白照片，記錄著慶祝茶會上的種種。不避羞恥地說，我認識黑白照片的紀錄的魅力，是從這套照片開始的。《人間》雜誌的發足，一定要再往更遠的源頭追溯，或者也和這套一直為我珍藏的黑白紀錄照片集有關，也未可知……

這以後，我在電視節目《映象之旅》，重又看到螢光幕上的他。他看來已然有中年的壯碩，我卻又不能不為料想也出自他的手筆的《映象之旅》的日本味，獨自微笑起來。

同時拿著作筆、畫筆（又必須指出他的插畫和日本文學雜誌上的插畫間的、妙絕的類似性）和相機去表現自己的感情和思想的雷驤，他的未來，會是怎樣的藝術家呢？

在回憶中不知不覺寫下了這近二千字文字的此時，我忽然這樣地問著自己。

在雷驤的神秘、悶局、無條理、精緻……之外，似乎應該多一點什麼吧。社會高成長後文學的私己化和瑣細化，固為一世之潮流。但不忍見一時代台灣文學的細小化，而又特別對雷驤語言的異乎尋常的銳敏不禁寄予厚望的、生於三〇年代中期、一腦子不合時宜的、究竟也不期而已初老的我，對友人雷驤，有不能已於言的、這樣的真誠的待望……

初刊一九八七年四月圓神出版社《矢之志》（雷驤著）

何以我不同意台灣分離主義？1

我所以不能苟同於台灣分離主義運動的理由不少，可是主要的有這幾點：

首先，台灣分離主義和戰後新帝國主義，有密切的關係。這樣的關係，一直到今天，都沒有受到島內外、新舊世代的台灣分離主義運動者加以清算。

二次大戰以後，歷來在東亞和東南亞有重要的帝國主義利益的國家如英國、法國，主張戰後亞洲地區的台灣和朝鮮「地位未定」，以便利在「聯合國共管」的基礎上，分贓日本交出來之殖民地，並擴張自己的勢力。在二次大戰期間，初步比往時更積極介入亞洲事務，企圖以與國府之密切關係而獨占在華利益的美國，則反對英法之議。不數年，中國內戰形勢急轉直下，一九五〇年韓戰爆發，未幾，中共派兵入韓國戰場。在這前後，美國也開始主張台灣的國際地位未定論、國際共管台灣、和台灣中立化的主張。在《舊金山和約》中，美國支持日本右翼政府，悍然違逆日本輿論，與國府訂和約。在和約中，台灣被迫接受「日本放棄台澎」而不明言交還中國之條款。一九五〇年以後一直到一九七〇年代「台灣地位未定論」、「兩個中國」、「一中一台」和「中台國」這些把戲不斷上演。一直到今天，人們還在搞「『自決』並不等同於『獨立』」之說，變個方式搞台獨的兩手，隔著太平洋，互相唱和。

我一直詫異：為什麼台灣分離主義者看不清：所有這一切，無非是一九五〇年全球性兩極對立構造下，美國為了派兵「協防」台灣，理論上就必須使台灣脫離中國，因為美國在「理論」和道德上沒有權利派兵去「防衛」一個不屬於自己的土地。此外，美國釜底抽薪之計，在於建立一個親美的、反共的、脫離中國的台灣，以利充分掌握台灣這個美國全球性反共、防共戰略布署上的基地。帝國主義與台灣分離主義的歷史和關係，南方朔的《帝國主義與台灣獨立運動》（一九八〇，四季）一書之中有透徹的分析，讀者可以參考。

這是最明顯不過的、對於中國內部事務之干涉，也是嚴重而大膽的帝國主義政策。我無法贊成這樣一個戰後基本上是「官僚—工業—軍事—學閥—情報」複合體的美國資本帝國主義所操縱和炮製的台灣分離主義。

一九五〇年在全世界範圍內「兩極對立」世界成立，全球各民族、各國，莫不被組織到這兩個互相對立的「陣營」中。在兩霸相持之「陣營」對立下，許多個別民族的自主性、個性和利益，被強加歪曲，甚至橫遭壓抑，產生複雜的變化。在國際反共、防共、反奴役……這些大義名分下，如同在「國際社會主義兄弟黨和國家獨塊岩似的團結」的口號下一樣，許多民族和國家被迫放棄獨立追求各個經濟、政治、文化發展的可能性，在政治、經濟、文化和民族問題上，淪為霸權的附庸。

台灣分離主義運動，在依附美日新帝國主義，甘為新帝國主義鷹犬，甘為逐漸破產的「兩極對立」冷戰構造服務，盲目「反共」、「恐共」和反華，可以推想，萬一「台灣民主共和國」成立，它也不過是一個極端法西斯的、美日附庸的「國家」。我也可以想見這樣一個國家的社會、文化、思想和政治生活的極度的荒廢。

任何一個自覺的、前進的亞洲知識人，都不會願意涉入這樣一種運動吧。

在「陣營」中，為大國的利益，犧牲和歪扭自己的個性，莫過於把民族分裂長期化、合理化。國民黨四十年來雖以光復大陸、反共統一為言，實際上卻在實質上搞台灣的獨立化。言必「我國一千八百萬人」，台灣估計在一九若干年「進入開發國家」之林，以私運大陸商品來台為國際間的「走私」論處，對海峽兩地人民間的探訪、通信、通商……橫加禁斷，這些都在實質上創造一個企圖永久「獨立」於中國的台灣。但在這一點上，台灣分離主義在恐共、反共、「確保自由的生活方式」的共同點上要求台灣獨立，其實與國府是十分一致的。事實上，台灣分離運動，在一九七五年前後越南淪陷、美國與中共建立外交關係的衝擊下，曾經有多人悃誠上書於國府，要求由國府領導台灣反共獨立。

最近以來，在民進黨機關報《民進報》和其他反對派雜誌上，迭有公開主張台灣獨立的文字。這些文章中，都表現出為了反共防共，必須使台灣永遠與中國分離，才能在「國際法」下受到洋人的充分保護。在文化上和民族上，有些文章一點都不想掩飾對中國、中國人、中國文化極為荒誕的誤解、仇恨與卑視。如果說，這種仇恨與卑視已經到了至極反動的種族歧視等差別主義[2]，也不為過。

台灣分離運動，由於在歷史上與現實上和國際上反對中國的帝國主義有關，所以從理論到實踐，它總是以中國為它的針對面。它反對和批評中國之政治、民族和文化。但是面對美國、日本、蘇聯和西歐，它立刻喪失了它對中國事物時所流利使用的尖酸、毒狠的語詞。在歷史上，很少出現過這樣一個時代，中國人（儘管他們不以為自己是中國人）這樣挾洋以卑視、仇恨中國，必欲斷絕與中國一切的連帶而後已。

我以為這是國府四十年來，在「陣營」中苟安，為了一黨的私利先自放棄了中國的惡果。四十年來的恐共、反共教育和傳播，發展成國府始料不及的反中國心態。以恐共、反共來鞏固自己的安全的國民政府，意外地在台灣失去了中國的立足點，而受到國際卵翼下的台灣分離運動對它合法性的挑戰。

當台灣分離主義言論在台灣取得全面或非全面的言論自由時，我們一方面支持這自由，一方面也應取得分析和批評台灣分離運動的言論權。

最後，台灣分離主義和國府一樣，對台灣四十年來「依賴性的經濟發展」不但沒有批評，反而是持肯定論的。他們只熱心爭論，台灣的「經濟奇蹟」是國民黨英明領導的產物，還是「台灣民族」勤勉、優秀的「海洋性格」使然。對於豪奢冶蕩的「娼婦經濟」，對於經濟發展背後對工人、漁民、農民等弱小者之壓抑，全島色情化、全島少女在金錢和官能崇拜下失去人的保障，環境與自然的深刻破壞……基本上不加以批評。分離運動只能造成國際資本在台灣對自然、人、文化更加肆無忌憚地蹂躪，並以腐敗的發展換取對中國的永久的斷絕。缺少對世界體制、國家和文化懷抱批判知性的台灣分離運動，是當前帝國主義和世界體系下台灣被「矮化」的文化的結果。

相形之下，韓國民主運動的品質與風格，值得認真思考中國／台灣歷史問題的知識分子充分注意。發表於一九七六年的韓國《民主救國宣言》，最後一段話，是這樣寫的：

> 戰後三十年來，國土分裂，給予南北（韓）雙方以施行獨裁政治的藉口，使促進國家繁榮、民族幸福、創造發展之所必須動員的全韓精神和物質資源萎殆下去。沒有外國的軍事

援助，維持朝鮮半島南北共計百萬左右常備軍和現代武器，畢竟是單靠朝鮮半島的經濟力所不勝負荷。更不可忍受的是，民族的分裂，使我韓國民族文化創造上所必須動員的、同胞的英知與創意，遭到破壞性的浪擲。

民族統一，是當前我同胞所負至高的命令。我們必須以全韓五千萬人民的智慧與力量，打破南北分裂的障壁！任何個人或集團，如果敢把韓國民族統一的最高目標，利用為他們私自的戰略目的服務，妨害民族統一，將不能免於受到歷史最嚴苛之審判。

民族統一的機會，依南北雙方的政治家的姿態而可近可遠。如果他們肯真誠地為韓國全人民設想，就應有善於透視國際情勢，一旦時機成熟，則決然面對統一問題，果敢處置的智慧與勇氣。這才是我們應當追求的主體性外交。

在這時機中，我們有一條必守的最後的防線。那就是規定南北統一後，一切對我民族最善之制度為政策，應悉由國民中產生的，這樣一個民主主義的大憲章。在預測民族統一的、逐漸逼近之時機的同時，我們是在培養還是枯萎民主力量呢？勝共之道、民族統一的近路，便是培養和發展韓國人民的民主力量。

這是我五千萬全民族面向新歷史的創造時，應該積極面對的課題。

這就是要我們再度把在「三一」、「四一九」運動中在亞洲點燃的烽煙，再度高高舉起！

這才是一個在「民主」與「共產」對立中受難的民族所產生的、真正的民主主義，是以誇耀於世界萬邦。這樣才能使韓國作為一個統一的民族，使我們作為一個實現了正義、保障了和平的國家的國民，在國際社會中，與萬國並肩，堂堂存續並發展於天下。

民主主義萬歲！

韓國民主運動這種能在冷戰構造的「陣營」框架中脫出，爭取韓國民族的自主性，超越南北政權的對立，立足在全韓民族的解放、統一和獨立的「英知」，應該教會我們極為豐富之功課。

初刊一九八七年五月《中華雜誌》第二十五卷總二八六期
收入一九八八年五月人間出版社《陳映真作品集13．美國統治下的台灣》

1 本篇為「台灣自決獨立問題」專號文章。
2 「種族歧視等差別主義」，人間版為「種族歧視和差別主義」。

〔訪談〕陳映真訪港答記者問[1]

編者按：本年五月十九日至二十七日，台灣著名作家陳映真先生，應「香港文學藝術協會」之邀，首次來港訪問，下面是「協會」及浸會學院傳理系及大專會堂為陳先生召開的記者招待會中陳先生答記者問的全文紀錄。紀錄依錄音帶整理。

陳映真（以下簡稱「陳」）：首先我必須說對不起，因為我不會講廣東話，要用普通話在這裡說話。剛剛，我很尊敬的朋友戴天的一席話，我大概百分之九十都聽不懂，可我稍為聽懂的一點，大約是說希望你們從文學、藝術的角度，而不要把我當作一個政治人來問我尖銳的政治問題，我很感謝他的好意。

我非常高興能來到中國另外一塊土地，見到我們自己中國同胞。對於我來說，並不是常常有這樣的機會，所以我這幾天在香港各處走動，看見香港的風土、香港的中國人，心情相當複雜，也很激動。

今天實在很不敢當，勞動各個媒體的記者來這裡參加這個記者會，我先向大家說謝謝。實際上，我一直都不覺得自己需要或者應該驚動香港這麼多的媒體，因為我不覺得自己有那麼重要。這樣對待我，在編輯上也好、在你們個人工作上也好，恐怕是一個很大的誤會吧。不過既然是這樣了，以下就看大家有什麼問題，我盡量回答。

問：陳先生，你算是台灣的鄉土作家之一，對於台灣自決的問題，從台灣文學上來說，有什麼看法？

陳：我想這是個蠻有意思的問題。台灣的文學從戰後大約一九五〇年算起有兩條主要的線索。第一條是由一九四五年日本戰敗到一九五〇年，這是台灣現實主義的、激進的、干涉生活的文學的復甦時期。為什麼說是復甦呢？因為一九四五年前戰爭末期，日本統治者對台灣各種文化、文學活動採取壓制的態度，這種壓制到日本戰敗才開始結束。由一九四五年至五〇年，是現實主義文學蓬勃發展、或者說是準備發展的時期，也是所謂的台灣文學的現實主義文學復甦。

可是一九五〇年後有了很大變化，一方面是韓戰爆發，第七艦隊封鎖台灣海峽，另一方面是台灣內的政治肅清運動；在這種基礎上，我們從美國輸入了所謂的現代主義文學。現代文學在台灣統治了將近二十年。但與這同時，我們還有另一個傳統，我稱之為「素樸的現實主義傳統」。什麼叫作「素樸的現實主義傳統」呢？它是現實主義的，可是它又是素樸的，比起一九五〇年以前的台灣現實主義文學，它比較沒有革命的、意識形態的性格。這種文學一直發展至八〇年代，主要的代表是鍾理和先生。他住在台灣的鄉下，因為熱愛文學，所以一直描寫身邊的農村生活，描寫土地改革以後台灣的農村生活。

這種傳統為什麼在一九八〇年發生變化呢？我個人的想法是可能與一九七九年的高雄「美麗島事件」有關。「美麗島事件」發生後，整個台灣的文學和文化界有一種很傷痛的感覺。我們戰後培養出來比較優秀的人才，特別是政治上的人才在那個不幸的事件中入獄，這引起文學界很大的變化，展開了近年台灣在文學上經常討論的幾個問題。這些問題包括什麼是台灣，什麼是台灣人，什麼是台灣文學。這可能就是你所提及台灣目前所謂自決運動潮流對文學的影響。

下面我來談談這個影響，我要說的是文學問題基本上應是在文學的範圍裡面解決。人們的意見，可以通過不同的方式表達，例如可以演講、可以寫書、也可以寫小說。但如果你採取文學的手段來表現，第一要緊的是你必須在藝術上站得住腳。所以我個人認為，台灣作家是不是把這個自決的意思寫到文學裡面，並不是很重要的問題。問題是它作為一個文學作品能不能成立，如果它能成立，其實它主張什麼意見都已經不是很重要。因為它主要是傳諸久遠整個民族的財產。

問：陳先生，你是強調作品屬於整個民族？

陳：我的意思是如果它是好的文學作品，它不只屬於一個民族，更屬於全人類所有，所以它主張什麼已經不很重要。例如我們很尊重的杜斯妥也夫斯基，他在政治上是蠻幼稚的，他主張保王，反對革命，主張王室復辟，可是到現在為止，沒有人因為他政治上思想的落後而嘲笑他，甚至有些評論者認為他這個人很可愛，這麼偉大的心靈居然對政治問題認識這麼少。為什麼他不會挨罵，是因為他在文學上的成就太了不起了。

所以我們關心的是，我們台灣需要的是傑出的文學作品，至於說寫出那個文學作品的作家在各種問題上採取什麼樣的態度，我覺得從文學史的觀點來看並不重要，所以一點都不必緊張。作家有他自己的看法，但他的任務在提出最好最好的文學作品。

問：陳先生，以前你好像有另外一個筆名叫許南村，是用來寫評論的，現在還有用嗎？

陳：我已經記不清楚什麼時候開始沒有用這個筆名了，現在寫評論文章也用陳映真這個筆名。

問：現在還寫評論文章嗎？

陳：（點頭）

問：寫小說跟評論是很不同的事情，兩者之間有沒有矛盾？

陳：我應該承認的是，台灣文學界有一個比較嚴重的問題，就是創作跟評論不分家，這是很不好的情形。大家一般都認為他能寫就一定能評，他能跳舞就一定是很好的舞評者，他能畫出好畫便一定是很好的畫評家。可是這在邏輯上不一定說得通。當然有少數的一種作家是在創作上和思想上一樣傑出，例如中國出名的作家魯迅，或者其他一些中外作家，但這種人畢竟是很少。我覺得評論應該是獨立的。評論是一種專業。只有獨立、客觀的評論才能促進讀者跟作家的進步，創作和評論的關係就像言語跟文法的關係一樣。文法總是在語言的後面，語言是活的，不斷變化的，但我認為文法還是必要的。因為這樣，所以比較獨立的、先進的、比較有啟發性的、專業的文學評論很重要。我個人就犯了這個錯誤，常常自己也寫評論，可是這很不好，我知道的。

至於創作與評論之間會不會產生矛盾，我個人還不怎麼覺得，因為我如果算是一個作家的話，或者還比較屬於那種思維型的作家。作家大概有兩種，一種是用藝術的形式去表現他的想法和感情。另外一種像天生的器皿一樣，他是一個敏感的工具，像鏡子般主動反映出問題。後一種作家，也許沒有細密的思想結構，但因為他是那樣敏銳，所以他能敏銳地反映一個時代的人、社會和自然……勉強分類的話，我可能是先有想法，然後把這個想法變成故事的那一種作家。這樣的創作過程跟評論大概矛盾比較小——如果不是說完全沒有的話。

問：你本身是台灣本地的人，但你也比較早在小說裡面談到台灣省籍問題。你的小說像〈將軍族〉、〈夜行貨車〉都是強調外省人跟本省人的結合，而不是講他們的矛盾。是什麼原因促使你那麼強調大陸人和台灣人要走在一起？

陳：這跟我對所謂本省外省問題的看法有關。很多外國人，甚至於在香港的中國人從遠遠地看到在台灣有人提台灣自決、台灣獨立，覺得那個地方大概本省人跟外省人有很深的矛盾。我以在那裡生活了五十年的經驗告訴你們，矛盾是有的，但在我個人來說，這矛盾的性質，和任何其他社會裡存在的矛盾，沒有根本的不同。

在日治時代，台灣人與日本人也有矛盾，但這矛盾的性格是絕對性的。現在有少數一些人認為台灣人與外省人的矛盾是民族矛盾，是兩個「民族」之間不可調和的矛盾。對於「民族矛盾」，我個人的理解是要有兩個條件，當這兩個條件互相重疊的時候，民族矛盾才成立。例如日治時代台灣的支配者跟被支配者的關係，在社會學上，凡是支配階級在民族上都是日本人，凡是被支配階級在民族上都是漢人，像這樣一個階級的條件，一個民族的條件，兩者完全疊合的時候，才能說是民族矛盾。以這樣的標準去衡量世界上例如南非黑種人民與白種人民的關係，那也是民族矛盾。他們符合的，一個是種族條件，一個是社會階級的條件。

如果用這個標準來衡量台灣，各位當中相信有人到過台灣，我想你們馬上可以看出「外省人和本省人之間有民族矛盾」的提法，完全不是事實。因為在台北地下道、公園、火車站睡覺的，有台灣人也有外省人；在社會的最上層、在扶輪社、在最高貴的俱樂部、或者在大企業資本家階級中，也同時有台灣人、外省人。這與日治時代就很不同，那時台灣地主資產階級可以投資，可是他不可以管理，他沒有企業的管理權。在日治時代的民族矛盾裡不只有政治上的差別，還有人格上的差別。人格上的完全不對等，這是最重要的。比如教育上的差別，更是統治上差別的最重要條件。但這些差別在台灣都沒有。所以從社會科學觀點來看，不能說台灣是「中國人」對「台灣人」的壓迫。當然我能充分理解台灣現代史遺留下來的問題所造成的傷痕，這方面我是完全同情的，可是知性上我沒有辦法接受「中國人支配台灣人」這樣的觀點。

第二，把許多社會矛盾看成源自社會階級的矛盾，而又比較沒有省籍差異的看法，是與我少年時代的文學生活有很大關係。我在感情剛剛萌芽時就看魯迅的作品，魯迅和其他中國三〇年代的作品，在我的心中栽種了對於祖國中國的深厚情感。那種感情一直留到現在。

第三個我關心省籍問題的原因，是我在現實生活上看見本省人和外省人之間和諧的關係，並不如一些人看到的只有對抗的一面。從「二二八」事變以來，一直有這種和諧的關係。事變開始的時候，有很多台灣人保護他們的外省朋友，把他們帶回家中躲避。一直到現在，在同一個階層中外省人和本省人的互相愛惜也很多，扶輪社內的本省外省人都是滿口英文，互相交談，好得不得了；然後在低層，在工會內工作的一些本省外省人，雖然言語不太通，也是一樣好。

所以，我們也應該看到這個現實面。

問：剛才說到你是從文學創作開始你的文筆生涯的，然後後來你又評論起社會來，那麼由文學到評論社會的過程是怎樣的？

陳：實際上，我不覺得我在評論社會，特別是我辦《人間》雜誌，有一種說法是陳某人「很有愛心，很有理想，很關心社會」，好像他是一個宗教家，滿腔愛心，到處宣揚愛的信息。實際上不是這樣的。剛好相反，我和我的同事都是在採訪生活的最前線的現場中得到被我們採訪的人跟他們的生活的很大教育。是他們告訴我們怎樣去愛別人，是他們告訴我們怎樣在艱難裡去面對沒有條理的生活，是他們告訴我們生命的向度（dimensions）還有多豐厚。

我舉個例子來說，湯英伸被判死刑，讀過我們的雜誌的人都知道我們一直很關切，可是等到最後高院判下來仍是死刑的時候，我們那個年輕的記者不只同情，而且甚至有點悲憤了。於是我們展開了一系列的營救運動，在短短的幾天裡起起落落，忽然間覺得有希望，忽然間又覺得沒有希望，然後又有希望……終於我們陪著那位湯老先生在旅館裡得到一個電話叫趕快去領屍首。我們就去，幫他辦很多的事情。一路上我們的記者變化很大。起先對湯英伸終於被處死刑充滿了悲傷、憤怒、不平，覺得為什麼非要讓這年輕人走這條路不可。

然後我們與死者家屬陪著化成骨灰的湯英伸上山，參加了他們整個曹族為湯英伸舉行的一個充滿了自尊、莊嚴的儀式。經過這一連串的事後，我們的記者有了很大的變化。他回來就問我要怎樣做，這個故事應該怎樣寫。我問他自己覺得應該怎樣寫。他說，他最後在那個曹族的部落內看到他們整個葬禮以後，覺得已經可以超越所有的恨、所有的不平。我問他為什麼，他說他看到整個民族為這件事情的悲傷所表現出來的高度尊嚴。他說他原先的悲憤因目睹一個弱勢少數民族自有的尊嚴而洗滌盡，他勝過了原先的憤怒和不平，他分享了某種安靜的自尊和寬恕……

於是我說：「好，你能這樣想最好，我本來也是想叫你這樣寫，可是我是『老闆』，如果我叫你這樣寫，你是在一種壓力下這樣想的。如果你自己在整個過程中有這樣的看法，我覺得很高興。」所以，也許我們不應該說我們在關心別人的苦難和悲傷，事實上，我的那些「孩子們」真的在生活的現場中，受到被我們採訪的人與生活很大的教育。

第二個例子是雛妓的問題。十二、三歲的小女孩，在身體和思想上都還未成熟的時候，要接受那暗無天日的生活，那是很令人震驚的悲劇與罪惡事件。為了採訪的方便，我們找了一個女同事去。她回來後照例告訴我她採訪的經過和寫稿計畫。當時我已經很忙，我就說我一邊工作，叫她在旁邊一邊說給我聽。於是她一邊說，我一邊工作，沒有看她。但她說到一半，就不講話了，我覺得奇怪，回過頭看見她在流淚。我就假裝不知道，沒有說話，因為我知道這哭對她很重要。她一直流淚，很激動。過了一會才再繼續說。她講了一句話：「我到現在還無法忘記那些女孩子，我很感謝她們。」我問為什麼感謝她們，她說：「我聽著她們的故事，覺得那些女孩子隨時可以跟我拍桌子，把茶潑到我臉上。」我問為什麼，她說：「她們可以問我，同樣是女孩子，我憑什麼比她們幸福，而且坐在這裡讓她們把故事講給我聽。我一直認為她們可以這樣做，但她們沒有，不但沒有，而且還那麼親切、那麼信賴我，把她們心靈最大的苦痛告訴我。」她說她們兩個人一起哭，她說經過這件事情，覺得自己是真正的長大了。

像這樣的經驗，在我們的記者之中是不勝枚舉的。問題在於我們今天的媒體——不只在台灣，相信香港也是這樣，大多數從強者、從幸福的人、健康的人、快樂的人、有錢的人的觀點和前景去看人、看社會、看生命、看自然。我們的《儂儂》、《薇薇》，很多很多報紙、雜誌都告訴我們什麼是快樂，什麼是最美麗的，什麼是最幸福的。可《人間》雜誌在一點上跟它們不同的是：我們從社會、人生裡面弱小者的立場去看生命、生活、人和世界。反而因為這樣讓我們接觸了很多的生活，這生活首先是幫助了我們自己。

當然我們在辦《人間》的經驗當中有了哪怕是小小、也令我們高興的所謂成就。比如「八尺門」平地山胞問題引起了基隆市府當局的關心，然後有計畫要改建八尺門平地山胞的社區；還有那個神經病的老人買主生，我們以為他一定會老死在那個石頭的房子裡面，可是不到兩個禮拜，因為我們的報導，他被放出來了。當然像這種零零星星的改善，若從比較激進的觀點看可質疑它與整個結構性的不公平的存在，是不成比例的。也許，年輕、激進的朋友，會攻擊說這只是自我安慰，這是鴉片煙，沒解決問題，放出一個老人算什麼。可是我現在知道這種說法不見得對，因為在結構改變還未來到前，一點一滴的，哪怕是看不到的改變，我覺得都是很重要。

另外，我學會理解人生是充滿困難的，人本身充滿軟弱和很多很多缺點。我年輕的時候，可能認為自己是個巨人，打不倒、勇敢，上面有一個直徑一公里的光圈，上面有天神在護衛我，我是來打敗不義的。這樣的態度很危險：一方面會自以為正義，二方面是很脆弱的，兩個巴掌打過來就垮了。相反的，當我看到人原有的限制，人原有的軟弱，可是仍然不願意放棄，在這樣的基礎上工作，我覺得可能才比較有力量。是一點一滴的，不要以為自己可以成就很大的事情，改變歷史……當然這樣的人不是沒有，不過絕對不是我，恐怕也不是你。在這樣的認識基礎上尚且不願意放棄，做起事情，或者比較有氣力，比較持久……

問：陳先生，香港和澳門都將會交還中國，這方面會否對台灣有什麼心理上的影響？

陳：（笑）我想影響不是很明顯。不是很明顯的理由大概有兩個。第一是台灣戰後四十年來在整個教育也好、整個思維方式也好，一直到現在都有一個比較大的缺點，就是凡是離開台灣一寸的問題，台灣人就沒有興趣。例如六〇年代的越南戰爭，引起了全世界知識分子的思考跟檢討，但在台灣好像沒有這回事一樣，幾乎沒有一個大學教授、沒有一個所謂「高級知識分子」在那個時期公開檢討，討論越南戰爭的問題，它對世界和平有什麼影響。在六〇至七〇年代，越南戰爭引起全世界至少是進步的知識分子對世界、對人類、對和平做出深刻的反省，甚至於對整個西方世界體系的價值的全面反叛，但相對照地，台灣的人像沒事發生一樣。只有一些小說，如黃春明的〈小寡婦〉、我個人的〈六月的玫瑰花〉稍為提過一點。整個讀書界一點都不關心。那時即使有人發表評論也跟美國USIS的公報一樣，認為美國是為了「維護越南的自由和民主」而戰，諸如此類。所以，可能因為這個原因，他們對港澳問題不是很關心。這是一方面。

另一方面呢，台灣人也有些焦慮，但我要說的是，這種焦慮未必絕對跟港澳有直接的關係。台灣的國際地位問題，一直在台灣人（不管對政治關心與否）心中形成了一種慢性的焦慮感，這種焦慮感一直存在，但它的根源未必只是香港九七問題和澳門問題的解決，而是整個戰後台灣在中國近、現代史上，以及國際上的位置的問題一直沒有根本的解決，而且台灣知道自己無能為力，自己不能解決這個問題。像這種慢性的焦慮感則是有的。

這好像不是文學的問題，對不對？（笑）

問：你曾經寫了一系列關於「華盛頓大樓」的作品，本來聽說你還有計畫要再寫其他故事，也編入這個系列，但到現在還沒有見到，我想知道這是完全因為忙，還是你辦了《人間》之後已經有了不同的看法？

陳：似乎很多人都關心這個問題。我以前開玩笑說過，因為當時台灣的建築業很不景氣，大樓蓋一半停下來的很多，所以我的大樓也蓋了兩三層便停了，等有錢再蓋。最近台灣建築業又興旺了，所以好像這個藉口已經不太管用。不管如何，我是很有心要完成這個系列的。在這個系列裡，我主要是檢討在多國籍企業下中國人生命、生活和性格的改變。最近我聽幾個朋友說我應該繼續寫「華盛頓大樓」系列，我問為什麼，他說了一句話對我是蠻大的鼓勵。他說，你那些作品寫得太早了，你寫那些東西的時候我們還不自覺這個問題，但現在隨著台灣經濟國際化政策，跨國企業在台灣的增加，已經被吸收到跨國公司的台灣知識分子人口的增加，你的作品會愈來愈引起共鳴。我只好謝謝他。

但在我個人來說，可能有一個小的問題，就是我已經離開了在多國籍企業的生活將近五、六年，甚至七、八年，不過當然這不是個很大的困難。

另外一個問題是個人忽然對於五〇年代的歷史感覺到有一種很大的寫作負擔。台灣有一個基本的問題未曾解決，那就是對「戰後」這個概念沒有深刻檢討過。所謂「戰後」，是一九五〇年韓戰爆發，第七艦隊協防台灣左右那個政治肅清的年代，那時候的人跟生活等等。那時台灣的歷史面對了全球性有組織的逮捕、監禁、槍殺等，他們超越了那大的恐怖，發揮了智慧高潔的人性。他們面對絕大的、沒有條理的、荒廢的、恐怖的世界，仍然秉持著理念超越了死亡與黑暗，那樣的人生，那樣的時代，已經隨著六〇年代以降物質的富裕化而完全被遺忘，而且進入兩種完全不同的世界，不同的人類。這是不可思議的。例如我的〈山路〉，寫出來後有些批評認為故事是寫得還蠻不錯，不過它太「理想化」了。但他們不知道五〇年代的現實就是這樣，不是什麼理想。它只有比真正形象更少，而不是更多。

在《人間》雜誌最近所做的「民眾史」採訪中，我們亦找到很多五〇年代「超越了死亡，超越了黑暗」的生命的故事。當時歷劫回來的人，回憶那些生與死的故事。每個故事都讓我覺得人類的生命曾經達到那樣的高度，我們不應該忘掉，這應該成為整個民族共同的記憶，加以凝視和思考。我們所遭受過的苦難也好，悲傷也好，或者是愚昧，甚至那在荒廢而無條理的時代中至為高潔、比較高的境界都不應該遺忘，要把它們變成全民族共同的回憶，全民族共同的哀痛和紀念，把它繼承下來，這樣我們才能避免一再犯同樣的錯誤。所以隨著台灣政治上的開明化，隨著台灣當局有更大的包容和更新力量去面對這樣的故事（把「二二八」事件揭出來，這種事情在十年前是不可想像的，非坐牢不可，可是現在不同了），我認為不應該濫用國府當局民主化政策下的這種自由，我們應該深沉地、更有生產性地利用這個自由，而不是濫用這個自由去謾罵、罵國民黨……我覺得，這是很大很大的浪費，因為這個自由對於我們是太寶貴了，四十年來第一次出現這種寬容。如果你把這寬容只用在罵別人，我覺得是辜負了這個自由。我覺得應該善用、深刻的使用、好好的嚴肅地利用這個自由去反省、思索，對人民、對國民黨、對台灣和中國才有益處。我決定先寫那些五〇年代的故事，獻給我們剛剛得到的這一點點自由，因此我目前寫作的主題可能比較關心這個階段的歷史。

問：台灣或中國的文學有一定的發展，但在國際性的諾貝爾文學獎中從來沒有得獎，你的看法是怎樣的？

陳：關於這個問題，我個人的看法是，一個文學家最大的快樂和光榮來自於作品受到自己的同胞的愛讀與肯定，而不是任何國際性文學獎的肯定。國際上的獎，基本上不能增加一個作家原本沒有的光榮；不得獎，也不能減少他原來有的光榮。

最近我聽說大陸也在討論這個問題。好像很迫切地想要到一個國際獎。這個我覺得很詫異。如果說一般所謂資本主義社會的作者有這種急功近利的想法，我想倒也能理解。但一個長期在社會主義下寫作的作家卻斤斤計較國際獎，甚至於好像對別人說：「你什麼時候給我，你說個明白吧」，這樣實在是不成體統……

第二點，我想一個作家最重要的是他的作品，作品的品質最重要，如果品質好，哪怕是一時沒有人認識你，終究還是會受到肯定的。我個人認為文學藝術有一個很嚴肅的個性，就是它不怕孤單。例如劉賓雁現在有很大的困難，可是你把他殺了關了，把他的作品燒了，如果那作品是好的，這一切否定，一點也傷害不了他。一個作家作品質量不好，儘管享盡一時世俗的冠冕、錦衣玉食都沒有用，時間一過，連文學史上一行都占不上。我想這種我不能解釋的公平性，是鼓舞著全世界有良心的優秀作家不會為現實的熱鬧或孤寂、榮華或貧窮而獻身於文學的一個非常非常重要的原因。如果沒有這個原因，就像政治一樣人多勢眾、鑼鼓喧天就贏，那就不要搞了，那文學沒有什麼好搞頭了。

所以我覺得第一個需要嚴肅面對的問題是為誰寫、寫什麼、怎樣寫這些問題。如果你連自己的同胞都引不起共鳴，你在外國有什麼用？沒有用。這使我想起五〇年代在台灣盛極一時成為世之顯學的「現代派」。他們畫很多抽象畫，寫很多「現代詩」，中國人問他寫什麼，他說你不懂，活該，你水平太差了。那個時候很多美軍眷屬住在台灣，他們要裝裝風雅，常常會去參加他們的畫展，他們一看見洋大人來就拉著我走，要我幫他解釋給他們聽這畫是如何表現人生的「空無」、生命的「孤絕」。他們在乎的是外國人而不是自己同胞的如何評價。而現在，那些作品中的絕大部分，卻不再有人提起了。

問：台灣作家的寫作環境如何？

陳：我想這可分兩方面來說，一方面，台灣作家基本上還沒辦法專事寫作來供養自己，能夠純粹靠作品取得生活資料的作家只有少數幾個比較「通俗」的作家。文學作品始終是一件商品，創作者只能在稿紙上寫，沒有錢買紙來印，沒有錢排字、裝幀、上市，他就要把這項工作交給商人去做。商人只在覺得你可以賣、有市場才會替你出版、做宣傳，再分到流通的經銷商處，相信各地情況都是一樣。在整個過程中，作者只是一個勞動生產者，如果他的作品在市場沒有回報的話，他根本就拿不到錢。所以台灣作者還是大多只能用他們的餘暇來創作。這一點我想跟其他資本主義國家是一樣的。也因為他們不是用全部時間去創作，我們特別感謝在台灣的一些作家，在生活的餘暇中，竟然也為我們寫出基本上不錯的作品。

至於說他能不能自由地寫，我想有主觀和客觀的條件。客觀上，到目前為止，一般而言，在台灣單純因為創作而被捕、審訊、監禁是沒有的，包括我在內。我一九六八年被捕，也並不是因為我的創作。而另一方面我沒有說的是，台灣作家似乎還沒有寫出那種非要被抓起來的作品，這一點很重要。兩方面合起來看時，在遼闊的第三世界的作家、新聞記者和教授都拎著腦袋在創作和思想，很多報社被軍隊占領、查封，記者被抓，老闆被槍斃，作家必須逃亡（中美洲很多作者半生都沒有在他的祖國），這樣的例子很多，但台灣沒有。所以我們要問一問，我們的作家思想的層次是否深刻，他們挑戰的、提出來的問題，有沒有碰到他的祖國的社會、經濟和政治的核心問題，以至於引起官老爺們皺眉頭，甚至拍桌子，然後開始抓人？

問：你認為台灣解除戒嚴會使創作環境有什麼改變嗎？

陳：也許我們今天特別看到一種情況，就是台灣的整個問題在於思考與文化上的貧困性。這種貧困性來自一九五〇年以來的戒嚴體系也好，冷戰體系也好，它使我們在人文科學的教育、哲學、思想方面的發展一般地比較矮化。所以面對著全面或者是部分解放的前夕，聚光燈已經從國民黨移到在野的政黨、文化和作家身上。他們為誰說話，說些什麼，怎麼說……受到最苛刻的評判。以前因為沒有機會上台表演，所以你常常罵，罵他們演得不好。到真的有一天人們鼓掌請他上台表演了，他便有點慌，因為自己沒有準備好。

當然戒嚴令的體制客觀上為許多問題帶來困難，比如發展上的困難、創作上的困難，可實際上，我們現在就要問，在過去漫長的所謂戒嚴體制下，是不是還有一些文化人、知識分子、作家用功地在寫、在想問題。如果沒有的話，即使戒嚴解除了，一時間對台灣文化、文學的進步與向上，是沒有幫助的。但長期看，台灣的民主化與自由化，當然對文化、文學和政治的進步幫助很大。聚光燈已經移到台下來了。這是很嚴重的考驗。我常常喜歡說的是，在西班牙弗朗哥專制體系倒了以後，從地下冒出來的思想家、戲劇家和文學家使世界震驚。震驚的是原來在那漫長的、停止不動的、荒廢的時代的底層，還存在著那麼活潑的思維、創造和批判。

問：你剛才提到台灣作家思想比較貧乏，表現的問題比較不深；你又說，作家應該問寫什麼、為誰寫的問題；那你是不是認為，要接觸一些政治、民眾問題的作家才算是好作家？如果他們寫愛情小說就不會是好作家？

陳：這是個蠻好的問題。任何一個行業都有它的哲學，例如醫生，你可以做一個非常精打細算的醫生，病人進來你先問他口袋裡有沒有錢，沒有錢就叫他趕快轉院，不要到你那裡。你可能覺得這很正當，你會問，你受過十年醫學教育，腦筋比誰都要好，為什麼不能賺錢，為什麼不能把醫院當作一個企業來經營。另外一種哲學觀就可能不同。例如他會願意去比較貧窮的地方，去獻身，病人來了先關心他的生命，而不問他口袋裡有沒有錢。文學方面，也有哲學上的不同。

當然，我現在年紀比較大，我完全能容忍跟了解一個作家認為藝術就是藝術，藝術應該寫些嬰兒的笑臉、玫瑰花盛開的顏色、鳥兒在早上十點半叫的悅耳聲音、或月亮在滿月的時候的月暈……我覺得他們有這種自由，而且應該充分尊重這種自由。如果我們認為可以任何理由去剝奪這種自由，有一天別人也可以用任何其他理由剝奪像我們這種想法的人寫作的自由，這一點我是認識的。可是我個人認為，在像中國這樣一個在可以預見的將來還有很巨大的問題、還有崎嶇長遠的路要走的民族裡的作家，還是應盡為民喉舌、為弱小者代言的責任。先前我也說過，另外有一種作家，天生敏銳，又有才華，雖然他沒有結構性的世界觀，但正因他的敏銳和天才，同樣表現了一時代的人和他們的問題，在即使是乍見是「愛情故事」中，表現了一定的人和歷史的重要性……

問：陳先生，有人說民族性是造成中國衰弱下去的原因，你的看法怎樣？

陳：我個人是比較不願意相信一個民族有它的民族性。這樣的說法在沒多久以前，我們用獸字邊來描寫中國的少數民族，就是說他們是獸性的民族。十九世紀以後，很多白人到中國來拍照，好像到動物園來看到一種新的品種一樣。台灣現在賺了錢，出入在泰國、菲律賓、印尼做生意，便有人回來後興沖沖地跟我講：「老陳，我告訴你，印尼這個民族沒希望。」我問為什麼沒希望，他說：「乞丐一樣，我過海關時護照內一定要夾十塊美金……」像這種說話，是不到五十年前白人對中國民族講的。這是漢族中心的、有錢民族中心的、是白人中心的偏見。所以，我不相信任何一個民族有天生的屬性，是卑劣的，低能的。在我們台灣的社會裡，我們也聽說台灣山地民族天性「不重貞操」、「喜歡喝酒」、「懶惰」、「沒有紀律」……這都是外加的一種扭曲。如果說中國有先天的民族性缺點，我們就沒有辦法解釋中國在過去歷史上曾經輝煌過的成就和歷史。所以我們現在應該看客觀的具體條件，例如「十年浩劫」吧，使當中一些人原來有的品性受到破壞，這種提法，比較上我想是可能的。

問：但是中國的衰弱從近代開始，這你怎樣解釋？

陳：我想中國從近代開始衰弱，不只是中國，而是全世界的問題。在中國最全盛、最富裕的時候，現在被認為最強、最有優秀品質的民族大概都還沒有穿褲子。「發展進步」和「落後停滯」，在歷史上是自來如此。在世界資本主義體系的發展史中，進步與落後顛倒了過來，而且愈演愈烈。但當西方從商業資本主義跨越到工業資本主義以迄今日，白人的進步是一個血腥的過程，他們對外的掠奪，包括對中國的瓜分與掠奪，幫助了他們的資本累積，從而造成了他們的「發展」。

在黑種人來說，白人的奴隸貿易，把黑種民族中最有創造力、最有生命力的人一批一批地運到白人的地方當奴隸，你說，這會不會影響非洲的發展？

問：我想問最後一個問題，你來了香港幾天，有什麼感覺？

陳：我覺得很快樂，第一是因為我來到台灣以外另一塊中國的土地，看見自己的同胞。第二是覺得香港方言非常可愛，雖然我完全聽不懂，十分之九都聽不懂，但我覺得它是那麼美麗，覺得中國是由那麼多方言所組成的國家，在香港這個地方，就有另外一種方言在使用，我打開電視像傻瓜一樣，聽不懂，但我很享受那聲音，忽然覺得廣東話蠻好聽的。第三個感想是香港遠遠比我想像中的還要現代化，因為我還沒有看到另外一個香港，我現在看到的是比我從電影中看到的還要現代化，簡直不能相信這是另外一批中國人建立的地方，當然它有很長遠的殖民地歷史和很複雜的現代化過程。第四個感想是，如果可能的話，我很希望再來一次，再來我就不要驚動大家，只找戴天，一個人安安靜靜地到各個地方看一看，想一想。

今天非常謝謝大家，很感謝你們的關心，謝謝。

初刊一九八七年八月《八方文藝叢刊》（香港）第六輯

1 記者會日期：一九八七年五月二十一日；時間：上午十時三十分–十一時三十分；地點：浸會學院星島傳理中心S101室；整理記錄：林瑞含。

〔訪談〕台灣社會的悶局與困惑

專訪台灣作家陳映真[1]

編者按：陳映真不僅是台灣著名的作家，他在六八年以「顛覆罪」入獄，到七五年才恢復自由，這遭遇使他成為傳奇的政治人物。香港文學藝術協會等團體邀請他來港演講台灣文學發展，經歷幾番波折，才能成行，於本週二抵港。本報特約中文大學講師黃繼持與陳映真做了一次詳談。列席訪問者還有《八方》季刊編輯古兆申和本報編輯黎廷瑤。訪問紀錄摘錄於下。

問（黃繼持）：自八三年起，你已沒有再發表小說，全心投入《人間》雜誌的編輯工作，可否先談談你辦《人間》的意義？

答（陳映真）：《人間》的宗旨有三——第一，以圖片、文字兩種語言去記錄、報告、發現和評論；第二，也是比較重要的，是從社會弱小者的立場看世界、看生命、看人；第三，是第二個宗旨的補充，就是對台灣過去二、三十年來所謂的現代化提出反省和批評。對台灣來說，現代化帶來很大的改變，在某些方面也有很大成就，但進行現代化所付出的代價——人的破壞、自然的破壞、文化的破壞，都非常大，一些破壞是沒辦法補救的，比方台灣的河流十條大概有九條已「死」掉，殺蟲劑與化學品使大量農地不能再用等。這個現代化過程，往往以最低層、最弱小者的犧牲為代價。

問：以前你寫的小說也往往關心社會變化帶來的問題，現在改變形式處理這些題材，作為一個文學家，在感覺上有什麼不同？

答：坦白說，我還是最喜歡寫小說，寫小說給我最大的滿足感。但在目前愈來愈孤單、分散、異化的生活當中，採訪是最好的工作，因為可以同時接觸各種人，接觸每天最生動的生活。現在有一種錯誤的看法，說我辦雜誌是有很多理想，很大的愛心，其實絕沒有這樣的事。剛好相反，我們在採訪中從採訪現場的人、事和生活得到了教育、啟發，及對生命的信念；在生活的現場，我看到人們以他們的方式去面對苦難，這都遠遠超過知識分子所能想像的。

在目前的社會裡，傳播媒介存在一個很大的問題，大部分傳播的東西是虛構的，都是富有、快樂、幸福的人看的世界，所以，人們每天都通過傳媒看到許多美好的東西，而在社會裡占很大部分的弱小者，反而沒有什麼傳播媒介從他們的立場看世界。

你問我寫小說與辦《人間》雜誌的事情，實際上，六月號的《人間》雜誌，將刊登我的一篇五萬字小說。

問：台灣現在的社會進步動力是不是主要來自中產知識分子？現在台灣知識分子，跟你六〇年代的小說〈唐倩的喜劇〉所描寫的知識分子，大概有了不同吧？

台灣犯了一個時代的錯誤

答：六〇年代的台灣社會，有一個主要特點，就是仍然蠻封閉的，因為五〇年代以後，台灣位於國際兩極對立的最前線，以至從五〇年以來直到今天，台灣犯了一個時代的錯誤，就是把對整個精神思想結構的批判和反省拖得太久。

整個第三世界，都受二次大戰以後發展起來的激進思想所影響。雖然這種思想傳統在戰後兩極對立期間受到很大的打擊，可是，這種思想傳統一直活著，即使潛伏在地下，也繼續活著。但台灣不一樣。五〇年代以後，台灣的「政治肅清」(red purge)十分徹底，把日治時代發展的激進傳統連根拔起。

激進傳統的根拔掉後的土壤上，開出了從美國傳來的所謂「現代主義」。現代主義作為一種形式不見得是壞的，而且在三〇年代是對當時資本主義社會的反叛。但到了紐約便變了樣，特別在戰後red purge以後，現代主義變成了一種逃避歷史、逃避生活、更不要說逃避鬥爭的思潮，沒有了批判性。

在這情況下，現代主義統治了台灣知識分子的思潮二十年，一直到七〇年代，全世界掀起的民族主義運動，加上當時發生的保衛釣魚台運動，才帶來新的刺激。

隨著台灣資本主義發展，大部分知識分子給工商界吸納，且都有了成就，也不講什麼思考，對談這些便更覺得沒意思了，還是賺錢要緊。

所以，這一代知識分子，連那種少數也沒有，我七五年出來以後，沒有什麼新的作家出現，也沒有人談些當時西方的思潮問題，到最近《當代》雜誌出版以後，才恢復有人談點東西，這整整十多年似乎這些都沒有。

我剛才說，台灣在四十年的悶局裡面，我們的傳統不多。在別的國家同樣沉悶的社會裡面，如果有激進的體制外的知識與學問傳統，或者是地下的學問傳統，比方說西班牙獨裁者佛朗哥倒台以後，西班牙便會冒出一些像樣的人，作家也好，哲學家也好。他們在「白色時期」，一直沒有鬆懈，傳統還在。

台灣過去搞的都是美國的一套，一切都是美國東西，打五折、六折、八折進來台灣。所以，國民黨最近忽然也講開放，因為原來的東西已不夠用了。幾十年來台灣這樣的知識分子不多，實際上是因為這個客觀因素。我覺得台灣的一個問題是，在文化和思想上太貧窮。「黨外」現在有機會上台說話，今後批評一派的思想文化的積累將成為重大問題。

文化和思想上的貧窮，影響了「黨外」運動。不管政見有什麼不同，我對「黨外」是寄以希望的，因為它畢竟是中國首次出現的反對黨，可是我擔心它在文化上的體質不夠強。如果要肩負起中國第一個反對黨這樣重大的歷史任務，目前這樣的情況，實令人焦急。我們父親一代跟日本對抗的時候，政治運動總是跟思想啟蒙運動與文化、思想和文學運動並進的，現在卻不是這樣。

問：從中國大陸的情況看，進行現代化有一個很大的障礙，就是封建時期留下的一些觀念、傳統，支配著人們的思想與行動，有人覺得可能與中國歷史上沒能發展出資本主義有關，而中國需要一次資本主義狂潮衝擊。從台灣的經驗，你對這問題有什麼看法？

答：以我所能理解的範圍來說，中國社會主義實驗的初步失敗，反而令人覺得馬克思對得令人毛骨悚然。我們曾經想過可以超越，以主觀能動的具體條件下，這個階段是可以超越，中共也講過，新民主主義就是進行資本主義的過渡。看起來，中國一切問題恐怕就是社會還未具備這樣轉變的條件，例如文化大革命可能是一次「早熟」的「革命」；資本主義因素其實還沒有那麼大，但給誇大了。

如果規律就是如此，中國真的需要一個所謂的資本主義狂潮，那麼，便意謂著兩個方面——一是經濟發展和意識形態、價值觀念的發展；一是從台灣的經驗看，是不是必要為了發展資本主義「狂潮」而付出慘重代價，例如汙染的問題、對文化的破壞，以及令人的價值變得越來越小。對我來說，實不願意看到中國這樣做，如果明知道會出現這樣的問題，為什麼還要那麼一個資本主義狂潮，為什麼還要付出這樣的代價，來打破封建主義的東西？

現代化存在兩個問題——為誰？為什麼？然後是，怎樣做？應該先解決前面兩個問題，才考慮怎樣做的問題。

中國大陸與台灣都好像一定要這樣的現代化的方式，這樣的生活，但我看沒有什麼很大的理由一定要這樣做。人類未有一個時期比現在那樣更有條件去結合一些東西，可以用現有的知識去想想計畫，思考以後怎樣做，怎樣解決發展的問題，中國往哪裡去的問題。中國的具體經驗是有過很多失敗，但邏輯上說，不能因為過去的失敗，就全面否定對進步運動的支持，就不表示對這發展的同情。

以台灣的經濟來說，台灣的政權基本上是由武力建立起來的，不是由本土的資產階級建立起來的，不是由他們產生代表組成政府的，完全靠人工的方式造成的政權。那個政權聰明的地方，是善用美元慢慢塑造了它的階級基礎，也就是說，先有了政權，然後才鞏固階級基礎。政府那麼有錢，搞建設什麼的，便把錢分下去，整整一個大的階級，就靠這些錢吃飯。

台灣現在絕不是在「革命前夜」的時候。台灣只有一個問題，就是新興資產階級需要政治權力，即使不是取代，也要參與執政。他們想，本就應讓我們參加，為什麼所有事情都是你們決定。黨外和國民黨，與其說是意識形態之爭，不如說只是席位之爭。

因此，他們在意識形態方面與國民黨具體上沒有什麼分別——反共、恐共、親美、親日，相信美國的民主政治。如果以政治尺度來量度，他們與國民黨是同一邊的。所以表面上看，他們跟國民黨鬥得很厲害，好像是一個新生進步的力量，可是，如將之提升到抽象的思維上面，他們彼此是同一類的。他們提出「自主」、「自決」，很坦白地說，就是不要共產黨，卻把反共進步推向反中國。這與五〇年以來源自美國的反共主義是一脈相承的。

問：現在看起來，台灣社會的自由與民主程度都似乎比大陸高，是不是顯示，台灣這二、三十年的現代化，或資本主義發展，在政治上也有其正面作用？

答：台灣、新加坡、南韓、香港的發展，在某些方面來說，恰恰是它們統治階級的權威主義促成的。這些地方都壓制工會、壓制學生運動、壓制反對黨，而以這樣的結構，靠向美國與日本的經濟體系，以完成資本積累。

台灣資產階級沒有遠景

理論上，資本主義發展以後，帶來中產階級對民主的嚮往，然後帶來民主。但至少在台灣，好像不是這樣。台灣的資本主義恰好在戒嚴反共體制下發展，沒有獨立的工會，使工資維持在最低的水平；校園沒有鬧事的學生，沒有對現存架構提出疑問和批判。

這樣說起來，台灣的中產階級是靠現存體制——反共的、冷戰的權威體制成長起來。他們跟當權者就像鬧得不愉快的戀人，彼此相互需要，但又經常吵嘴。

台灣的資產階級還有一個特點，就是不問政事，乖乖地賺錢。另外，台灣的政治形勢很不穩定，人們有一種無力感，覺得台灣的事始終無法由台灣居民自己決定，所以，產生慢性的焦慮感，以至台灣資本主義不能成熟，資產階級不願做長期投資，不願花錢搞研究發展，撈了便走，急功近利。這有兩個結果——一是台灣資本主義不能健全發展，一是台灣的資產階級沒有獨立性。

這可能是台灣「黨外」運動不能真正成為強大力量的原因。

台灣的資本主義有兩條路可以走，一是跟官僚結合，變成官僚性格的資本主義；一是跟外國結合，從而也帶著官僚資本的個性。不管走哪條路，還是兩條路都走，都沒有本土性。

如果這個分析沒錯的話，台灣的資產階級沒有獨立性，由於對台灣前途的不安，故缺乏為更長遠打算的動機，因為他們不當這是他們的地方。因此，說台灣資本主義與民主自由是否像外邊看的有那麼大的關係，是值得研究的。

台灣最近的改革，不是資產階級壓力造成的。我是說，這壓力還沒大到令國府要讓步的地步。實際上，這是反映國民黨的體制越來越健康些，越來越不怕吧。現在國民黨處事不能不有了一些管理的程序，而不是像過去以條件反射來處理。

台灣整個開放，也許跟美國與台灣之間的新戰略有關。目標很簡單，就是令台灣穩定，不發生像菲律賓那樣的事情，然後，與中國大陸維持割離。

經濟方面，台灣向資本技術密集的資本主義搞不上去，所以，國民黨不惜破壞自己對經濟的獨占，讓市場規律來解決，用自由化、私有化來重組經濟結構。

最近政治上的開放，到底是台灣資本主義發展及中產階級促成的，還是國民黨管理層想出來的？沒有人知道。為什麼要開放？在國民黨過往的邏輯裡，完全沒這回事，誰組黨誰就沒有活路。基本上看起來，這次開放是由上而下，上面有了決策才開放。

當然門一開不能關，但新問題是，幾十年來台灣封閉的文化結構，使反對派陣營在思想文化上嚴重貧困，要擔負台灣民主化的歷史任務恐怕很難。

問：你怎樣看中國大陸知識分子最近受到的壓制？

答：以我能了解的情況來說，波蘭團結工會背後也有知識分子的力量，這些知識分子有他們獨立的思維，不見得是老是喊自由主義的口號。我覺得在社會主義制度中出來這樣一批知識分子，對比較僵化的體制，形成一股批判力量。這是我很希望見到的。

我很關切大陸一些受反自由化運動打擊的知識分子。如果他們能在中國幾十年革命基礎上對現存體制進行反省與批評，至少像劉賓雁這樣的水平，我是同情與支持的。說劉賓雁是「資產階級自由化」實在是個大笑話。

我來港以後才知道劉賓雁不能來。我自己也是經常有出境困難的人，我特別了解他們的困難，對於他這樣的作家來說，什麼壓力都沒有用。我作為一個中國作家，對他的處境感到關切。

初刊一九八七年五月二十二日《信報》
另載一九八七年九月六日《民眾日報》

1 本文除以同篇題另載於《民眾日報》外，亦以「文學・政治・文化與社會動力——陳映真訪香港談台灣發展的經驗與教訓」為題刊載他處，唯後者現僅見剪報，出處不詳。

四十年來的台灣文藝思潮

一九八七年五月二十四日在香港大專會堂的演講[1]

編者按：這是陳映真先生來港訪問期間，在「香港文學藝術協會」與浸會學院傳理系及大專會堂聯合主辦的專題演講會上的講話全文及答問紀錄。

陳先生從社會學、歷史學的角度，分析戰後四十多年的台灣文藝思潮，不但讓我們清楚地看見台灣文藝的發展脈絡，也同時讓我們了解到，在「冷戰」結構、兩極體制對立下，台灣的社會、政治、經濟、文化各方面的情況。這個演講是一個精簡的戰後台灣文藝史，也是一個扼要而深刻的戰後台灣社會思想史，對於同樣受冷戰結構及兩極體制影響的香港和中國大陸，應該都有參考的意義。

紀錄依錄音帶整理，未經陳先生過目，錯漏之處由記錄者負責。

我很高興，來到我生長的中國——台灣以外的中國的另一片土地上，看到這麼多的同胞，實在非常的快樂，儘管我們用的是不同的方言。今天我想講的是：台灣四十年來的文藝思潮的演變。之所以想講這個題目，是因為今年恰恰是曾經引起島內外朋友們關心的、「鄉土文學」的論戰的第十個週年，這件事情經過了十年，我想在這個時候做一次回顧，是必要的，也是恰當的。這是第一點。第二個，我所以想在香港跟大家談談這個問題，是因為在這四十年來，台灣跟香港在文學方面，有過不少的交流。要了解台灣文學的發展，這個小小的章節，是不能忽略的。經五〇年代至六〇年代這二十年間，對於西方文藝思潮的介紹，香港的朋友，做過很多幫忙，離開港台的交流，要了解這一段台灣文學史是不可能的。再過來我要說的是，我個人自大學畢業以後，便再沒有在學術崗位上搞工作，所以我今天的報告只能算是一種個人的經歷和體會，因為我恰恰好經歷了這幾十年的台灣文學史，所以我的報告，只能算是一個極低的體驗的層次，學術價值並不一定很高，因為個人所體驗的，並不一定是正確的；這個報告，只能提供給後來的，或是同輩的文學研究者參考。

在沒有做報告之前，我想對我做報告的方式加以說明。首先是從文學藝術發展的歷史上看來，表面上彷彿常常是由個別的作家、個別的作品、個別的文藝單位或是文藝團體、個別的雜誌所帶動起來的。但這只是表面的現象。這四十年來的台灣文藝，回顧起來，我想如果用個別的人、個別的作品、個別的文藝團體、刊物或是宣言來解釋它的發展，恐怕還不是很周全的。那麼，如果我們要了解台灣文藝發展每個歷史階段的時代精神，就要參考別的幾個指標。第一個是每個歷史階段中，世界上發生過什麼重要的事件。特別是對中國及台灣有具體影響的事件，我們都把它羅列起來。第二個是在同一個歷史階段中，在台灣發生過的政治、經濟、社會或是文化重大事件，凡與台灣的文藝發展有關的，對解釋台灣的文藝發展有所幫助的，我們也把它們羅列出來。第三個部分就是在前二者的條件上，同一時期內台灣社會中一般的思潮，就是當時的時代的風潮或是時代的精神，以及表現在當時的政治、文化、文藝各方面的，共通的想法。第四個部分相應於前面的三個部分，我們就要看看各個時期有什麼重要的期刊，或者是文學團體、或者是文章、或者是論戰、或者是宣言。然後我們來總結一下，那個時期的文學思想到底是怎樣的一個面貌。以下的報告，我大致會採取這樣的一個辦法。再過來，我們會把思潮分成主要的和次要的，主要的思潮就是指處於領導地位、支配地位的思潮，可是另外一些思潮，從史的觀點來看，雖不處於領導地位，但卻是存在的，發生意義的，而且可以互相補足互相說明的，這便屬於次要的思潮。最後的一個部分就是分期的問題。在研究上歷史分期往往是個眾說紛紜的問題，對我來說，卻是挺簡單的，我沒有什麼學術上的依據，只是就敘述上的方便。我是這樣分的：日本戰敗，中國勝利，台灣光復，從一九四五年到一九五〇年的五年間當作第一個時期。五〇年以後就比較好分了，每十年算一個時期，五〇到六〇，六〇到七〇，七〇到八〇，八〇到現在，大概就是這麼一個分法。至於說為什麼要這樣分，我坦白的說，沒有什麼道理，除了頭五年有比較具體的原因外，以後的分法大概就是方便資料的收集，幸虧只有四個十年，許多事情，大抵我都還記得，如果有什麼遺漏，大家也可以補充。

接下來，我想開始今天講話的第一個部分，就是一九四五年到一九五〇年這一段時期的歷史跟社會情況下的台灣文藝思潮。當我說「文藝思潮」當然包括了文學、美術、雕塑、舞蹈、音樂等各方面的思潮的統稱。我先說說為什麼我要把四五到五〇這五年當作整整的一個時期呢？其中有一個很重要的原因。我們都曉得，第二次世界大戰以後，世界變化得很快。它朝著哪個方向變化呢？基本的全球性的變化就是兩極對立的世界結構的形成。換句話說，這四十年來，特別在台灣，我們耳熟能詳的分類的方法就是：自由世界和共產世界，民主世界跟極權世界。這樣的分法當然不只台灣為然，一九五〇年從所謂「冷戰時期」開始，這種兩極對立的政治、軍事結構，對全世界產生了非常深遠的影響，不僅僅是政治、軍事上的影響，而實際上還遠遠地波及到藝術、文學、教育、政治、文化各個方面，影響非常長遠。在體制這個框框裡面，各個體制內的組成國家或成員國家，被體制陣營這個框框，扭曲了它自己的民族在政治、經濟、文化各方面的發展，這是一個具體的現實。有一些學者，把所謂「冷戰」分為兩個時期，第一個時期，或所謂「第一次冷戰」是從一九四七年到韓戰結束的那一年（一九五三年），第二次冷戰是一九七八年到一九八三年或是八四年，那麼中間這一段時期，也不是說冷戰的結束，而是一種冷戰的緩和跟延長，這是一種比較專門性的話題，我今天不想在這裡細說。一九四五年到五〇年，這個時期，是一個重要的轉折時期。一九五〇年，台灣的文藝思想，很顯明的，激越地做了一百八十度的轉變。以一九四五年為起點，一九五〇年為分界點，我把這五年作為一個時期來報告，這個五年，在現代史上，以至從全世界思想上的變化而言也有重大意義的一個時期。

第一個部分我們首先看看這五年裡面世界發生了什麼重大的事情。第一個，當然就是一九四五年第二次世界大戰結束，同盟國對軸心國取得了全面的勝利，第二次世界性的列強之間的爭持與戰事告一段落，這是一個事件。第二個事件就是剛才我所說的所謂戰後冷戰結構的形成：以美國為首的所謂「自由世界」，對抗以蘇聯為首的所謂「社會主義陣營」或是所謂「極權國家陣營」。這兩個頭頭，各自組成了自己的營壘。在蘇聯方面，在歐陸有東歐，在亞洲有河內，一九四九年以後，中國大陸也算進去，雖然它的範圍比較小，但從第一次大戰後蘇聯革命對某些國家的體制的改變，從人口和面積的幅度看來，在二次大戰之後都有迅速的擴展。另一方面，美國藉著它戰後非常雄厚的國力，在全世界範圍內，組成了所謂「自由陣營」：包括西歐，包括遼闊的第三世界中受美國支配的國家，遠東、亞洲各個地區，在全世界範圍內，建立了圍堵共產主義或者社會主義拓張的一種政治、軍事、經濟以至文學、藝術、文化的結構，這種結構的形成，恰恰好就在一九四五年到五〇年這五年間，到一九五〇年韓戰爆發而達於高峰。這是第二點。另外比較小的事情，是一九四五年，東西德的問題，波蘭的問題，伊朗的問題，相信大家記憶猶新，這些問題，使美、蘇兩個營壘至今仍爭論不休。一九四六年邱吉爾發明了一個非常有名的冷戰時期的keyword就是「鐵幕」，把蘇聯形容成一個用鐵幕蓋起來，密不透風的、非常神秘的一個國家，由此引申，中國大陸，也變成了「竹幕國家」；總而言之，「鐵幕」成為冷戰時期最重要的反共的主要詞彙。一九四七年，著名的專欄作家尼普曼，在戰後第一次使用了「冷戰」這個詞語，就在這個時期美國對於希臘、土耳其這些國家的社會主義革命，進行了軍事干涉，表現了它對世界上激進的民族解放革命干涉的決心。一九四八年，柏林圍牆事件，又鬧得很厲害。在冷戰結構下，在美國所謂「自由」體制的強大威力下面，希臘的共產黨、意大利的共產黨、法國的共產黨，在戰後遭到第一次的敗北。也就是在一九四五年到五〇年，美國的資本跟美國的資本主義技術、商品，隨著美國自由世界營壘的建構，向全世界拓張，取得了很大的繁榮和發展。當然，同一時期，蘇聯營壘的形成也是很大的一個收穫。因為冷戰，使得東西之間的營壘內部，更趨團結。這是一九四五年到五〇年，世界重要的情勢。

從台灣的觀點來說，一九四五年日本投降，台灣結束了為期長達五十一年的日本殖民地統治，重新歸入中國的版圖。在一九四五年到一九五〇年這個階段裡面，在長期日本統治下的台灣跟中國割離的或半割離的狀態結束，在台灣海峽的兩邊，大陸人民跟台灣人民之間的商務上的、甚至政治上的來往，是日本占領後的頭一次的現象，很多的商人、知識分子、記者、教授、平民，互相來往於海峽之間，這是台灣歷史上，雖然已經被遺忘，實際上卻是相當重要的一個時期。一九四七年，我們所熟知的「二二八」不幸事件發生。這個事件是，在那一年三月鎮壓一批人。一九四七年，大陸上國府財政崩潰的影響下，台灣因為重新編進了整個中國財政的體系裡面，大陸上金融的風潮，也明顯的、深刻的影響到台灣的國民經濟，在當時戰後疲憊的台灣社會，增加了失業的問題。從南洋回來的大批台籍日本兵，更加重了失業率。財政的崩潰，社會的動亂，失業，是四七年「二二八」事件發生一個輔助的原因。一九四九年，美國政府對國府發表《白皮書》；當時他們在觀望當中，想要放棄國府，這是很大的危機。與此同時，國府遷到台灣來，中共政權成立。這是一九四五年到五〇年，台灣政治的情況。

那麼在這樣的一個島內外的情勢下，台灣一般性的思潮是什麼呢？我想分幾點報告。第一點是台灣在光復之初，對光復有一種至高的喜悅，那時候，我大概八歲，對這種喜悅的印象很深。那時台灣文化界喊出了一個共同的口號：現在日本時代已經結束了，台灣的中國時代正要開始，所以一鼓作氣的研究中國文化，學習中國文學和文化，這種運動在民間，特別在知識分子當中展開。另外一方面是對光復期望的升高所帶來的與現實對比下的挫折感，造成對光復的失望。也許當時台灣人民經歷了長期日本殖民統治之後，對光復做了過分浪漫的反射，抱著過高的期望。這個期望，就是戴國煇先生所說的，在一個比較先進的殖民地資本主義社會，跟一個前近代的中國社會的接觸所產生的痛苦和矛盾。因為沒有看到這兩種社會的不同，對光復便產生了抽象的、一般性的失望。對當時的陳儀政權展開了活潑而熱烈的批評、諷刺、反抗、甚至憤怒。在這裡我要補充一點，在日治時代，台灣有許多不公平的事情，可是台灣人不太敢講，那是因為他們明瞭日本跟台灣人的關係，是上下主僕之間的關係，他是老大，他有槍，他是統治者，我是被統治者，所以我們把一切的憤怒都放在心裡，等到適當的時機然後反抗。在這個時候，在光復以後的憤怒，我個人的了解正恰恰的相反，就是，我們憤怒，恰恰是因為我們把你當作親人，既然是親人，你便不應該這樣，所以我跟你拍桌子吵架。我把你當作大哥哥看，你大哥哥居然是這樣，所以我敢跟你拍桌子。如果你不是大哥哥，你只是黑道中的老大，我怎麼敢跟你拍桌子。那麼，當時對於光復以後陳儀體制的批評，恰恰好表示台灣人民把這個政權，當作自己的政權，而且發出不平的聲音的一種態度。第五個特點[2]，就是在一九四五到五〇年之間，中國大陸的文化人、記者、文學作品，開始第一次流入台灣。我記得我當時念的中華書局中學國文教科書裡面，就收入了巴金的〈繁星〉和魯迅描寫一位俄國詩人愛羅先珂的那篇〈鴨的喜劇〉。當時有很多的交流，包括三、四〇年代新文學作家作品的介紹，一會我們就會談到。這就是光復以後一般的思潮。當然，這是主要的方面。次要方面，一些在日治時期受過日本統治者好處的人，對光復當然就抱著惶恐、拒絕的態度。這些人組織了所謂「欽奉大日本帝國的獨立運動」，成為思潮中一種殘留的負面因素。

下面介紹一下這個時期的期刊和文學團體。光復以後，中文報刊不斷出現，也帶來了中國報紙副刊的出現，文學的出版活動非常活躍。這裡要說明一點的是：在戰爭末期日本統治者強力鎮壓台灣的文化運動和文學運動，把一切力量都導向所謂「皇國民運動」或「皇民化運動」，為戰爭服務。當時所有有骨氣的有創作力的台灣作家，都停筆不寫，或者受到日本人的壓迫、逮捕。他們在光復以後，都恢復了活動。第二個特點是，當時台灣文化界熱情全面介紹中國的作家和作品，以至中國的思潮。另外一方面像何欣先生，或是其他比較熟識西方文化的作家，也開始介紹西方的文藝思潮。在這個時期，發生過一次令我們相當驚異的文學論戰，是一次台灣文學方向性問題的論戰。這場論戰有一個特點，就是討論所用的語言，是當時比較新的歷史唯物論的語言。

他們一方面相信台灣文學是中國文學的一個重要的組成部分，可是同時它也具備著由於台灣特殊的歷史跟風土所帶來的台灣的個性。大陸來的一些文學評論家，也基本上支持和肯定在日治時期的台灣文學是全中國同時期作為抗日民族解放的文學的一個很重要的部分，在這個同時，他憂慮台灣作家如果從今而後還要特別強調台灣的特殊性的話，便會造成分裂。這是一個爭論點。另外，雙方都提出這樣的文學主張（在這一點上沒有異議），第一點，他們提出所謂「新的寫實主義」的路線。他們主張文學干涉生活，文學為弱小者代言，這些問題都沒有問題。不過，所謂「新寫實主義」，他們主張在一個作品的最後，應該為讀者提出一個光明的遠景，這個倒不是「光明尾巴」論，而是跟當時的歷史有具體關係的，就是說，一方面提出社會的各種問題，第二方面也要讓讀者知道整個發展是樂觀的，人類的前途是光明的。像這樣的東西，所謂的「新寫實主義」，據我所知道，楊逵到最後，還是這樣主張的。他主張新寫實主義文學不應該「黑麻麻」，黑漆漆一片，而且應該對歷史的發展抱有一種期待和希望，對歷史的新生跟人的自由，應該懷抱著堅定的理想，把這個理想跟希望帶給讀者，然後跟讀者一起戰鬥，這就是所謂「新寫實主義」的討論。當我在一九六〇年的末期在舊書攤上找到這些資料的時候，我還記得當時的訝異，我不曉得早在一九四五年到五〇年，這麼早的時期，台灣就曾經有過這樣高水平的、這樣高的新歷史學的水平的文藝論戰，幾十年後的台灣鄉土文學論戰和它相比，我想在思想的深度或語言的使用，或者是方法論上面，論戰的層面上，恐怕還比不上。這是我特別在這裡報告的。

一九四七年，楊逵主編報紙上一個副刊，名之為《橋》。這個「橋」，現在想起來，明顯地，楊逵一直有民族團結、民族和平的深刻思想。他覺得經過「二二八」事件以後，在台灣的中國人，特別是外省人跟本省人之間，應該有一溝通的橋梁，那麼，《橋》變成當時的比較前進的台灣知識分子跟外省人之間一個非常重要的園地。那麼，透過這個《橋》的園地，有楊逵編的一系列的中國三〇年代著名作家的本子。這些本子，我現在還記得，是長長的一本，分成兩欄，上欄還是下欄我就不清楚了，反正是一欄是中文，一欄是日文，中文當然就是我們中國三〇年代作家的原著，日文是經過台灣知識分子翻譯的。他這樣做，一方面要介紹中國三、四〇年代的文學給台灣的知識界，第二方面是借助很多知識分子的語文教材，特別是精鍊的語文的教材，藉此學習中國話，引起很大的影響。比方說我個人就是在他所編的集子裡面，看懂了一部叫作《阿Q正傳》，別的我看不懂，因為我年紀很小，只知道這個窮光棍說什麼，人家不高興就把他的頭撞牆，他卻說這年頭怎麼了，「兒子打老子」，這很好玩的，我就看了這本書。

第六方面是當時的團體有「台灣文化協進會」，雜誌有《台灣文化》、《文化交流》等。這些雜誌都主張民族的團結和平、互相的學習和尊重，呼籲台灣知識分子愈快愈好的學習好中國文化，對中國文化認同。這是當時的一般思想狀況。當然我也介紹過，當時還有一小撮人，想回復舊日治時代的情況。另外一個，就是楊逵的「和平運動」。這個應該從國際的背景談起。當時隨著冷戰時期的伸展，隨著對於全球對中國大陸跟蘇聯圍剿政策的伸展，當時就有人想將台灣中立化，將台灣交給聯合國託管，主張台灣的地位未定。要知道，當時連韓國——南韓的立場都覺得它應該地位未定，因為地位未定的立場才有名義出兵跟它締結各種軍事條約，變成一個軍事戰線。那麼，這種聲音，加上「二二八」對於陳儀體制的失望，所以這個所謂「聯合國託管論」、「台灣獨立論」，或者是「台灣地位未定論」，其實就是這個時候有些對台灣政治不滿的台灣知識分子所提出的。那麼，楊逵特別因為這個跟台灣的進步知識分子在台灣發表了一個《和平宣言》。這個《和平宣言》的內容，我們一直找不到，最近，一位對台灣文學史有研究的朋友，在日本的圖書館找到了這個文件。那麼，現在看到這個內容，就很清楚，他一方面呼籲台灣的民主化改革，又呼籲國府的政制改革使台灣更自由、更民主；另外一方面，呼籲不可以擴張或者主張台灣中立、或聯合國託管的論調；進一步主張台灣內部的民族的團結。這個內容，大概就是這個樣子。我們現在回想起楊老先生的遠見，現在想起來，實在覺得非常的佩服。

最後一個部分，我來報告這五年裡面台灣重要的文藝思潮。在上面我想大家應該有一個初步的認識。第一個文藝思潮是學習中國的文化，主要是中國的文學，那麼，學習的熱潮很高。第二個在台灣當時五年內的文學作品裡面，有一大部分的作品，相當表現出對光復的失望，對來接管的官僚的諷刺、批評、憤怒、悲傷。我想這樣的文學，恐怕在抗日戰爭以後，全中國各地都有，對國府的接收、對當時的情況的一種不滿，表現為各種詩歌、小說、電影，我想是相當多的，絕對不只台灣為然。第三個部分我要介紹的是所謂「新寫實主義」。它在創作實踐的結果如何，現在的資料不是很多。另外一個是台灣文學的方向性的討論，我覺得這個方向討論對於我們目前來說，是蠻有意思的。因為現在台灣在某一個不同的層次上，再討論這個問題。說台灣是什麼？台灣人是什麼？台灣文學是什麼？台灣文學跟中國文學有什麼關聯？像這樣的討論，當然性質跟這個不一樣，可是整個要反省的問題相似，引起了我們的注意。

最後一個我要報告的是一九五〇年，很短的一個時期。在日本統治時期最末的一個階段，被壓下去的台灣激進運動，也就是台灣當時抗日的民族解放系列所領導的文化跟文學運動，這時開始復甦。經過「二二八」事件，激進化的運動更為活躍，也有相當活潑的文藝活動。比方說，有一個被槍斃的作家，他寫了一個劇本，叫《壁》。《壁》的意念很簡單，就說一個透視的舞台，在舞台上有一扉牆壁，一邊是有錢的一家，另一邊是很窮的一家，那麼，各自上演生活的細節。這個戲在現在的中山堂上演過，據說引起了很大的轟動。另外一個，也是在五〇年代被整肅而喪失生命的一個優秀的(不是作家)運動家。他用一個新的方式重演《白蛇傳》，把《白蛇傳》解釋成對封建主義的反抗。這些都是當時很重要的文藝活動，因為文獻的缺乏，不能做全面的報導。這是一九四五年到五〇年的情況。

接下來，我想報告的是一九五〇年至六〇年這個歷史時期台灣的文藝思潮情況。先報告這個歷史時期裡面世界上的事情。一九四六到一九五三年，按照一些「冷戰」研究的學者的觀點，是第一次冷戰時期。為什麼呢？這是因為韓戰結束，在一九五三年，雙方簽訂和約，然後表面上雙方開始協調、協商，而不是用戰爭的方式來解決世界的紛爭；雖然世界紛爭沒有獲得解決，可是至少在手段上，他們共同主張放棄用戰爭的方式。第二個特點是一九五〇年到五三年，第一次冷戰的最高形式——韓戰已經結束。第三個部分是東亞反共戰線的形成，比方說從日本、南朝鮮、台灣到菲律賓的「防共政策」，在這樣的一個歷史時期，台灣正式編入兩極對立的世界結構中，成為最前線的堡壘。這是一個特點。再過來，就是美國軍援跟透過軍事援助和經濟援助，在戰後各地，一方面是促進戰後資本主義的再建、重建，另一方面是鎮壓、防止所謂「共產主義」的「政變」或者是「革命」。這是第四個特點。第五個特點是美國政治上、軍事上、文化上、經濟上的力量在一九五〇年到六〇年，達到高峰，想隨著美國的基地跟美國的國際影響力向全世界擴張。美國的資本主義跟它的國力，在這個時期是戰後的最高的峰頂，向全世界擴張。第六點，是這個時候兩大陣營產生政治、經濟、軍事以外的競賽。這個競賽的範圍擴展到科技的層面，使得科技在兩體制對立的情況下，發展到一個不必要的浪費的情況。比方太空科技的發展，蘇聯在一九五〇年中下期，就上了一個人造衛星，使美國非常的惶恐，動員全部美國最大的財力、物力從事太空的競賽，一直到一九六七年「阿波羅」上了月亮。那麼，從科學的觀點來說，這些科技對世界科技的發展，並沒有什麼太大的幫助，特別是在全世界科技的戰線上，有那麼多問題等待解決，例如南北越的問題、飢餓的問題、逃亡、移民的問題、或醫療的問題、教育的問題那麼嚴重的時候，兩方面都把全部的財力、物力向著所謂「太空馬戲」這種太空科技發展，引起全世界比較進步的科學家的批評。下面另外一點，是美國直接介入台灣海峽，台灣正式編入美國陣營的一部分。換句話說，一九五〇年從發表《白皮書》的美國，轉變成堅定的支持國府的政權，然後跟國府訂定《協防條約》。在同一個時期，五〇到六〇年，東西方兩個陣營間有和談，談判次數很多，雖然這些談判具體地並沒有為朝鮮的問題、德國的問題、越南的問題帶來任何的解決，可是表面上，這是一種「緩和」的狀態。這是當時世界情況。

一九五〇年，台灣的情況，是第七艦隊協防台灣，令整個台灣的政治、軍事有一個進一步的鞏固，在這個基礎上，台灣進行比較全面的政治肅清，就是最近我的小說裡面，用比較嚴肅的心情去面對的一個問題。這種五〇年代初期台灣的政治肅清，基本上消失了大量的比較批判性的、或者是所謂進步性的作家也好，學者也好，學生或者是新聞記者，在這個時候受到很大的衝擊，那麼，導致很大的損失。另一方面，一九五三年，台灣進行耕者有其田政策，相當成功的，沒有經過流血的，完成了第一個階段的土地改革。這個土地改革的成就，一直到現在，在亞洲是很難見到的。由於在亞洲其他社會中，地主階級與資本家之間，有千絲萬縷的關係，使這個「土地改革」沒有辦法成功；可是台灣，不管它是什麼原因，它的確是成功的，這個成功對於重建農村的生產力，以至土地資本倒向工業資本都做了巨大的貢獻，為了將來進口替代工業、或者加工出口工業的發展，奠定了相當良好的基礎。這一點，是相當值得注意的一個成就。一九五三年，美國廢除台灣中立化政策，採取積極維護台灣、支持國府的政策；一九五四年，《中美協防條約》開始協商，五五年正式簽字生效，台灣成為美國全球性的防共跟反共戰略上的一個重要軍事單位。一九五七年，「五二四」事件發生，這一年，美國的第七艦隊從日本移駐到台灣來。過去是駐在日本的，只在海峽巡迴，在這一年，美國的部分艦隊，駐到台灣來。一九五八年，台灣海峽一度曾經發生過緊張的情況，「八二三炮戰」。一九六〇年，這一段時期，台灣發生了第一次的民主化運動，這個民主化運動的機關刊物當然是《自由中國》。這個運動在一九六〇年結束，是因為一九六〇年的雷震被捕，判刑十年。這就是五〇到六〇年台灣的狀況。

再來談談這段時期的一般思潮。一般而言，這個時期的台灣的思潮，有一個跟過去完全相反的巨大的變化。我剛剛報告一九五〇年的台灣的思潮，這是跟一九五〇年以後，是恰恰絕對針鋒相對的一種改變，所謂「冷戰」心態，番話就是cold war mentality，那麼，具體的表現是反共主義，親美國主義，陣營主義。那就是說我們是「自由陣營」，他們是「專制陣營」，對美式的生活，美式的民主政治，美式的富裕，美國式的公義、正義，或者是把美國看成是捍衛全世界自由的，這樣的一種思想，相當的流行，相當的普遍，取得高級知識分子普遍的擁護。那麼，在哲學上，我們可以找到一位非常有名的人，就是殷海光先生。他是台灣當時自由主義的一個堅定的堡壘，對於當時的知識界，當時的青年學生，產生過很大的影響。那麼，《自由中國》雜誌也是當時一個自由化、民主化的一個相當重要的一個雜誌。今天台灣黨外運動的一些理論層次的東西，基本上沒有超越過《自由中國》的一些重要文章的範圍。那麼，在政治上，只嚮往美式的或西方的民主自由主義，經濟上當然是資本主義，在整個思想界學術界的反共，是相當巨大的共同基礎；雖然，自由主義的反共，跟國府當時的反共之間，還有一些摩擦，可是，基本上來說，五〇年到六〇年代，整個的思潮，是標準的「冷戰」的性質。冷戰的性質的一個特點，就是自由主義方面，以專制的、法西斯的獨裁政治，以貧窮、沒有效率等等現象來批評另外一個陣營；而另一個陣營，也是用教條的方式，來批評對方是對人民壓迫、壓榨、剝削的什麼帝國主義。在這兩種語言的交換裡面，五〇年到六〇年的台灣是很明顯地屬於前一個型類的。這是當時一般思潮的共同特點。

現在要講到當時的期刊和團體。一九五〇年那種介入生活的、批評的、反帝的、或者是反封建主義的各種各樣的思維，在五〇年以後完全沒有了。一九五三年，著名的詩人紀弦，在跟國府搞過一段「戰鬥文藝」之後，他辦了一個很重要的雜誌，叫作《現代詩》。《現代詩》是月刊還是季刊我忘了，因為我不大寫詩，我不記得了，這個雜誌在五〇年以後，對所謂戰後「現代主義」的發展，起了很大的作用。第二個，這個時期的胡適之，對這個時期的文學，也發表過很大的意見。他的口號是「自由的文學」。他主張文學應該自由，不應該有政府的干涉，大概的意思是這樣。那麼，這個很重要。就是說，胡適之是五四文學運動時一個很重要的思想家，可是，在三〇年代，他忽然沒有話說了，因為三〇年代的中國的文學的討論，在語言和方法上改變了，比方中國社會史論戰，或者是國防文學的論戰，都用另外一種胡適之他們這些留學美國的學人不熟悉的語言來討論，所以，他就沒有參加這個討論。這些討論過了以後，在五、六〇年代的台灣是不可能再展開的；但談到文藝的自由，胡適之又發言了，主張文學應該自由，儘管他所謂「自由」是自由主義的主張，可是我覺得貢獻還是很大的。在另外一方面，是體制文學的產生。「三民主義文學」，比方說，葉青先生在這方面建設他的理論；「戰鬥文藝」的提出，在政府方面，為了反共的需要，設立了廣泛的文藝團體，使文藝為了反共的國策而服務。這是一個方面。可是，另外一方面，是不一樣的，比較活潑的一方面，在一九五四年，另外一個重要的詩刊《創世紀》創刊了。另外一個，雖然不是現代主義，語言也不那麼晦澀，可是，基本上，它是秉承了十九世紀英國比較逃避歷史和現實的「浪漫主義」，那就是「藍星」詩社，它在一九五四年誕生，並出版詩刊《藍星》。另外一個特點，就是由於台灣跟中共之間政治上的隔閡，所以五四以來的中國新文學，基本上是禁止的，造成在台灣對中國新文學「斷層」的問題，也在這個時期開始。在繪畫界，比如說「五月畫會」、「東方畫會」就已在一九五七年差不多同時產生，在座我就有一位朋友，劉國松先生，就是參加了這個運動的一個健將。在當時，在所謂沉悶的政治局面裡面，這種「現代主義」的提起，有它一定的貢獻和作用。可是，現代主義的發展，愈來愈往抽象主義、或超現實主義發展。這究竟有什麼意義，等一下，我們可以討論。一九五七年，另一個傳統，就是我所稱為的「素樸的現實主義」，是這個時期比較次要的文藝潮流。什麼叫「素樸的現實主義」呢？就是一九五〇年以前以至於日治時代的台灣文學裡面的現實主義，是具有相當強烈而明顯的意識形態的因素，比方說反對日本帝國主義，反對台灣民族內部的封建主義，或者是民族解放，像這些問題，非但在作品裡，在理論上也很清楚；可是，一九五〇年以後，像鍾理和這樣的作家，默默地在台灣的農村裡從事創作，這些作家就是比較沒有這些意識形態的色彩，不過跟現代主義相形之下，他們的現實主義色彩蠻濃厚，就是因為對文學的熱愛，一點一滴的記錄和描寫當時土地改革以後的、台灣農村的人民生活和勞動。對此，我稱之為「素樸的寫實主義」。這些人，因為在當時現代主義已為一時之顯學的基本結構上，沒有地方發表作品，所以他們用油印的方式，做一個同人雜誌，稱之為《文友通訊》。我想，理解台灣文學史的朋友大概也知道。就是說，我跟戴天寫文藝的文章也用油印，印好後互相送贈，我們自己看了過癮，外頭是打不進去的。一九五九年，《筆匯》這個雜誌創刊。這個雜誌，當時，基本上還是從西方找傳統的一個刊物。老實說，是有西化傾向的。我參加了這個雜誌，可能是我個人參與文學活動的一個開始，在座的劉國松也是這個雜誌其中一個重要的成員。一九六〇年，《現代文學》創刊，在這以前，夏先生他們另外還有一個雜誌，叫《文學雜誌》，也起了很大的作用。中國現代文學的傳統，因為政治因素，不宜在台灣擴展，在這個條件上，台灣的文學向西方開放，在西方的教科書跟西方的文學作品上，尋找文學的靈感和創作的靈感。這個時候的刊物，當然我們還可以談談四九年創刊的《自由中國》雜誌。要特別指明的是，恰恰好在這個時期，關於抽象派也好，關於現代主義的理論也好，仰仗於當時香港的朋友甚多。這個理由很簡單，香港和台灣，在過去都有殖民地的背景，台灣殖民地所使用的語言是日本話，看到A、B、C就有點頭痛，認識英語的人口不多；但香港的朋友因為是在英殖民地，在英語的閱讀上就比較方便，所以在那個時候，香港在現代主義方面理論的貢獻，以至文學作品的翻譯方面，起了很大的作用，這是我今天在台灣，特別願意提出來的一點。

現在最後來談談，這個時期在文藝上的思潮。第一點，就是過去的一九五〇的現實主義、進步主義、干涉人生的、批判的文學，隨著一九五〇年兩極對立結構的形成而全面的潰滅。這個潰滅包括人的潰滅跟思想精神的潰滅。這是一個非常非常重大的變化，這個變化以後維持了二十年之久。第二個取代的是所謂美式的、經過USIS（編按：指「美國新聞處」）傳播出來的美式的自由主義，心理主義、形式主義、現代主義，在一夜之間，都變成時代的顯學。不過，我這裡要特別提出討論的是，把現代主義全面否定是不適當的。實際上，這種所謂「現代主義」在三〇年代的歐洲，是具有相當大的革命的、激進的性格，它恰恰好是對十九世紀或二十世紀初葉，對庸俗化的資本主義的幻滅，經過第一次大戰後的幻滅而來的批判，對十九世紀中產階級樂觀主義的反叛。可是這種東西，在二次大戰後，經過紐約化，特別是麥克錫反共主義消化過後，向全世界擴展出去的「現代主義」，就完全沒有那種革命的批判的性格，而恰恰好在這種政治肅清的土壤上，現代主義已變成逃避歷史、逃避恐懼、逃避問題的一種藝術表達方式。從這方面來理解，我覺得現代主義有它的令人傷痛的合理性，這是不能不這樣講的。第二點是有一些作者，我現在不便說出他的名字，確確乎乎是利用了現代主義的晦澀跟不明確，跟語言的非邏輯性格，表現了當時大恐怖的時代所不能明言的一種反抗。問題在於經過二十年的發展，經過台灣的富裕化，內容逐漸單薄，而只剩下形式的過分的肥大和肥胖，產生了現代主義各種各樣的複雜問題，才引起七〇年代一個新的反省運動的批判。這是我要說明的第三點。總而言之，一九五〇年發展起來的現代主義，在客觀上面，它已成為一九五〇年代政治肅清以後，逃避歷史、逃避時間、逃避生活、逃避社會這樣的一種文學形式，到後來，連這個個性也沒有，而成為一種藝術形式的遊戲，才產生七〇年代新詩論戰以後的各種問題的提起。再過來要說明的是，當時另一種文藝思潮，就是所謂「素樸的現實主義」的一些作家，如剛才已報告過的鍾理和、鍾肇政等，基本上是溫和、誠實、善良的、熱愛文學的一批文學工作者，在當時整個都市文化被西方化或者現代主義占領的時期，他們依然默默的工作，這個潮流，雖然不是當時的顯學，回顧起來卻是相當重要的一個支流。總而言之，這個時期，是台灣文學史上一個非常重要的轉捩點，這種情形，在過去台灣文學史上，只出現過短暫的一次，就是在日本軍閥政治壓迫非常強烈的時候，有一批人組織了一個文學團體搞現代主義。在當時，有人要從事於現實主義的反抗，也有人搞「皇民化文學」為戰爭服務。兩條路都走不通，非常苦悶，在強大的壓力下，有一批台灣的詩人，說我們什麼都不管，我們搞現代主義總可以吧？組織了一個文學團體，介紹西方的現代主義的、抽象主義的詩。不過在這麼大的風暴裡，當時的現代主義沒有什麼聲音，不過是一整個時代向右迴旋，這是一個重要的特點。剛剛我說的，跟香港文藝界的交流，也從這裡開始，我想這一點是蠻重要的。另外一方面，有兩個方面的發展，當時的報紙的副刊，大量由比較保守的、大陸來台的所謂「文藝寫作協會」的人員所掌握，這個「文藝寫作協會」的人，在大陸和左翼文藝界對抗失敗後跑到台灣來，這些人掌握了台灣主要的文藝戰線。另外一方面，從《現代詩》、《筆匯》、畫會、《現代文學》，代表著當時悶局裡，比較進步的方向，可是他們的進步方面，還是比較看西方多於看中國。因為中國當時是一個非常模糊的面貌，而且是一個恐怖的面貌，在冷戰時期，他們的眼光沒辦法理解中國或者是整個世界的問題。總而言之，在五〇年代，最大的變化，是冷戰結構的形成，即是cold war mentality的形成，cold war mentality一直到今天，成為整個台灣文化思想、文學思想上，一種很重要的一個條件和因素，這希望在以後還能夠談到。

下面談談一九六〇年到七〇年吧！六〇年到七〇年這個歷史階段裡面，我們看看世界發生過什麼事情。我要特別指出的是，一九五〇年的戰後，世界資本主義在美國資本主義的全力的提攜和獎勵下，享受足足兩個十年的景氣，取得了蓬勃的科學、技術、商品、資本企業上的重大發展。比方說美國的跨國性企業在戰後的發展，跟美國勢力的向全世界的展開有很密切的關聯。在這個六〇年到七〇年裡面，越南戰爭深刻化。越南起先是法國在那裡打，法國殖民者跟越南民族解放者在那裡打，打了半天，美國覺得法國人很笨，就插手進來繼續打，越戰的情況深化，一直到一九七〇年，居然讓美國吃了戰後第一個敗北的戰爭。第三個問題就是古巴的危機，差一點又打起仗來。一九六六年，中國發生「文化大革命」，這對中國內部產生非常巨大而長遠的影響。這個革命間接的、直接的也對世界產生了影響。比方說當時整個六〇年代末期到七〇年代的西方先進國家裡知識分子全面的叛亂；比方在東京，在法國，以及在美國的知識分子對於富裕化以後的西方資本主義整個價值體系的再思考跟疑問；比方我們仍很熟悉的反文化運動——

例如「嬉皮士運動」；另外就是像在柏克萊加州大學產生的「言論自由化運動」、教育改革運動、黑人種族歧視的反對運動、反越戰運動、反對美國帝國主義對外拓張的運動，在相當廣泛的範圍，都受「文革」的影響。此外，如對教授的批判，在學生之間形成許多激進的團體等等也是。在韓國有一個「四一九」事件，就是學生的愛國主義頭一次打敗了美國支持的李承晚政權，這變成了韓國學生運動很重要的一個傳統，當然，這個運動也把朴正熙政權送上台。又如日本的「反安保運動」，所謂「反安保鬥爭」造就了日本一代的進步知識分子，當然這個運動在一九七〇年以後，馬上垮掉了，那是由於日本的富裕化的結果。安保體系到今日已經凋零不堪了，台灣的《當代》雜誌曾經加以討論。第五方面是日本跟德國的資本主義戰後復興得非常快速，快速得使扶持它們的美國資本主義受到威脅而產生很多矛盾；歐洲的自主性增加，比如戴高樂對美國不怎麼買帳，使美國很傷腦筋。另外一方面就是剛才所說的資本主義自由陣營的內部動搖，美國已經不能說什麼就算什麼，很多人對它都有意見。另外一方面，社會主義陣營內部亦發生了相當嚴重的龜裂的情況。比如說，史太林時期的口號就是「像獨塊岩石似的，堅定的，社會主義國家跟社會主義黨的團結」，在一九六〇年到一九七〇年這段時期已發生嚴重的龜裂：中共發表「九評」，與蘇共發生你來我往的爭論；蘇共跟歐共的龜裂等等。反正就是說，各個民族想要掙脫這種陣營的邏輯，尋求自己民族發展的邏輯，這樣的運動，在東、西兩個營壘中都同時產生，實在是個蠻有意思的問題。另外的一個現象是在先進資本主義國家中左翼政黨的右傾化，產生了新左翼運動。另外一個問題是，兩個巨頭互相對峙，不動手，可是在第三世界中，卻發生了和兩個巨頭有關的代理性的戰爭，表現為革命跟反革命、戰爭與和平等等現象，在整個第三世界中搞得烏煙瘴氣，非常的疲倦和悲慘。這是從六〇年代到七〇年代的國際特色。

從台灣的觀點看起來，土地改革基本上成功，而且在六〇年代到七〇年代發展出所謂「進口替代工業」，對於外資的引入以至優惠的協定，都相當的成功，是台灣初步向著所謂「依賴性的發展」邁進，而且取得相當顯著的成果。一九六三年台灣「經合會」的成立，展開更有組織更有計畫的對外資的「誘植」——就是引進外資。一九六五年台灣的經濟體制竟是那樣的健全，或者是完善，或者是兩條腿可以站起來走路，所以美援便宣告了停止。那麼美國的資本開始以投資的方式介入台灣的國民經濟生活。一九六五年《加工出口區條例》通過，積極的進行，使台灣編入世界資本主義加工碼頭這樣的一個行列裡面，而且因為當時全世界資本主義經濟的興旺，連帶也使我們的加工出口碼頭也興旺，也賺了不少的錢。中日貸款也開始談判，我們的戰敗國日本現在要變成我們的債主。台灣在一九六〇年代的中葉開始，對過去的戰敗國產生輸入方面的依賴，技術、設備上的依賴，一直到現在，依賴的程度相當的大。總而言之，從一九六〇年到七〇年，台灣對於世界體系在依賴性上的發展，也取得了相當大的「成績」。在這個時期裡面，我們也看到第一次民主運動展開，就是以雷震為首的台灣籍跟大陸籍的知識分子的團結，以至於它的挫折。這種挫折的波及面不大，只抓了雷震一個人。雷震被捕，判刑十年。這是六〇年到七〇年台灣的狀況。

在這種狀況下，台灣的思潮又是怎麼樣呢？首先我要指出的是六〇年到七〇年的台灣思潮，基本上是五〇年到六〇年的思潮的延長。這一點跟其他第三世界思潮的情況很不一樣。其他第三世界在戰後也跟台灣一樣，受美式意識形態的影響非常深刻，不管文學、藝術、政治、經濟，都受到美國很大的影響。可是，由於它們的激進傳統猶在，所以在一九六〇年代的後半，他們就有一種反省的批判運動。在文學上，第三世界大半都在六〇年代的中、後葉已經卓然有成；像馬蓋斯這些人最重要的作品，至遲在六〇年代末葉就已產生，這是很值得我們注意的。另外一個發展是經濟理論，譬如有關「依賴理論」大概也是一九六〇年代末葉展開討論的。總而言之，在台灣卻有一種時代錯誤感，或者可說是冷戰的「化石化」、冷戰的「沉澱化」，這個問題成為戰後台灣一個蠻重要的一個問題。在這種情形下，在六〇到七〇年代還是所謂反共主義、自由主義、或者是美式的民主主義、資本主義這一套東西占主要的地位。台灣在政治、經濟、文化、軍事、知識、思想各方面，對於美國的依賴性相當大，因為整個教育體系，以至於我們的留學體系，都受到美國相當大的影響。美國對於台灣知識分子的教育與再教育，以至於美式知識分子的生產與再生產，在這個時期中繼續形成。這個時期最主要的論點是「現代化」論，覺得只要我們調整得跟美國一樣，有一天經濟便會長出翅膀，往天上飛了。所謂「經濟起飛」論。跟第三世界「依賴理論」的提出相比，我們的覺醒和反省，便顯得不夠。當然《自由中國》所表現的是反共的基礎上的民主憲政主義，付出相當大的代價，做出相當大的貢獻。另一方面，我們當然還記得東西文化論戰的展開。中國往哪裡去？中國應該以西方為師呢，還是以傳統為主呢？這樣的論戰在過去中國在三〇年代和四〇年代曾發生過，可是為什麼六〇年代在台灣又發生一次呢？那就是剛才我提到的斷層的問題。因為兩個地區的對抗跟中絕，禁止一些書刊跟過去的思想的傳承跟發展。所以在台灣的發展過程中，很多過去已經做過的爭論都必須再來一次，在一個小的範圍中再爭論一次。比方說，中國是要全盤西化呢，還是要恢復傳統呢，還是要跟蘇聯學呢，這個問題，中國在三〇年代、四〇年代已經討論過了。這個討論沒有繼續下來，當然就沒有發展，沒有發展就沒有傳承，為了傳承，便必須在比較小的規模、在比較淺的範圍中重新把這個菜炒一炒。這就是中西文化論戰。論戰的雙方其中一方是著名的李先生，李敖，是一位很有才氣、風流、俏皮的作家，文筆非常活潑。不過整個論戰中，深度好像有點不足。相對的一方就比較複雜：比方胡秋原先生提出的「超越前進論」——超越西化、俄化而前進；徐復觀先生是更新的儒學，批評西化派對中國傳統儒學的誤解；另外一位鄭學稼先生的論點，我已經忘記了，抱歉得很，來的時候準備不足。反正就是一種非常有意思的情況。

我另外要講的是一九六五年，台灣有一個規模比較小的反省運動。怎麼講呢？有一個台灣籍的許常惠，另外一個是外省的史惟亮，搞一個台灣山地民族音樂的調查，在一片無音階音樂、十三音律這現代派音樂的基礎上，到台灣各地去採取古老的民謠——客家民謠，還有山地九個民族的民謠，採集了以後，一直沒有整理出來，一直沒有把譜寫出來，作為重新發展和創作的基礎，這一點很奇怪。事隔這麼久，許常惠還在那裡晃著，搞什麼事情，我也弄不清楚。但我想當時的採訪，是一種很重要的反省的表示。另外一個反省運動是我們幾個朋友搞起來的。我們那時也是想拉長補短，一個勁往西方看，覺得西方東西都很好，半懂不懂的，生生澀澀的翻譯過一些理論呀，影評呀，現在回頭看起來都會臉紅的。我們也搞過《劇場》嘛，對沒有看過的電影，熱心得不得了，什麼《去年在馬倫巴》呀，覺得光看那些劇本便過癮得不得了。看那劇照也過癮得很呀，一直到去年我到美國的時候特別找那個電影來看，覺得很失望呀。然而在這個時候，我們也開始了反省，覺得我們為什麼老拿法國的《電影筆記》這樣的東西來翻呀，這樣幹什麼呢？為什麼不多關心一點當時在台灣的中國影片？所以當時我們搞《文季》的時候，我跟陳耀圻就把李行請出來。李行當時也蠻好的，他也不嫌我們膚淺，把他所有的代表作都拿出來，用兩天的時間放給我們看，開始檢討。我們當時的看法是，我們要看自己的電影，儘管我們的電影有很多問題。連知識分子都不注意自己的電影，誰注意呢？我們每天在看法國的《電影筆記》，然後就罵中國電影，這不是個辦法嘛。我們是這樣做了。結果是很薄弱的，討論了一番以後，也就沒有什麼下文了。不過，我今天回想起來，不能不說它是一個反省運動。否則一九七〇年整個的顛倒就沒有道理。顛倒總有它的潛伏、植根和發作期。勉強要找它的潛伏期吧，那麼我想那兩個方面的反省也是蠻重要的。

下面談談六〇年到七〇年的期刊跟文化運動。第一個是《自由中國》被禁刊；《現代文學》創刊在一九六〇年，這個刊物主要是以研究、學習西方的文學為宗旨；中西文化論戰是《文星》和《中華雜誌》所參與的，《中華雜誌》到目前還健在，《文星》雜誌今年也復刊了（六〇年代中下葉停刊）。第四點是台灣所謂「素樸的現實主義文學」，力量慢慢大了，在吳濁流的支持下，創建了一個雜誌叫《台灣文藝》，還是保持他們素樸的風格。在一九六四年，跟《台灣文藝》同一年，《笠》詩刊創辦，依我個人的看法，那是台灣籍現代派詩人組織的一個刊物，不過他們不同意，他們認為他們一早就搞鄉土了；但就歷史的發展看來並不是這樣。第六點是現代派戲劇電影刊物《劇場》在一九六五年創刊。這個雜誌跟我也有一點點關係。主要是以西方為師，拚命的查字典把西方電影的劇本呀，理論呀，亂七八糟的拚命的翻，而且翻得很爽快的。第七點就是現代主義思潮的刊物，《前衛》、《歐洲雜誌》，相信大家還記得，在香港也有《盤古》，在一九六七年創刊。一九六六年《文學季刊》開始發行，是當時尉天驄、我，還有一些朋友辦的一個文學季刊。一九六六年現代主義文藝活動的高潮展開，可說是一時之盛，裡面有現代畫跟現代詩，詩就寫在現代畫上面，「京畿」為之震動，所有的文藝青年、藝術青年都趨之若鶩。我也一樣。這是台灣現代主義文藝思潮的高峰，從那以後，台灣的文藝還沒有回到那樣的高峰。一九六八年，《文學季刊》停刊，這停刊跟我也有點關係。一九六八年我「出了一趟門」，影響這個雜誌的出版。《創世紀》在一九六九年也暫時停刊了，不過這並不是受政治問題的影響，原因不明。據說是大家覺得搞不下去了，因為現代詩發展不下去了。這是六〇年到七〇年台灣主要的文藝期刊跟團體的狀況。

最後一個部分談談六〇到七〇年的文藝思潮。第一點是台灣現代主義文學跟藝術達到它的高峰跟爛熟的時期，一方面它享受了最高的榮譽，一方面它內在的矛盾跟問題也逐漸的暴露，比方說晦澀的問題，比方說文學藝術跟生活、跟人民、跟社會、跟民族之間的脫節的問題，比方說漢語的傳統（如文法、邏輯等）受到全面破壞的問題，以及文學藝術風格的民族性的問題等等，引起內部跟外部的討論。這是當時的一般情況。就是說一方面是現代主義的高峰，另一方面是現代主義內部碰到最多問題的時期。第二個我要提出的，是以《文學季刊》同仁為中心的比較輕程度的反省的淺流。第三個問題就「素樸的現實主義」的繼續發展。總而言之，台灣的現代主義文學，用其他第三世界的術語來說即所謂「輸入的文學」，所謂「模仿的文學」，在別的國家大概沒有超過十年，台灣卻在一九五〇年到七〇年整整二十年的中間，都受這種「輸入的文學」、「模仿的文學」所支配。另外一個要檢討的問題是，台灣的殖民地經驗，時間比較短，它的語言系統是東方的日本文，所以跟殖民地經驗比較長、語言系統是西方的那些遼闊的第三世界的文藝就有顯著的不同。因為它們的殖民主義時間長，它們的英語、法語、西班牙語、荷蘭語都學得很精到，有一些殖民地知識分子甚至要比英國人、西班牙人寫出更好的論文或作品，所以他們可以直接進入西方文藝的核心。台灣在這方面就比較差。我記得當年台灣懂英語的人並不多，有一兩個人讀，讀了以後，就講給讀不懂的人聽。一聽，便覺得這個很棒，然後經過他的一番發明以後，再講給別人聽，別人又寫成文章登在雜誌上；大家看了，覺得這篇文章講得很過癮，有人又發明一番又寫在另一雜誌上。這真真是所謂「口耳之學」，也顯出了中國人的智慧和聰明，光是聽就可以發展出一個東西來。這恰恰好是優點也是缺點，優點是不西化得那麼厲害，自己的東西還留一點；缺點是不能入所以也不能出，不像第三世界的作家，因為他們進入的是最現代派的東西，所以他出來以後，隨著祖國的命運，或者是運動，或者是鬥爭，把祖國文化裡面積極的東西揉合進去，把自己的迷信呀，把拉丁民族的浪漫，或者民俗，或者巫術的東西都加進去，成為所謂「第三文學」，最近愈來愈受到重視。那麼台灣，就是因為沒有入，所以不能出，直到現在，我個人覺得有點問題，有點伸張不開來的那種感覺。

現在講一九七〇年到一九八〇年。世界的情況是，資本主義經過戰後連續二十年的景氣以後，第一次碰到問題。比方說美國的美金，已不再是一種硬貨，美金的匯率也跟其他貨幣同時成為流動的匯率，等等，這是一方面。另一方面世界資本主義進入長期性的停滯性的膨脹。資本主義發展的代價在西方資本主義世界中也受到廣泛的討論，比方說大量的公害、汙染，消費者的被害，以至人的精神的破壞，在西方的知識界都有廣泛的討論。一九七三年，石油危機產生，第一次西方屈服於資源的民族主義之下。過去哪有這種事？你要漲價，八國聯軍，我便十六國聯軍，看你敢不敢漲價。現在卻行不通了。一九七三年的石油危機，一時間對世界資本主義的發展，起過很大的影響。一九七〇年開始了東西的核子重新編組的一個時代，冷戰時期重新編組和變化，也是相當重要的一個事情。第五個特點就是聯合國內部第三世界國家成員的增加，使得大國對聯合國的支配性降低。第六方面，第三世界的貧困化不斷的嚴重化。第七點是美國在越南戰爭敗北以後進入療傷的時期，療傷以後就是雷根（列根）保守化的政治，雷根揚言要復興美國昔日光榮，這種右迴旋，是一種「藍波主義」（編按：指史太龍電影《第一滴血》中的英雄人物藍波所代表的大美國主義意識形態）。七八年美國承認中共，《中美協防條約》自動失效。這是第八點。

現在看台灣方面。一九七〇年對台灣比較重要的是保衛釣魚台運動，這個運動，是香港、台灣的知識分子，在香港、北美洲以及台灣三個地方所掀起的民族認同的運動。首先是因為美日帝國主義之間的私相授受中國的領土釣魚台，引起了一個民族主義的愛國運動。這個愛國運動在一九七一年迅速的轉變跟龜裂：有一邊變成「愛國聯盟」，有一邊跳向民族認同運動，民族認同運動又跳向「統一運動」，鬧得雞犬不寧，這也是一個很大很大的問題。一九七四年，台灣的經濟發展達到了一個頂峰，同時也碰到了石油危機，台灣十年來的成長在這一年也產生了成長緩慢化和失業的問題。可是基本上沒有動搖這個繁榮的經濟結構，因為過去賺的錢夠多，而且台灣的農村還有力量吸收這些失業的人口。一九七一年台灣退出聯合國，一九七二年日本跟台灣斷交，跟中共建交。一九七二年尼克遜、基辛格跑到大陸去訪問，中共跟美國的關係，開始解凍。一九七四年美國自動廢止《台灣決議案》，就是說，現在開始表態。一九七五年台灣新生代的民主運動展開，《台灣政論》雜誌創刊。一九七五年有所謂的「宜蘭事件」，在七五年的選舉當中，因為民眾懷疑這個投票的開票有問題，提出抗議，產生「宜蘭事件」。一九七七年由於同樣的原因，產生所謂「中壢事件」，就是許信良參選時發生的一個事件。一九七八年，美國承認中共，《中美協防條約》自動失效。一九七九年發生「美麗島事件」。在大陸方面，在這個時期，毛澤東、周恩來相繼死亡，鄧體制逐漸形成，在台灣蔣介石總統也過世了，蔣經國時代展開。

在這樣一個動盪、複雜的國內外形勢裡面，台灣的一般思潮我想是非常明顯的有幾個變化：第一點，長期對西方跟美國的信賴和崇拜這種思想開始動搖。就是說為什麼美國這麼正義、這麼愛好自由的國家，怎麼去跟「共匪」建交呢？這個問題很嚴重。可是問題更在於這種動搖沒有進一步形成一種討論。就是對於二體制、兩極結構的問題沒有深刻加以考慮，就是我們中國人處於兩極結構下的思維，沒有因此得到解放，所以這種對於美國或西方的懷疑，沒有進一步的結果。這是我個人的看法。那麼保衛釣魚台愛國運動，第一次在戰後一九五〇年以後從來不談民族主義的台灣跟香港，第一次從皮膚感覺到民族主義的熱情，戰後的知識分子第一次面臨了中國，被逼著去看中國的問題。在這以前，由於冷戰的結構，覺得中國是個遙遠的地方，跟我沒有關係，而且那裡的水又深，火又熱，問題很大，所以我盡量不去看。可是「保釣」，以至於尼克遜、基辛格的表現，這個問題馬上就逼到當時台灣知識分子的面前，可是也因為沒有從根本的、從「戰後的」這個概念加以清算、反省，所以沒有辦法衝破在思維方面的框框。它的對立面，在危機當中，在台灣產生了一種所謂「革新保台論」。過去總覺得國府很討厭，它最好不在，最好離得我遠一點。但隨著整個冷戰結構的再編，連我們最可靠的老大哥美國都要跑到匪區去跟他們握手，所以就覺得危機很重，那麼，保衛台灣變得很重要。保衛台灣已經不是國民黨的事情。一般台灣反共的中產階級也主張保衛台灣。他們主張改革，改革的目的就是保衛台灣。「革新保台論」就這樣產生了。所以釣魚台運動產生龜裂，龜裂成「改革保台派」跟「民族統一派」，現在的情形看來是「民族統一派」比較倒楣，像王曉波、陳鼓應等在台灣已經過不下去了。另外一方面比較明顯的情況是，由於國際局勢的動搖，充分的顯露出台灣資本主義跟台灣資產階級的機會主義性格和不安定的性格。在過去，在絕緣體制下，或者在美國協防體制下面，他們在台灣完成了他們的資本積累，可是一旦這個結構開始重編、動搖的時候，他們就開始往外面打主意，在七九至八〇年之間就發生過集體脫產逃亡的情形。可是在另外一方面，台灣的民主運動，有第二波的蓬勃的發展，繼雷震之後，新一代的民主運動的產生，從「宜蘭事件」、「中壢事件」、一直到「美麗島事件」而達到高峰。「美麗島」的挫折，對於台灣的文化界跟文藝界產生了很大的影響，這個影響達到了我的估計之外。當時一般的思潮是「一島性」的思想：我不要談中國，我們自己搞，有問題我自己解決，重新認識什麼是台灣，什麼是台灣人，什麼是台灣的文學，像這樣的東西提出來了。我個人覺得，時間上的配合是不是晚了一點。比方說，台灣的分離主義運動最鼎盛、最有機會是一九六〇年代，可是一九六〇年卻沒有這樣的聲音，一直到一九七〇年也還沒有這種聲音，一直到一九七九年之後，台灣內部的悲憤才出來了。在我個人看來，是受到一九七九年這些事件的影響相當大，這是國府當局始料不及的。

現在來談談社團跟刊物。一九七〇年，我們一位已經過世的、可是經常懷念的好朋友唐文標先生，在這一年寫成了〈詩的沒落〉這篇文章，由於各種原因，一直到一九七三年才能發表。這篇文章，是對當時的台灣比較惡性西化的文學——現代詩的一種結構性的批判，產生過非常大的影響。一九七一年，那時我還沒回來，尉天驄重新創辦一個文學雙月刊。一九七一年唐文標又寫了一篇〈僵斃的現代詩〉，但也沒有在當年發表。一九七二年另外的一個炸彈，就是關傑明教授用英文寫成的兩篇論文，批評台灣跟香港惡性西化的現代詩，經過翻譯在台灣發表以後，引起軒然大波，各種責備交相而來，就產生了現代詩批判運動，或者是現代詩論戰。這是一方面。在這個時期台灣新生代民主運動的雜誌也開始蓬勃發展，第一本是《台灣政論》，再過來是《這一代》，再過來是更有名的《美麗島》雜誌，它的刊行是最高峰曾達到七、八萬份，甚至十幾萬份，打破了現在的《天下》雜誌的紀錄，《天下》雜誌現在的銷路是七、八萬份。一九七六年《夏潮》雜誌創刊，現在回顧起來，它可能是當時唯一把冷戰結構對台灣政治、經濟、文化的影響做過分析和批判的一本雜誌。一九七七年，鄉土文學論戰在彭歌的點名批判之後展開，這是當時的情況。

繼續談這個時期的文藝思潮。我剛才說過一九五〇年以後台灣文藝思潮一個最大的改變，就是從揭露到不揭露，從現實主義到現代主義這樣一個改變。到一九七〇年又是一個反覆。一九七〇年，現代主義在批判中下去了，一個新的文學方向的探索開始了，台灣文學全面現代化跟惡性西化以後的一個重大轉變，就是一九七〇年隨著保釣運動而來的新詩論戰跟鄉土文學論戰，標誌著這個時代的一個重要的發展。那麼在新詩論戰和鄉土文學論戰裡面討論了哪些問題呢？我要報告的是，在鄉土文學論戰中所討論的問題，在中國新文學史來說，不算是個新鮮的題目。因為文學為誰服務的問題，文學要不要為民族的解放、為國家的獨立服務的問題，文學應不應該有民族的風格的問題，我想在很多很多次三、四〇年代的文學討論裡面都討論過了，可是為什麼又在這時再討論呢？可能就是我剛才談到的原因。那是因為跟傳統的斷絕，所以必須把那個已經討論過的問題，以比較小的規模，比較淺的深度，重搞一遍。這一點，我個人覺得，在台灣的文學思想史上，是有重大意義的，雖然在全中國的文學思想史上，它還不算新鮮，但在台灣一地來說，它是蠻重要的。第一，它在經過二十年的現代主義之後，提出文學藝術上的中國風格的問題，認為中國的文學，就應該有中國的特色和風格。第二從內容上來說，它主張在文學作品裡面，應該反映歷史，應該反映人民的生活，應該反映人民的社會。他們也討論到文學的有用性。文學應該為改革，為改良社會，為弱小者代言，為民眾喉舌，為民眾的疾苦說話。第三個是文學在語言、在文法上的中國性格的要求。就是說中國文學應該用中國話來寫，不要用漢字寫的外國語言來寫。要引起大家注意的是，這次鄉土文學論戰的針對性，完全是對西化的文學而言。就是說從經濟的依賴，到文學的依賴的這種批判中，自覺到二十年來台灣的文學沒有自己的個性，都是別人的感情、形式、內容的一種支借。要特別指出的是，它是有非常大的針對性，比方說，晦澀對清晰，歷史的逃避對歷史的重視，文學裡面沒有思想、沒有人的生活相對於文學要傳達入世的思想等等，都非常有針對性。這個針對性都是對西化的文學而來。再過來，我個人以為鄉土文學論戰並不是獨立於現代詩論戰以外的一個論戰。我個人的理解是鄉土文學論戰基本上是現代詩論戰的延長，可惜一開始就帶有很濃重的政治意味，譬如彭歌先生對我、王拓、尉天驄三個人的點名批判，帶來了非常肅殺的氛圍，這場論戰也就不了了之，雷聲大雨點小地結束了。而且我非常欣慰，這場論戰並沒有引起逮捕等等問題。官方認為鄉土文學有兩個嫌疑，這兩個嫌疑恰恰不在一家的，互相矛盾的。比方說，一個是所謂「工、農、兵」文學，這不得了，這是共產主義，因為什麼，因為鄉土文學裡面寫的是社會的低層，低層人物，所代表的就是低層的階級，這在思想上可能就有問題。第二個他們找到的，就是鄉土文學的對話裡面有很多台灣話，而且寫的人物都是台灣人，這明明是分離主義——台獨。台獨跟共產主義兩個見面一定會打架的，可是官方卻把他們搞在一起，要他們團結，又展開了圍剿，由知識界一位很有名的詩人帶頭圍剿，風聲鶴唳。不過另外一方面呢，好在我們當時在香港的徐復觀先生，在台灣的胡秋原先生，以及海外的一些學者及讀者廣泛的支持下，使鄉土文學論戰沒有向不幸方面發展。第四點是經過新詩論戰，經過鄉土文學論戰以後，台灣的現代主義基本上是沒落了，它已經沒有辦法回到當初的高度。可是又發生了另外一個問題，雖然在理論上，鄉土文學有所發展，可是在現實的具體事件上，我們還沒有看到比較好的、比較深厚的、比較強的作品。

再過來我要談談鄉土文學的局限性。第一個局限性是由於政治的影響，討論沒有向縱深的方向發展，這是我覺得很可惜的一方面。另外一方面就是鄉土文學的這一派，在知性上跟文化上的裝備也不夠，沒有全面發展成對台灣戰後的體制，以至對「冷戰」這個概念，提出清算、批判，跟反省。沒有經過這樣的反省，我想這個框框就跳不出去。這是我個人的看法。第三個局限性是辯論的雙方，對當時整個台灣的文化的知性的背景，一般都是貧困的，所以無法把這個辯論往深度方面發展。

現在我們講最後一個部分，就是一九八〇年到現在。八〇年到現在世界的情況是一九七九年展開了第二次冷戰的時期。最近好像又有一點變化，兩方面好像又要談，互相談判，互相詐，互相威脅，各做各的戰爭的準備。從一些外國學者的觀點來看，是第二次冷戰的開始。另外從美國的雷根政府，我們很鄉愁地聽到一九五〇年代的論調——對共產主義的堅定的反抗，對美國的國威跟美國的信心，藍波主義的言論的再起，這個是特色之一。那麼，在全球資本主義的發展，仍然沿著所謂「停滯式的膨脹」(stagflation)進行，成長率愈來愈低緩，引起了所謂

「保護主義」這種反應，一九八五年美國的「保護主義」，壓迫他的小老弟們，對他們說，你們這個匯率得調一調，我們就急急忙忙的跟他協商，匯率調一調。所謂「先進國病」，就是說生產力的下降，管理的鬆懈化，官僚主義的肥大化等等，有一些評論家認為美國時代已經逐漸趨向終結，這跟所謂「美國是紙老虎」的看法是兩回事，美國仍然是一個非常強大的力量，不過按一些學者的看法，這意味著美國時代的結束，就好像第二次世界大戰後是英國時代的結束一樣。那麼，這個世界要怎樣調整，很多未來學家都有不同的意見。一九七八年，中共採取開放政策，把一個社會主義國家的市場跟人力，向著全世界的資本主義體系開放。開放以後，所帶來複雜的問題，引起全世界的思想界跟政治上的很複雜的討論。中共的開放，也使得戰後兩極對立的結構開始模糊，開始重新整編。大家大概不會想到，北京會跟華盛頓、跟東京連成一線，北京跟莫斯科會分開，這在五〇年代是想像不到的。目前的情況是很混亂。

在台灣方面呢，由於世界經濟的停滯，在這幾年，台灣經濟成長受到很大的影響，可是老底子還厚，在台灣低層勞動者大量的貢獻之下，台灣資本主義基本上還不至於受到非常大的影響。一直到今年，由於匯率的關係，對輸出有利，所以我們的經濟又呈富庶的現象。這種現象能延長多久，各個經濟學家的意見都不一樣。那麼經濟犯罪、脫產逃亡的事件也在增加。另外一個顯著的現象是我們的社會成本開始要求我們去償付，於是公害呀、環境呀等問題，山地部落的崩潰呀，或者是經濟結構等待另外一個改革，就是說向著所謂資本密集的工業的改革那種瓶頸困難的產生，以至於社會倫理結構的改革與變化，都是目前台灣討論得很多的問題。再過來一個特點就是，隨著台灣的自由化，住民運動的發展，這個在過去是不可想像的。在台灣，老百姓聚集起來，為了一個目的組織起來，採取行動，在過去是不可能的。現在為了公害、環境，為了他們自己住民的利益，老百姓組織起來，發出他們的聲音，這樣一種住民運動，一種自立救濟運動，正蓬勃展開，對台灣的民主生活，具有很大的貢獻。另外一個更重要的是台灣在經濟上的三化跟政治上的變化。經濟的「三化」就是「國際化」、「自由化」、「制度化」。由於韓國、中國大陸、菲律賓的輕工業急起直追，使台灣的工業便需要經過一些整編。這個整編喊了幾年，沒有什麼效果。大概是因為我們在經濟、財政上的官僚，跟幾十年企業上的老朋友的關係非常好，不忍心認真執行中央的政策，所以中央大概就覺得只好用國際市場的規律來促進台灣的經濟結構的轉換：開放外國資本，撤銷對台灣民族資本的保護，由赤裸裸的競爭，逼使台灣企業在管理上或資本經營上的改革，就是所謂「國際化」。「自由化」是指國民黨所有的國家企業的開放（這個當然是指它的獨占利益的開放），藉著自由化來整編國家經營的企業，以及不能經營的東西，藉著這個市場資本主義的規律，來改變台灣的經濟體系，促進資本主義結構的提升。「制度化」就更不用說了，這是管理的一個部門。另外再看政治上，美國、國府和黨外三方面聯繫的形成，是很值得注目的。比方說民進黨的形成，國民黨容許民進黨的成立，以及新的民主結構的調整，都是我們最近看到的。這對我來說，都是一個新的發展，很值得我們注意。接著就是所謂「開放」：結束戒嚴，黨禁開放，報禁開放。這樣的形勢，如果沒有意外的事情發生的話，我想便變成了一個政策。這個政策是重新取得台灣整個結構穩定的平衡點，把草莽的黨外，邀請到桌上來，請他穿西裝、打領帶，不要再在外面叫罵。我想這種整編的過程，在中國現代史上，是蠻重要的一件事情。國民黨第一次容許反對黨的成立，作為改革的一個步驟。雖然我們知道只有一個最強有力的人在主張改革，整個社會仍看不到雷厲風行的一種新的朝氣在推行改革，可是我們還是覺得這種開放與改革是一個明顯的趨向。這是台灣方面的變化。

一般思潮方面，我有幾點報告。第一個就是台灣的富裕化以後，台灣大眾消費社會的成立，台灣社會裡面的「消費人」的登場。什麼是「消費人」呢？就是說這種人一生的目的就是為了消費，我想在香港也有很多——消費主義，享樂主義，欲望的解放，文化需要的下降，這是這方面的情況。第二個特點是一九七九年「美麗島」事件挫折以後，台灣的文化人和知識分子都受到很大的衝擊。這種衝擊所得到的結論，就是：不想當中國人，中國人最好不要管台灣的事情，我們自己來搞。這一種台灣、台灣人、台灣政治的觀念的興起，我個人在感情上是同情的，因為它背負著漫長的歷史遺留下來的很複雜的問題。但是理智上卻沒有辦法贊同。一九七九年的衝擊之所以會導致這種「台灣一島主義」的思想，其中的原因我想要重申的是由於對「戰後」這個概念缺乏整個的清算跟思考。我想，香港也可能有這樣的問題。除非我們能夠衝破「冷戰」這種思想架構，重新從自己民族獨立自主的立場去思維整個台灣、中國、甚至於香港的問題，超越國共兩黨長時間的「古典的」爭執，才能衝破這種冷戰時期的兩個陣營體制的思想框框。這是我個人的看法。另外一方面就是隨著住民運動的展開，我們在反公害、反核能上取得一定的成績。我想這個已經不只是烏合之眾在那裡抗議，而是我們重新思考中國在現代化以後，我們要什麼樣的「現代化」，現代化是為什麼人，現代化是為什麼，以及如何現代化，要在什麼代價下取得現代化。這個問題在台灣第一次展開了（雖然時間來得太晚了）討論。這個討論是有意義的。也許整個中國大陸在現代化的過程當中，還沒有這個意識，可是台灣的這種思考，卻是有意義的，也許對於整個中國現代化也有意義也說不定。另外一點我要報告的是，我覺得在台灣最近又有一項新的反省運動，說出來有點不好意思，因為跟我有關係。《人間》雜誌在兩年前創刊。這樣的一個雜誌我們在籌備的時候並不看好，我們懷疑在這樣一個大眾消費的社會當中，會有多少人對它表示關心。結果我們從開始到現在將近兩年，它一直在青年學生、大學生，以至於比較關心干涉生活的知識分子當中，取得很大的支持跟鼓勵。我特別要提的是，在香港每個月也起碼有兩百本的銷路。像這樣的情況，是我意料之外的。《人間》雜誌是從弱小者的立場，去看人的問題，社會的問題，自然的問題。《人間》雜誌另外一個比較明顯的立場是，對台灣二十多年來的現代化，提出反省和批評。這樣的一個雜誌，在台灣受到歡迎和支持，而且情況愈來愈好，這個情況有什麼意義，我想也值得我們思考和討論。另外一個就是人文雜誌的誕生，像《當代》的創辦、《文星》的復刊，這類雜誌目前境況似乎還是有點問題，卻毫無疑問的，每個月都有一定的人口在等待這兩個雜誌的出版。香港也有一些朋友在等待這兩個雜誌的出版。這樣的情況也有值得深思的地方。第三個方面就是學生的覺醒。台灣的學生可能是全世界大學生之中，心智年齡最低的一群，他也許二十幾歲，長得漂漂亮亮的，抱著個球，橫衝直撞，但心智方面卻可能還停留在高中的年齡，還在吃棒棒糖的時代，這是因為五〇年代以來冷戰結構下，整個對於人文科學、思想、哲學獨立思考中斷，馬上又碰到消費社會，於是產生了看電視長大的一代人。但是最近似有所改變。隨著美國社會科學的改變，他們的社會科學參考書的改變，他們讀一點什麼馬庫斯呀、阿宏呀、阿爾杜塞爾呀的書，便開始在校園中要求民主自由，要求學生參與，這個趨向，如果加以一定的調整和關心的話，會發展成一種怎麼樣的校園文化，也值得我們加以期待。要補充說明的一點是，在我入獄以前，台灣有一些知識分子關心的思想問題，比方說，存在主義的問題呀，抽象主義的問題呀，超現實主義呀，或者邏輯實證論呀，但這些思潮都像在舞台上過過場般過去了。我回來的時候，這種情況不見了，為什麼？隨著台灣資本主義的發展，大部分優秀的知識分子都被吸收到工廠或是企業單位去了，不再搞這個玩意了，一直到最近，才有這類人文思潮的出現。在這樣的背景底下，有這三方面的發展，我覺得是值得我們關心的。

關於團體跟期刊方面，黨外雜誌大量湧現；但是因為整個台灣的文化界思想上的貧困，所以黨外也沒有產生獨立的、結構性的、批判性的哲學跟思想，加上雜誌的商品化，很快就使得黨外雜誌變成一種「反抗的商品」，很快就喪失它的指導性。一九八四年《聯合文學》創刊，一九八三年《台灣文藝》改組，改成一份比較有戰鬥意識的、比較有台灣意識的文學刊物。一九八六年，《台灣文藝》再度改組，宗旨不太明確。一九八七年，「台灣筆會」成立，因為我還搞不清楚它的性格，所以我個人沒有參加。一九八四年《夏潮》復刊。《夏潮》停刊以後，有一個《前方》雜誌，是代表對「戰後」體制有批判力的、或者批判傾向的一個雜誌。今年六月，另外一本雜誌《海峽》就要創刊。一九八六年，「夏潮聯誼會」成立，是《夏潮》系統的、對於「戰後」體制有所批判的一群知識分子的組織。一九八三年、八四年、八六年都有「統獨」的論戰，但雙方的衝突面很小，一接兵就收。討論的核心是台灣應該統一呢還是應該獨立。像這樣的討論，一直沒有斷過。一九八六年到今年，以《南方》雜誌為代表的年輕一代知識分子，提出一個口號，叫作「不統不獨論」。就是說，你們吵「統」，吵「獨」，兩方面都要求我參加你們，我煩死了，兩方面我都不要。我要什麼呢？我要具體實踐，就是說，眼前有什麼路我就走什麼路。這個論調的產生，也是很有趣的情況。總而言之，一九八〇年以後，一個新的探索運動已經開始了。

最後，談這個時期的文藝思潮。詹宏志在一九七〇年代末期提出過什麼「邊疆文學論」，引起很大的誤會。「邊疆文學」是怎麼提出的呢？就是他概括台灣的文學，認為大概有兩種可能，一種是經思維出發，因為你有話要說，所以你寫成文學作品；另外一種是經感情出發，你只有一種感覺，你寫你的感覺。他的意見是說，台灣文學在第二種傾向太多了。台灣文學如果沒有哲學，沒有思維的話，將來揉在中國文學裡面，只能揉出它的地方性格，只能成為「邊疆文學」。他講這個話，不是在罵台灣文學是邊疆文學，而是勉勵台灣文學如果不往思維發展的話，有一天在中國文學的地圖裡面，會變成邊疆文學。可是在台灣文學的「一島主義」高漲的時候，邊疆文學論非常刺傷了一些文學界的同仁，因此詹宏志便遭受到清算、棒打。像李喬、宋澤萊等等便提出了什麼是台灣、什麼是台灣人、什麼是台灣文學等等的討論。我們不談它的是非，只指出這種思潮。第二，總的說來，台灣文學的「一島論」，和日治時代直到最近認為台灣文學是中國文學的一部分的觀點不同，「一島論」認為台灣文學就是台灣文學，它的針對面是中國文學。過去鄉土文學的討論的針對面是西方化的文學，現在台灣文學的論爭的針對性是中國文學，對於西方文學根本不談，對西方文學的支配性等等統統不談。他們非常看不慣中國，一提到中國就討厭。這是很大的問題。他們口號上提出什麼人權文學，政治文學，政治詩。他們又提出「老弱文學論」。譬如宋澤萊批評我跟葉石濤，說我們不談台灣，是因為我們不敢，沒有膽子，老了。我對宋澤萊有幾個肯定，第一個肯定就是他愛台灣，他的理論文章寫得莫名其妙，但他愛台灣愛得滿眶的淚水這個感情是一定要肯定的。第二個要肯定的是他敢於批評所謂的「權威」，但他把我看成「權威」，是個嚴重的誤解。可是，不管怎麼樣，一個年輕人，敢於向所謂「權威」挑戰是很重要的，因為權威十個有九個九都很混蛋。第三個我就要講他的缺點，他年輕輕的走到江湖來，應該把功夫練好，這樣一個少年英雄才會冒出來嘛。但他在知性上，文化上，理論上，我覺得他比較薄弱一點。最近更有一些議論在埋怨台灣為什麼要光復，不光復就沒有「二二八」，就沒有那麼多痛苦；埋怨說，日本比中國先進，要是由日本繼續來管，台灣一定就好得多了。這是一種很令人辛酸的一種論調(而不是憤怒)。這都是過去留下來的歷史情結所帶來的。再過來就是他們想占領台灣文學，他們認為鄉土就是「台灣民族」的文學。可是文獻俱在，像剛才講的，鄉土文學是針對西方文學的影響，是反帝國主義的，是中國民族主義的；而所謂「台灣文學」的針對面是中國，它反對中國，不反對帝國主義，二者之間，有明顯的差別。另外一個方面是文學的市民化。除了「統獨」的問題之外，還有一個趨向就是市民化。就像所有先進國家的都市文學一樣，談性的問題呀，談愛情的不在呀，疏離呀，談婚姻的破滅呀，這類東西，分散地存在。文學思想性愈來愈薄弱化。另外一種就是跟香港一樣的消費文學的產生，報屁股呀，晚報上那種流行愛情小說呀。

最後我要說的是，我覺得八〇年以後，是一個新的探索的時代，反省的時代。隨著中國問題或者是香港問題的發展，我想台灣，甚至於香港的知識分子，應該重新檢討戰後四十年來我們所走過的步跡。比方說，在香港這樣一個殖民地的時代，應該從殖民地香港這個本身開始反省，從清末香港所走過的路，香港文學的發展，香港社會的發展，以至香港中國人的身分的認同的問題，香港在歷史當中，在社會發展當中，在整個世界的政治經濟發展當中占一個怎麼樣的位置，提出整個的反省。台灣廣義的說來，也是世界資本主義體系下的新殖民的一種政治下面，應該怎樣面對「戰後」的問題，面對冷戰所帶來的長期對於台灣跟香港在學術、文化、思想、藝術、文學上面整個影響的正面跟反面，提出深刻的反省跟批評，來找到我自己在整個中國歷史發展中的地位，然後找出我們今後要努力工作的方向，這也許是我們今後要面臨的問題也說不定。如果是的話，我也很想港台兩地的知識分子，團結起來，做各自的工作。

問：冷戰是不是早已經過去了，文藝的春天是不是已經來臨呢？

答：冷戰分好幾個階段。國際上很多學者、社會學家，都有不同的看法。但是似乎沒有任何學者或著作認為冷戰已經結束，只是對冷戰各個不同階段的分期，有各種各樣的看法而已。

總而言之，冷戰所代表的，是兩種體制的分歧，兩種體制的鬥爭，這兩個體制本身發生了很激烈的變化，但不管如何，兩個體制仍是對立的，互相不信賴，互相防避，互相競爭；這種競爭不光是政治、經濟上、軍事上的競爭，而且是意識形態上的競爭，影響整個的教育、文化、藝術、文學。我們真的很希望這樣的冷戰結構趕快過去，讓每一個民族跟國家都能從這個冷戰的框框底下解放出來，蓬勃地追求自己的文學、國家、民族、經濟、政治的發展，這一點，我跟你一樣，是一種期待。可是冷戰是不是過去了，我想卻不是那麼樂觀。

問：對開放以後，中國新生代的文學有什麼看法；你的「山路」系列，會不會寫下去？

答：第一點，我非常關心中國當代的文學，可是很慚愧的說，我們台灣對中國當代文學還沒有開放，可是最近的情況好一點，一個比較親國府的聯合報系的雜誌——《聯合文學》現在正比較有系統的刊載當代大陸文學，其他的出版社也在做，有一股暗流，似乎是想以大陸的東西來打破台灣文學當前的瓶頸。就我看到的非常有限的東西，我是非常關切的，而且有些作品是優秀的，我想這些作品對台灣應該有激勵的作用，讓台灣的作家知道，另外一些中國作家，在海峽的彼岸，想著些什麼，為誰寫，怎樣寫，這對台灣是非常好的。我個人認為，大陸文學的思想性、文化性比較高，它談問題，言之有物。台灣文學比較大的問題是，有的作品寫了六、七千字，只寫了一個少女的側臉，寫得很好，可是寫完了，卻不曉得是什麼意思。說到「山路」

系列，我在六月分的《人間》雜誌，會有一篇五萬字的小說，也屬於「山路」系列，是對五〇年代的回顧跟反省。我覺得這樣一個重大的歷史時期，現在能超越黨的、或者政治的糾葛來思考這個問題。我們記得在西方的電影，很多很多都對二次大戰納粹統治下的那種恐怖，在納粹統治下，怎樣面對生命，面對自己，怎麼活，是沒落的，是苦悶的，還是反抗的，一直是西歐文學一個非常重要的主題，因為要內省。我想在大陸應該有更深刻的東西去內省文革的傷害，如果沒有這個東西，我想它的文學創作便不會更深刻。我並不是想寫很深刻的東西，我對五〇年代的反省，當然有條件，就是說國民黨的開放，以及我對這個時期自認為有一些了解，想表達一個比較獨立的想法，想回顧當時的人們活的樣子，他們怎麼樣去面對恐慌、虐殺、死亡，而取得生命的勝利，這個歷史階段，跟整個下墜的消費社會做一個對比。

初刊一九八七年八月《八方文藝叢刊》（香港）第六輯

1 整理記錄：胡遜、馮珍今。

2 本篇為演講錄音之整理紀錄，文中所列之點項次序或有脫略。

大眾傳播和民眾傳播[1]

編者按：本文是陳映真先生在今年五月訪港期間，應「香港大學學生會中國事務小組」、「中大學生報」、「樹仁學院學生會國是學會」及「當代中國學會」之邀，五月廿五日下午六時三十分在香港大學麗松講堂演講及答問紀錄。紀錄依錄音帶整理，未經陳先生過目，錯漏之處由記錄者負責。

各位在香港的朋友、同胞，雖然已不是第一次，但面對著你們，我的心情還是難免激動，因為我半輩子生活在台灣，很少有機會見到台灣以外中國另外一些土地上的同胞。這幾天我在香港走了一下，覺得特別就這裡的人，或者年輕的學生來說，只要不開口，跟我們台灣的都很相像，可一開口我就聽不懂，所以我覺得很親。今天我十分榮幸能夠有機會在這裡再次跟大家見面，與你們交換意見。

根據報紙上說，我是要來談「民主生活和社會參與」的，但因為彼此的聯繫不夠，在講題的聯繫上沒有做好。雖然這樣導致今天的題目可能要有些改變，不過我的基本主題相信還是直接或間接地談到主辦單位要我說的話。如果容許黑板上的題目有一個副題的話，它應該是「大眾傳播和民眾傳播」。

為什麼談傳播呢？我自己的專業並不是傳播，只不過這兩年來我在台灣辦了一本《人間》雜誌，深刻或者用「皮膚」去感覺傳播上存在的一些問題，想跟大家分享。

今天我會就下面幾個部分講一講。第一是作為大企業的大眾傳播；第二是媒體的商品性和它引伸出來的問題；第三是作為一種社會控制的媒體；第四是媒體和意識形態的強制；第五是思考所謂「民眾的傳播」，就是讓我們來想一想可不可能有一種民眾的傳播；然後從我這一兩年來搞《人間》雜誌的體驗報告一些心得；最後一個部分我們來談談新生代的香港人該做什麼。

作為大企業的大眾傳播

我所知道的大眾傳播，不管是台灣內部的大報紙，像《中國時報》、《聯合報》，還是國際通訊社、跨國資訊工業，它們的「巨大」，我們都很能夠理解。不過我一直等到我自己辦《人間》雜誌的時候，才知道那個大的程度有多驚人。那大的程度，就是《人間》雜誌所有的預算乘以一億或兩億。

現代的大眾傳媒必須要有非常現代化的通訊設施，如電訊、衛星設備、發射台、巨型印刷機等，此外，整個製作過程所牽涉各式各樣的人才、人員、編輯、記者，以至如果是大通訊社的話，它全世界員工的住宅及其他經費，都很龐大。

我曾經遇見過美國非常有名的畫刊雜誌——《國家地理雜誌》(National Geographic)的人。他為了要做一個題目到台灣來，一搞就是半年，前兩個月根本不用工作，只找朋友聊天，喝啤酒。我問他為什麼這樣搞，他說要先進入情況，先在心裡創造和台灣合拍的心情，於是兩個月裡住在飯店，吃、住、隨便請朋友喝酒，全由公司付款。

我估計，他做一個題目便可以讓我們做起碼三至四期。這裡，若撇除非必要的浪費與低效率情況，在一般西方資本主義好的管理之下，大眾傳播的「品質」可以「翻譯」成金錢——就是錢愈多，品質愈好。《人間》雜誌所活動的範圍只是台灣，由於經費的限制，我們還不敢跑得太遠，總在台北附近遛就算了，便是到附近，待的時間也不能太多，因為人派出去要食要住，要工作要底片，這些都是錢。有了《人間》的經驗，我們更能了解大眾傳播在金錢上的意義。如果我們的記者能夠為一個題目住在一個地方幾個月，那拍出來的照片保證不一樣。而有些題材，你一定要幾個月的時間才能做出好東西。

大眾傳播由於代表著金錢資本技術的巨大性，它先天地占有一種非常不公平的獨占性和排他性，個人對它們不服氣也無法對抗，比如你覺得西方通訊社以白人為中心，你不服氣，難道你能自己弄一個來跟它拚嗎？這就是說，你必須要有錢，才能掌握這樣一種意見上、價值思想上的重要武器。

另一個問題，大眾傳播是單向的，大眾傳播的「產品」就像多數資本主義商品一樣，由大公司研究企畫部門精密設計，再由分工細緻的生產部門生產，經過包裝、宣傳、營銷零散地賣給個別消費者。資訊要怎樣傳達出去？怎樣「剪接」？透過怎樣的製作過程？它的目標是什麼？要達到什麼效果？產品本身有什麼缺點？對人有什麼壞處？傳媒的企畫部門都非常清楚，但我們作為受眾，對此只有接受的份兒，完全沒有批評的能力。

我覺得，當大眾傳播作為一個企業而巨大的程度如此驚人，又是那麼單向時，問題已經不在反不反對資本主義或者反不反對大企業，而是要保衛我們對資訊、常識、知識和這個世界理解的權利。這是我辦《人間》雜誌的一種深刻體會。

媒介的商品性和它引伸出來的問題

另一點我體會到的便是，大眾傳播並非一大群熱心傳播的人開幾個頻道或辦幾個雜誌、報紙讓你們看那麼簡單，實質上，它背後有一個很堅強、巨大的商業動機。而大眾傳播的「商品性」又可分為兩方面：一是媒體本身的商品性，一本雜誌賣得愈多，它的單位成本便愈低，而商品價值愈高；二是大眾傳播有一個重要的商業功能，就是裡面可以做廣告，發行量愈大的媒體，它每個單位的廣告價錢愈高。傳媒具有這兩方面的商品性，它所引伸出來的各種限制，便不得不引起我們的關注。

每個媒體都希望發行量大，因為這樣可降低成本，增加利潤。可是當所有媒體都追求高的閱讀率時，就會對產品的品質造成一定影響。

這個我可以舉一個具體的例子：我們台灣有一個非常傑出、優秀的編輯人高信疆，他對台灣的副刊文化有很大貢獻。他把報屁股的、可有可無、消遣的副刊變成一個思想、文化、藝術、文學或者是學術的刊物，吸引了當時島內外優秀的年輕創作家、文化工作者、學院工作者投稿，吸引了大量知識分子和半知識分子讀者。可以說，高信疆的《人間副刊》促進了《中國時報》的成長。這些讀者再把副刊介紹出去，報紙的銷量更加大大增加。

可是，當這個增長程度超過某個限度時，發行量本身又會回過頭來制約、限制這個副刊品質的成長。

但是，只有知識分子對文化的興趣比較高，他們以外的更大部分人口對此不太感興趣，而老闆永遠希望網羅更廣大的讀者群，這時廣告部便要向編輯施壓了。這樣一搞，編輯不得不讓步，而報紙的副刊便發生一種猶豫的現象，文不文、武不武、高尚不高尚、通俗又不通俗的，兩面不討好。所以，在一個商業社會裡，媒體追求大的發行量，一定會帶來產品品質的下降。

這在邏輯上有一個矛盾。你可以問，為什麼認為群眾就沒有文化。我不是說因為群眾沒有文化，所以發行量增加時產品品質就非下降不可。但客觀上，這個社會的確存在一個問題，就是精緻的文化集中在少數人手裡。在資本主義社會的生產過程中，大部分人長期做著簡單地重複、不能使人進步的工作，而管理、設計的人，只占少數。後者會「進步」，會看到「全面」，會懂得分析；但前者一大部分人就是拿薪水、回家，這樣過一輩子。他們沒有辦法享受更精緻的文化或者更深刻的文化趣味。這種情況，是一個很複雜的循環做出來的。而就是在這樣的情況下，所有雜誌或媒體向下走，為了追求量，它非降低品質不可。

大眾傳播希望增加受眾，還有廣告的考慮。一份銷量一百萬份的報紙，可使廣告公司的人乖乖排隊，身攜現款還要說拜託你，為的只是要買你一個版面；但一份只能賣出三、四萬份的刊物，你開個低價，別人還要你打個兩折，有時理都不理。他們重視前者，因為產品在那裡登廣告，可以吸引更大量不同的對象，這是商品化的必然過程。本來這樣也無所謂，人家做生意嘛。但最重要的，是這對文化產生很大影響。

有什麼影響呢？第一點，就算在言論再自由的國家，美國吧、日本吧，對企業的批判十分困難。你可以罵政府，可以罵中曾根康弘，你甚至可以罵「親愛的」列根總統，可是當你罵到一個企業的時候，編輯部會發抖。為什麼？因為大的企業在大眾傳播廣告中占一個很大很大的部分。我們都知道，媒體的最大收入是廣告，他們是不願意得罪廣告商的。所以，企業其實對言論、對編輯方針有很大的干涉。

第二點是企業對媒體內容的要求。這點是我比較有親身體會的。像我有這種背景的人能在台灣自己辦一本這樣的雜誌，我覺得是一件了不起的事情。可是我們辦到現在，真正自覺的壓力，還不算是來自警備總部、政府、或者是我們貴黨——國民黨，而是來自商業。

我們有四個客戶主任在跑廣告，很多公司的有關部門人員都喜歡《人間》這本雜誌，想盡辦法向老闆說，這雜誌聲望很好呀、銷行量有三、四萬份呀。若遇上懶惰的老闆，他可能說好吧，給他一兩次吧。但若是認真的老闆，他把雜誌一翻，便會皺眉頭，說：「怎麼黑嘛嘛的！一個房子賣兩、三百萬，把廣告插在裡面，不適合吧。」這算是客氣的了，下面的職員便不敢說話了。萬一題材用大陸的說法是比較尖銳，我們台灣的說法是比較敏感的話，那就很麻煩。

我們有一個現成的經驗，就是最近一期刊登了有關五〇年代二二八事件的「民眾史」，裡面提到在政治肅清中被殺死的一個非常優秀的人。有些人說「二二八」是中國人殺害台灣人，我們覺得好像不是這樣，便查訪了一些當時的人。這東西出來以後，我自己心裡就犪嘀咕的，想這一期一定禁，非禁不可！可就是沒禁。警備總部還只間接地掛電話給台北市政府的新聞科，叫他們打電話給我。新聞科打來，說警備總部要我下回最好不要登這樣的文章。是最好不要登，不是絕對不能登（他說最好，我當然是覺得不好意思再登了）。

但這樣的情況，廣告客戶反而直接表示：「你們怎能登這個，太尖銳了！」然後就要再多看兩期，意思就是要留「校」查看，待我們有了改正才肯登。所以，實際上企業的自動制約也很嚴重。一本雜誌若太尖銳，企業本身就算沒有受警備總部命令，自己也會覺得不好，它們怕在這種雜誌登廣告會被理解為表示支持，那可不得了。引起這樣的誤會，毫無必要。至於更直接而淺顯的例子便是：假如我們的雜誌批評汙染，那些拚命在汙染的工廠，又怎麼會在這雜誌上登廣告呢？

以上所說的，第一是企業批判遠比政治和社會批判還要困難，第二是企業對媒體內容的要求，這些都反映企業對媒體的干涉，也就是媒體商品化所帶來的一些具體問題。

作為一種社會控制的媒體

以下讓我們來談：作為社會控制的媒體。

媒體不是一種看完後丟了就算、對這個社會無甚影響的東西。它其實是一種直接、間接的、非常精緻的社會控制。這個問題，最近也引起傳播學界的關懷。

我們這個商業社會最大的特點，是生產方式和科技的改變。今天人類的生產方式，已經使大量生產成為可能。由於我們已經能夠在量上生產遠遠超乎人類自然需要的產品，所以今天開工廠的人不會像《舊約》或《新約》內描寫的那些財主一樣，看到滿倉庫的財寶便很快樂，很感謝主。他們必須把貨銷售出去，才能賺錢，然後再投資再生產賺更多錢。這樣大量的生產，必須配合以大量的銷售。

但大量銷售怎樣能夠辦到呢？生產者為了促進大眾消費，必須透過各種行銷（marketing）、管理（management）、以至廣告促銷等方式，來製造、操縱、或強制地加給我們一種新的需要。這種需要是超乎人類自然生理所需的，番話叫作「forced want」或者是「manipulated」。

這帶來一個新的文化時代——就是欲望的解放。在人類很長久的時期裡，在各個不同的民族裡，欲望是某種必須節制的東西，是一種羞恥。這不只是中國的儒家，各個宗教各個民族的傳統相應於它們的生產力就有這樣的道德，他們總覺得欲望是個很危險、很可怕的東西，甚至有時候控制不好，它會使一個人、一個國家、一個民族顛覆，或者說得嚴重些，在宗教上會落下地獄，永遠不能超升。可是面臨著我們這樣的時代，這種道德和價值觀念便崩解了。換句話說，人在地球上有物質和義理限制這種基本的道德、信念或思想，在大眾消費的時代裡崩潰了。人類從沒有一個時代像今天這樣認為欲望是光榮的、正當的、是有能力的代號；享受也是光榮的、有辦法、有能力的代號。

我這樣說好像是老夫子在說教，叫大家不要享受，其實不是這樣。我只比較來說，認為人類從沒有一個時期像現在這樣廣泛、在這麼大的範圍內崇拜一種宗教。這種宗教就是「需要」，就是在欲望的滿足和飢餓之間循環過掉一生。人類過去總還有一個時期會想想問題，還想想這事情該不該做，這個錢該不該拿，或者人跟天的問題，動不動就說這沒有天理……但現在已經沒有了。人變化了，出現社會學所講的「消費人」的登場。那是一種新的人種，他們的生命目標為的是消費，他們的向度(dimensions)愈來愈少，失去愛、恨、抗議、憤怒，也失去了流眼淚、同情別人或革命的能力。

為什麼要提及這些事情呢？就是因為所有這些都與現代媒體有巨大的關係。

我們的電影、電視，與廣告業都在形構一種虛幻的人生。他們從有錢人、有消費能力的人，以及健康、漂亮、英俊、幸福的人的立場，去描繪這個世界。例如台灣的電視劇，明明角色是個公司小職員，但他的客廳總有我的三倍大，後面還有一個木做的樓梯，像《飄》那個電影一樣，好過癮啊。然後先生一定是英俊得不得了，太太一定是嬌滴滴的，小孩則可以在院子裡摘下無數的蘋果……那人電話拿起來一開口就是兩、三百萬，好像兩、三百萬就是現實一樣。

廣告片呢，現在愈做愈好，抽開背後的意義，我還蠻欣賞的。例如洗髮精，我們過去看的廣告總是一個女孩把頭髮一甩，慢動作，然後告訴你那洗髮精有多好等等，漸漸便老套了。可是最近看到的一個就不一樣，它的包裝不同，賣的是一種情調。那廣告的對象是少女，所以從頭到尾就是一個少女在發獃，然後老師走到她面前，她覺得老師來了，就留心，這是每個人都很熟悉的。然後她就打電話，不曉得是高興還是不高興，不把電話掛上去，由它吊在那裡就跑掉了。她跟一個男孩講話講得很生氣，啪的一聲便一個耳光甩過去……一會又偷偷的在看情書，甜甜蜜蜜地笑……最後才一個產品大特寫，告訴你這一種洗髮精是「我們的」，是「我們這個年紀的」，跟媽媽用的不一樣。於是這種產品好賣到不得了。一個虛構的世界，就這樣產生。

電視不斷重覆宣傳，改造的力量就非常大。生活變成每天看電視，我們的小孩，更是這樣，因為爸爸媽媽都忙著賺錢去了，而且把門鎖起來，沒事做唯有每天與電視見面。他們冷冷的對著螢幕，變得非常被動，有新奇的他眼睛亮一下，到第二次出現時又失去興趣了。在這樣被動的人生裡，小孩從小就看見各式各樣小朋友的廣告，他們太早了解這個世界有很多商品是可以擁有的，太早了解有一種叫作「錢」的東西可以換到他所欲望的。他們從小就被塑造成一大批消費人的預備軍。這是一種完全不同的文化。

我們要問的是，為什麼×瑤(我不做人身攻擊)的那類小說盛行不衰？為什麼那麼多人關心股票消息？為什麼那麼多人對跑馬的消息有興趣？為什麼明星戀愛、結婚、離婚、再婚、同居的故事，永遠引起人們不會疲倦的關注？為什麼？如果只是這樣還好，可是辦《人間》的經驗告訴我，別的消息就不能受到同樣的對待。例如汙染，若香港第一次發生汙染，報紙也可能只給你半版或四分之一版來刊登消息，第二次再發生他要先去看看，看完說：「跟上次一樣嘛，不報道。」到下次告訴他們又有汙染了，很嚴重，還有人受傷呢，它們給你報道，再下次可能就要有人死才肯報道，然後又要死亡人數多才肯報道。所有這種社會底層的問題，他們都沒有什麼興趣，最多只有一次被發表的機會。媒體有興趣的，是苦難的商品價值，若遇上意外中有人快斷氣，那就得趕快拍下來，這樣報社一定會登，標題還要強調這是斷氣前四秒鐘的照片，報社會給你獎金。因為只重視資訊的商品價值，他們已經對這種事情失去同情。我認為這問題是挺嚴重的。

美國三〇年代有很多進步的報道攝影工作者，他們大多為逃避希特拉的控制，像許多科學家一樣，由歐洲逃到美國，產生了像《生活》（Life）雜誌那樣的集團，聰明的羅斯福總統還利用他們去採訪民間疾苦，例如經濟大蕭條時期美國的農村問題，好向政府匯報，於是產生了許多優秀的報道攝影者。日本也是一樣，一九六〇至七〇年這個進步的年代裡，在反對《安全保障條約》這旗幟下集結起來的知識分子，有許多都跑去搞報道攝影，像我的朋友三留理男、高橋章三、和樋口健二等，全屬「安保時代」。那個時期，有志於攝影的日本青年十個有八個想投入報道攝影的行列，但一九七〇年後，隨著日本經濟的高度發展，這個比率顛倒過來，搞攝影的十個只有兩個願意繼續參與報道攝影，其他八個都希望投入商界。報道攝影在日本及西方正在步向死亡。

所以，《人間》雜誌出現後，引起了一些外國人特別深的感觸。有些日本人甚至說要反輸入，因為日本向台輸出很多東西，但像《人間》這樣的雜誌，他們現在卻反而沒有。他們很熱心地一有機會便到處介紹《人間》，向國人說：「你們看看，台灣竟有這樣的雜誌，你們能相信嗎？我們日本人丟臉死了。」真的，這不是廣告。

問題是，我們常常以為，在某些國家，媒體是自由的，言論是自由的，但實際上，它有其客觀的運作規律。例如在美國和日本，現在已經沒有人看報道攝影了，這是不是意味著他們已經沒有問題？恰恰相反，他們的問題不斷增加，不斷複雜化，但因為沒有人看，已經引不起媒體的關心。很多富裕了的社會的人，已經不願意看那些問題。他們想，空氣汙染有什麼問題，把門一關開動空調不就很好了嗎？只要問題不在他們的後院，什麼事情都好辦。他們對富裕發展底層人的被害、自然的被害不關心，致使像《朝日新聞》、《讀賣新聞》及《產經新聞》等這樣「先進」的媒體都對那些問題失去興趣。這樣就產生了很大、很值得深刻反省的問題：如果我們把媒體或者報紙看成是公器的話，它們是否適當地扮演這種角色，是很值得檢討的。在沒有戒嚴法，沒有出版法的條件下傳媒還表現如此，這問題才是嚴重的。因為傳媒和讀者再無處可投訴和埋怨，是他們自己不願意登，不願意看某些消息的。

在過往以出版大部頭書出名、以讀書風氣揚名的日本，如今比較嚴肅的雜誌如《世界》、《中央公論》、《改造》已經沒有人看，取而代之的是大量揭露醜聞的偷窺的雜誌，如《Focus》、《Friday》等，另外大行其道的是漫畫。大學生從前走在校園還會在腋下夾兩本馬克思、托洛斯基，以示進步，這個還蠻不錯嘛。可現在連這個也沒有，他們看的是告訴你可到什麼地方打網球、怎樣可把皮膚曬成棕色，好跟同學談，有什麼地方可與男、女朋友去怎麼樣一下子而又不被人發覺的雜誌。

這就是媒體的社會控制，是媒體對於物質富裕化後社會精神貧困化所起的巨大作用。這點是很值得我們再思考的。

媒體不斷在告訴我們，巴黎現在流行什麼東西，什麼地方又發明了什麼東西，有什麼新車出產了，新屋要出售了……它在創造一個「強迫」性、制度化的消費體制上幫了大忙。它雖然沒有用槍指著我們，但在精神意識上，這無疑也是一種強迫消費。在媒體推廣的各種商品的包圍中，我們很難不受引誘。所以，我常常說，媒體作為一種甜美的社會控制，比十個警備總部還有效，而且不會引起任何埋怨。

媒體和意識形態的強制

第四個部分讓我們來談：媒體對意識形態的強制。這可以分兩個方面來談，首先是報紙集團或者是雜誌集團的意識形態。例如我們說那個報紙是比較進步的，那個是比較保守的，那個是國民黨的，那個是某方面的等等，這是報紙集團在價值、政治和文化上採取的立場，每個報系都會透過其有力量、有效率的方式來推銷、傳播它的思想、意識形態，對我們的生活產生非常強大的影響，這個我不必細說。另外一個方面對我們亞洲人，或者其他弱小國家有切身關係的，則是強國或者是強勢的民族的媒體對弱勢國家、弱勢民族的影響。

我來舉一個最簡單的例子吧，我常常想起一個小時候的經驗，覺得很難過，或者可笑，那就是我們小時候很喜歡看西部電影。我們那時候的西部電影可好看，現在的電影還斯斯文文的演一段時間才開拳打架，我們的不是，我們的字幕一出來就是火車一直在走，人在火車箱頂上互相追逐，精彩得不得了，然後就開打，然後字幕完後，那個英雄就跑到一個小小的鎮上來，鎮上人知道他要來復仇，所以鴉雀無聲，只剩西部的風在狂嘯，籠子和紙張到處飛，那個瘦瘦的、很帥的西部武打明星在落日的小街上走，走著走著，只有腳步聲，突然他目不轉瞬地，把槍一拔，往上一甩，一個人就掉下來，你看過不過癮！就是有人暗算他，他眼睛一霎就知道，槍又快，「啪」，就下來了，然後走幾步，「啪」，又下來了。

總是有這樣的故事：有一個很好心的騎兵，很虔誠的相信基督，然後在一次任務中撿到一個紅番的小孩子，這個人是那樣的正直、蠻有愛心和敬畏上帝，以至於把這個紅番小孩當作自己的小孩一樣養大。可是湊巧引起很大的誤會，原來這是個數代單傳某個族的酋長的兒子，這個民族找了很久很久後，在這個白人家中找到這小孩，於是全族來把這白人圍起來，危機就在旦夕，那個善良、美麗的白人就跪下來禱告，希望上帝給他一個奇蹟……我們小朋友都很緊張，認為這好人受到誤會，可能快要被亂箭射死了。就在這時候天邊一聲清脆的號角，一看，嘩，滿山滿谷的白人騎兵隊來了，我們的小朋友幹嘛？全場掌聲雷動，覺得好人來了，不得了，壞人可倒楣了。然後接著就不用說了，那輪盤式的機關槍一掃，所有紅番們一一栽下來，血流成河。我們的小朋友又一次鼓掌。

這告訴我們什麼？這是一個小的事情，可是在東方黃色臉孔的小孩，很小便因為這個電影認為白人是了不起的，是好的，是敬畏上帝的，是美的、漂亮的，那紅番就是醜惡的，凶惡的，野蠻的，食小孩子的，殺好人的——建立了這樣的觀念。這只不過是一個例子提醒我們去想想：當我們的資訊系統完全掌握在一些強國或者是強勢民族手裡的時候，我們是不是有理由擔心？我們把理解全世界正在發生的事情的解釋權交給少數的強勢國家和民族。在台灣來說，我們總是搞不清楚那些各個地方的內戰，什麼反叛軍，一時又反抗軍，搞了半天都沒搞清楚，於是相信那個跟美國親近的就是好人，那個跟美國作對的就不是好人，像這樣的情形屢見不鮮。我們可能對我們的社區，台灣小小的地區，例如鹿港發生什麼事情，不甚了然；杜邦事件也不怎麼了解，可是我們常常看到我們「親愛的列根總統」歪著脖子跟我們講一大堆道理，解釋他為什麼不跟蘇聯達成限武的協議，然後我們又很了解在維珍尼亞州某個鄉村裡的老太太很喜歡收養小貓，現在已經有五十九隻，最近又收養了三隻……。這些我們都很熟悉，我們很少看見蔣經國總統，列根一出來，小朋友卻都知道，就好像列根是我們的總統一樣。像這樣的情形是挺嚴重的，我相信這種情形不只台灣如此，全世界很多弱勢民族也有這個問題。因為我們從小就從各種頻道接受了這種以白人為中心、以強勢國家或者民族為中心傳播出來的各種價值觀念，漸漸便有人提出不要做中國人，要做國際人的問題來了。

總而言之，強勢民族將他們強者的形象及世界觀、生活方式、倫理觀、審美標準……傳播開去，令弱者也迫得要去適應。這不只是理論問題，我個人在採訪的時候就深深的感覺到我們台灣的少數民族也面臨這個問題。你不曉得他們原來的歌聲有多麼嘹亮，多麼美啊，可是現在他們以唱那種歌為羞恥。他們唱什麼？他們唱我們平地人編寫的，爛得不得了的歌，什麼「浪花的手啊，破碎的臉啊」，文字都不通的歌，他拚命一定要唱那個給你聽，自己原來那種嘹亮、開闊、美的歌曲他們不要了，以至於價值都混亂了。所以我們怎麼樣受到強者支配的情況，恰恰可以在台灣資本主義化過程中漢人跟少數民族的關係中看得非常清楚。他們也看我們的雜誌，讀我們的書，知道與安嶺在哪裡，但他們不知道自己有幾個民族，不知道自己的語言，這個問題就嚴重了。

此外，世界兩極對立下的傳播，也產生了很大很大的問題。為了宣傳兩個體制的優越性，雙方會在傳播的內容上有所歪曲，例如從說謊的方式誇大各自的優越性、積極性，其他如戰爭與和平的問題，革命與反革命的問題，侵略和反侵略的問題，兩個體制也因為各自的立場不一樣而有不同的報道，這就讓夾在中間的我們這些小國家無所適從，到底誰是好人誰是壞人，事情到底是怎麼一回事都不了然。兩極體制對科技工作、對經濟、分配、生產、以至教育、文化、思想的問題都起著很廣泛的作用，其中傳播也受到很大的影響。

對民眾傳播可能性的思考

跟著，讓我來講講我對「民眾傳播」可能性的思考。第一，我想我認為民眾要介入作為大企業的大眾傳播是不可能的。前不久我們台灣搞過「另一種電影」，主要是覺得電影界拍出很多爛片，很多有才氣的、有創意的人卻沒有機會拍片，所以提出這個概念。電影是一種工業，不像我們窮小說家，買兩刀稿紙、四枝原子筆到底沒多少錢，我寫了你不發表拉倒，我放抽屜裡。拍電影是台幣八百萬、一千多萬的事情，誰個有錢的人會走過來對你說：「你非常有才氣，我拿一千兩百萬給你玩玩吧。」當他給你一千幾百萬玩玩的時候，他看見劇本一定皺眉頭，要求你加個鍾楚紅什麼的，因為他就算不賺錢，最少不希望虧本，就是虧也不能虧得太多。所以只有離開這個原來的資本主義電影邏輯，才有生路。因此我們就主張，是不是在錄攝機愈來愈便宜、機器愈來愈好、效能愈來愈好的時候，有理想的人可以起來搞一些紀錄的東西，或者以電影機來拍短片和發展動畫，這些都是我們這些自以為有才氣的人可以走的路。如果你巴巴的請邵氏給你一個機會，大概沒有什麼希望了。

前面我已提過很多大眾媒體的問題，裡面存在著蠻強大的矛盾，那都是我們難以解決的。商業社會裡的媒體，恰恰好是你我這種小百姓一份一份給它買，買成一個大媒體的，可是這個媒體卻反過來背叛了我們，不站在我們的利益立場上，不為我們的好處說話，不為我們著想，這個問題就挺嚴重了。這個矛盾就像世界上一切的矛盾一樣，理論上說一個政權是人民的公義所付託的，可是它成長起來後就跟你蠻不講理，你拿它沒有一點辦法。大眾媒體也是一樣，你毫無辦法。

第二個我想提出來的是民眾的機會在哪裡？我認為，我們的機會在於創作好的、重要的東西。我不曉得怎樣說這一點，主要是當所有大媒體對我們很傲慢、置之不理的時候，若要引起它的關心和注意，我們就要認真的想，認真的提問題，談問題。如果是創作，要創作最好的小說、戲劇或者舞蹈……使他們無法忽視你。因為從市場價值來說，只要你形成有分量、夠重要的組合，記者一定會來找你。《人間》雜誌就有這種經驗，有些題目他們沒有找到，便態度也很傲慢地要求轉載，但轉載時又不提《人間》雜誌，或只說某雜誌，這個很傷腦筋。讓你報道也沒關係，但我們花了很多心血，希望搭你的便車，讓更多人知道有一本《人間》雜誌，對這個故事有所交代。它不，理由還很冠冕堂皇：為免圖利他人，助他人廣告之嫌，可它根本是剽竊別人的成果嘛。不過即使是這樣，我們也不是全沒機會的。民眾是分散的，關鍵就是我們應該團結起來，就一個小的題目，在短暫的過程中團結起來，做好事情。大媒體因為大就傲慢、懶惰，我們應該不一樣。我們要做出好的、有創意的事情，使他們無法忽略。

第三，我們可以創造自己的媒體，那當然是小型的。雖然剛剛講的是在巨大媒體下的絕望性，可是小媒體還是可以在媒體結構上所謂非正式部門（informal structure）裡找機會，形成一個專業的、好的、品質令人信賴的小型媒體。它所索求的可能不是大量的群眾，而是關心的、或者是讀書的、或者是有理想的少數，至少可以借助這個媒體有個團結、溝通的地方。那麼這就比沒有要好很多。當這個初步的團結形成以後，它本身還會發展，所以這是個機會。但條件是我們要把小的媒體，例如雜誌辦好，別人為分廣告而辦，可我們不是，我們是有話要說，這樣，一方面我們必須要有主動、領導的性格，清楚自己要怎樣帶領一些人往某邊走，另一方面也必須像現代商人一樣，對現代的市場有所了解，對流通一定要有了解。雜誌一定要辦得好，而且裡面常常要有最優秀的、關心的讀書人的意見，這些意見是寫得那麼好，寫得那麼容易被人接受；它的圖片是那麼生動，然後慢慢有計畫的在四五期、五六期裡面，一期一期把聲望打上去。我們一般辦小雜誌是湊著湊著，這期不錯，有四篇文章，上吧，下一期缺一篇，怎麼辦？抄一段吧，或者到大陸偏僻的地方拿一篇充數，但這樣的話，品質就會下降。你要像一個船長一樣，你知道你要去的方向，知道你的航行日記，幾月幾日要到什麼地方。

必要的時候，我覺得小眾傳播或者小的居民運動團體應該工作到讓它的重要性引起國際注意。我這樣說不是挾洋自重，而是許多問題，例如生態保護、動物保護、環境、童工等等問題，也許我們這個社會真是這樣的遲鈍，或者還沒有先進到了解這些問題，你與其他國家關心同樣問題的團體取得聯繫，經過他們肯定，從國際傳播回來，在某些洋奴買辦的社會，這樣還挺有效的，也是個途徑。至於在一個比較上軌道的國家，應該用好的工作爭取一些國家或社會提供的條件，但不要亂用這些條件。

第四，對傳播的批判也很重要。應該有些知識分子來談一談最近的電視節目，最近報道的方式，教育人民傳播有什麼問題。香港我不知道，在台灣，對傳播的反省和批判很少。在日本和美國，有一群人專門在注意媒體傳播的訊息，分析傳播對社會、對人的影響。

最後一個是比較是安慰的話，但也是事實：不要忽略小。世界上流傳的東西往往是小的東西，例如《新青年》雜誌吧，它也沒有什麼了不起，沒有什麼《New York Times》，《Washington Post》那樣大，可是它在中國思想史上是留下來了。往往就是很多小的運動，小的雜誌，在我們的歷史、藝術史裡面留下來的。所以，不要因為它大，自己小，就覺得自己沒辦法，就冷嘲熱諷地去大報去上班，然後回來喝啤酒又消遣兩句，這個是比較不積極。

《人間》的經驗

接著我來介紹一下《人間》雜誌。首先，它是一個用文字和圖片從事報道、記錄、發現和批判的、反省的雜誌；第二，它的宗旨是從弱小者的立場看台灣的人、生命、生活、自然和世界；第三，它是希望對台灣二十多年來的現代化、資本主義化或者是富裕化提出反省的思考和批評，想想我們究竟為這現代化付出了什麼樣的代價。

有好多人對我說：你好像很關心社會底層的人，但你們的雜誌那麼豪華，不是很矛盾嗎？這是革命青年最喜歡問的問題。我在台灣每次聽到這個問題都很高興，因為這種批評雖然是罵我的，但在台灣挺難得聽到。在這裡我的感覺就不太一樣，因為我不曉得這是個怎麼樣的社會。這個問題其實牽涉到我個人的想法，就是我總覺得應該有先進的、進步的中產階級，其他的問題才能得到解決。當我們的學生還是只重享受、玩樂，國家事管他娘的時候，其他的問題就動不起來。所以必須要有開明的、先進的、自由化的中產階級，社會改革在資本主義社會裡才有希望。

另一個我感受到的，是編輯自主性和商業社會規律結合的問題。在台灣，唯管理論十分受落，像我初搞《人間》雜誌，很多人就說：「這個傢伙無可救藥了，人是不錯，但一定失敗。現在給錢支持他是沒有用的，等他垮了才幫助他吧。」他們連我的後事都辦好了，因為他們覺得有理想的人總是不懂得管理。在這個商業社會裡，人們動輒就講行銷、管理，他們把管理看成是一切知識的起源。哪有這種事？管理甚至不是一種知識嘛，也不是一種科學，只是生財有道、量入為出那麼一回事而已。文化生產和再生產的工作者，一方面要理解資本主義社會裡作為一個商品的出版物流通的整個過程與機制，可是也一定要保存一個文化生產者的自主性，他到底要對這時代說什麼，做什麼。許多人卻將這兩樣東西對立起來，一方面有些人認為只要是講理想的就是混蛋、傻瓜，註定要賣房子，到時候要捐錢助他的那種人；另一方面又有些人認為只有傻瓜、混蛋、過時的人才會做沒有市場價值的事情，現在搞文化也是搞行銷、管理而已，這兩個偏向一定要糾正過來。其實是我們自己將兩樣東西對立起來的，事實上它是可以很好地結合。根據《人間》雜誌的經驗，至少直到目前為止我還能比較謙虛地說這想法是對的，以後就不知道。

此外，《人間》雜誌給我們最大的幫助就是現場給我們工作者和編輯的教育。有很多人誤會認為陳某人是很有愛心、特別關心社會、動不動就流眼淚的一個人，他在大家都沒有愛心的時候把愛心當餅乾一樣到處發，不是這樣的。實際上，是我和我的同事受到我們所採訪的題材和對象的教育很大。是他們教育我們怎樣愛，怎樣關心，怎樣去面對人的生命的尊嚴。而不是我們像耶穌在山上把餅跟魚一樣到處分，不是。是他們分給我們，而且分得富足有餘。我不能記述我們採訪工作的經驗給了我們多麼多麼大的、多麼多麼豐富的教育和啟示。我想作為一個作家，或者作為一個新聞工作者，這真是一生難忘的工作。這就是為什麼我們的職員薪金非常少，可是他們不願意走。有很多現在在台灣是金字招牌的某某雜誌，他們的記者兩三個月就不想做，想要過來《人間》。這可以看到，這個年頭找尋意義重於金錢報酬的年輕人還是有的，這使我們很快樂。

我們在採訪中受到教育的例子很多，我舉一個有關雛妓的吧。台灣的雛妓，很多在思想和身體上都未曾成熟，卻已要過著那麼暗無天日的生活，這樣的悲劇引起我們的關心。為了採訪的方便，我們雜誌派了一個女同事去。她回來以後，照例告訴我她採訪的收穫，與我商量商量要怎麼樣寫。當時我已經很忙，就一邊工作，叫她一邊告訴我。她開始講了，我沒有看她，只耳朵在聽，但突然間，她停了，我覺得奇怪，抬頭望望，啊，她在哭！我就假裝不知道，沒有說話，我知道這哭對她非常重要。再過一會兒她還很激動，但卻繼續說：「到現在還不能忘記那些女孩子，我感謝她們。」我問為什麼感謝她們，她說：「我聽著她們的故事，總覺得那些女孩子隨時可以跟我拍桌子，把茶潑到我臉上，問：同樣是女孩子，憑什麼我比她們幸福，而且坐在這裡讓她們把故事講給我聽。可是她們不但沒有這樣做，而且還那麼親切、那麼信賴我，把她們心靈最大的苦痛告訴我。」她說她採訪時與女孩子們一起哭，她說經過今次的採訪，覺得自己是真正的長大了。

另一個是湯英伸的例子。我們一直很關心這位山地青年被判死刑的事，可是等到最後高院判下來的是死刑的時候，我們負責採訪這件事件的年輕記者已經不只是同情，而是有點悲憤，他甚至懷疑我們把事情報道出來，使他們判這樣的嚴刑。後來我們盡最後力量再展開營救，在短短幾天裡起起落落的，一會兒覺得有希望，一會兒又覺得沒有希望，然後又有……最後還是收到叫趕去領屍首的電話，於是我們陪湯老先生奔走湯英伸的身後事。整個過程中，我們的記者變化很大，對這件事又悲傷、又憤怒不平。

然後我們又與死者家屬陪著他成骨灰的湯英伸上山，參加了他們整個曹族為死者辦的一個儀式。經過這事，我們的記者再又有了變化。他回來後跟我聯絡，問我要怎樣寫。我問他自己覺得呢，他說，他本來是要寫什麼什麼什麼，他找誰簽名時他不答應，然後這是一個司法上的什麼問題，本來要找很多資料去「打仗」、去「攻擊」的，但他最後在那個曹族的部落內看到他們的葬禮後，覺得已經可以超越所有的恨和不平，因為他看到整個民族那樣莊嚴地面對這悲傷。他說寫這個已經夠了。

於是我說：「好，你能夠這樣想我就放心，不是因為怕警備總部來找麻煩，而是我本來就這樣想。如果我叫你這樣做，你可能就很不願意，你會覺得，這個老闆怎麼搞的，這個事情明明這樣，你坐在辦公室不了解卻這麼吩咐，不是妥協的修正主義了嘛。可是既然你自己這樣想，那很好。時間緊迫，你用日記體寫吧。」像這種事情，得益最大的是他自己。

所以，我要在這裡說的是，事實上，並非我們在付出、奉獻啊，那麼偉大，而是社會給我們的多。什麼時候給我們多呢？是在我們到現場去的時候。在辦公室、在教室、在漂亮的講堂內大概沒有什麼收穫。因此，我對於青年的朋友們有一個感想就是：不要把教室只當作是建築物內的東西，聽台灣來的這麼一個在台上胡說八道是沒有什麼用的。香港是這樣小，我建議大家寒暑假去地下鐵走一走，去什麼地方住一段時期，跟某些人接觸，帶著問題去，晚上一起討論，或者帶著問題回來問老師，自己找資料……這樣的教育，恐怕會生動活潑得多。而且老師也不限於坐在這裡的人，往往在台上的人十個有九個半是混蛋，包括我在內，所以應該去找那些小師傅啊，或者是貧民窟裡面的老百姓，他們往往會給你很深很深的啟發，這是我們《人間》雜誌工作的一點經驗，貢獻給大家。你們在這個學習過程中跟社會有接觸，對這個社會比較有認識後，也許才知道自己應該學習什麼專業，讀什麼對香港社會較有幫助，而不像過去那樣，想著醫生賺錢比較多、工程師也不錯啊、建築師也不錯，就依此做決定。

給香港新一代的建議

最後，對新一代的香港年輕人，我有幾點建議。

第一，把認識香港作為知識的開端。在面臨著一九九七的問題時，我建議從香港的殖民地歷史搞起：當時這個歷史是怎麼一回事，然後香港社會的變化，社會史的研究。例如香港經濟社會學的研究，香港文學史的研究，以至不同階段的香港人民，香港社會的階級分化等，都可以搞搞嘛。因為香港有其殖民地歷史，你們或者會把眼光放在更遠的地方——要到美國、英國去學習，但我想，從認識香港起頭，可為你們的知識生活和文化生活取得更紮實的土地。

第二點，在這個整理的總結裡面，我們應該做一點反省和批評：香港的知識分子過去哪些地方做得對？哪些地方做得不足？多少年來知識分子的問題是什麼？在此面臨一九九七之際，與其坐在那裡埋怨、惶恐、巴結、奔走而沒有更積極的作為，不如在這樣的研究裡取得自主性和自己定位的認同，如此工作起來，恐怕才比較有力氣。

最後一個建議是要注意創造和發展。香港知識分子對台灣有很高的評價，我覺得很光榮。可是我覺得台灣有些問題，是與經濟相關連的。台灣的經濟是拼湊的工作比較多，例如機器進口後由我們做個鐵皮便變成汽車。在知識生活上，我們也有相似的地方。外國有存在主義，我們也把它拿來過過場，然後外國有個什麼玩意，我們又把它拿來過過場，嘩啦嘩啦的，熱鬧得不得了，但它根本沒有坐台。我們沒有把這個東西與台灣的具體現實聯繫起來思考，寫出來的論文、文章也是讀幾本書拼拼湊湊的，還冠冕堂皇。我就幹過這種事，例如《劇場》、過去的《筆滙》，甚至還沒有讀懂的論文都翻譯得很過癮，譯完後還覺得自己好像有所進步。這種事情應該停止。這裡我不是為誰做宣傳，但我最近看到大陸一些比較著重思考的知識分子，他們不管水平怎麼樣，壓力有多大，「自製率」是蠻高的。《人間》雜誌勉勉強強說也是「自製率」比較高的，例如照片都是我們自己拍的，很多文章都是我們自己去採訪得來的，而不是抄書本、抄理論。在香港，個別的優秀的文化人也很多，可是我想是不是應該開始在小題目上搞團結了，年輕一代也要開始做準備，因為不管你們願意不願意，十年以後你們就是人才。

今天還是非常高興能來到這裡講話，而且看見很多前輩來捧場，我覺得非常慚愧、不安、感謝。謝謝大家。

答問

問：第一點，陳先生講到傳媒把假的說成真的一樣，但我覺得，我們中國有一句話，叫「紙包不住火」，你怎麼看？第二點，你對香港社會，有沒有注意到一種由高度自治變成自主的傾向？當然，高度自治是我們香港已經公認的，而且是在《中英聯合聲明》寫出來的，但你有沒有想到，怎樣才能收回主權，保持繁榮以後還有高度自治？這個高度自治，是應該創造出來的呢？還是應該坐享其成？

答：第一個問題我很有同感，那位朋友提出了一點我剛才忘記補充的，就是說大眾傳播也有限制，有它道德上的限制，一旦破產之後沒有用。我願意舉一個例子來說，這也是我為台灣覺得很高興、很光榮的事，那就是上次的機場事件。因為那一次台灣所有大報都沒有講真話，只有一個《自立晚報》說了真相。一份銷行量只有兩、三萬份的報紙，卻打倒了各自認為銷行量有百萬份的報紙，使整個輿論轉變，整個選舉形勢轉變。

另外一個情形是小眾媒體的產生，例如我們台灣的所謂民主運動也掌握了電子錄影機，在各自選舉單位裡面有螢幕在播放拍出來的真相，這也在反抗大眾傳播的壟斷上起很大作用。所以大報並不是萬靈藥，特別在它過分違背真相的時候，它會垮的。也幸好它有這個個性，要不然這個世界沒有希望了，是不是？

第二個問題請你容許我不發表意見，因為我對這個問題不挺了解，而且這對於我這個還想回台灣去的人，是挺尖銳的問題，所以謝謝你容許我不回答這個問題。

問：陳先生，首先我想請問你辦《人間》雜誌有沒有受到你年輕時候的宗教思想影響？第二，你認為台灣的民進黨能不能解決台灣面對的問題？我還有一個問題，不知道應不應該在這個場合問你，幾年前，我在台灣聽過你一次演講，你當時對搞改革和社會參與似乎很灰心，你說只要搞生活就好了，那時候我覺得很奇怪。

答：第一個問題有很多人問過我。我必須說的是，我小時候曾經有過一段宗教生活，我的父親一直到現在都是虔誠的基督徒。恰恰好是因著我的父親，使我至今一直不敢看輕宗教，因為我看見我父親的生活裡有活的信仰。他每天禱告真的是向一個人說話一樣，早晨謝飯時就說：「感謝你又給我新的一天，請你幫助我在這天……怎樣怎樣……」我在旁邊聽著也覺得挺感動的，感到一種宗教的力量。我個人在漫長的少年時期也於教會待過，後來因為自己思想的變化，以及覺得台灣教會的特別軟弱，所以我離開了教會。最近有些教會找我，他們說我是「出走的教徒」。

可是，我不曉得為什麼，影響還是有的。最近有一位澳洲的學者，他把我所有作品裡面的基督教成分寫成一本書，我很訝異我居然寫了那些的確是我說過的話。所以，我料想大概童年那段宗教生活對我是有巨大影響的。台灣有些朋友說，你怎麼搞的老改不了，什麼信、望、愛那一套。我想是的，大概是有影響。

第二個問題是民進黨能不能解決今天我們台灣所面對的問題，我的第一個答案是我非常虔誠的希望它能夠，相信很多台灣和島外的知識分子都跟我一樣，因為它是歷史上在國民黨統治下的第一個反對黨，這是非常令人慶賀，而且寄以厚望的一個黨。

可是，我必須說出我一點憂慮，就是似乎這個黨還挺不注意文化的問題。在我父親抗日的時期，不只有政治的反抗、也有文化的思想運動、文學運動等，這個黨卻不太注重這些，它不注重不是它差勁，而是台灣社會四十年來對哲學、社會科學或者教育等問題，是比較抑制，所以我們暫時還未有條件。我們的民進黨跟國民黨一樣只注重選舉等政治方面，對這些都不太留意。另外因為民進黨階級代表性的限制，它對公害、工人、對少數民族基本上是不很關心的。它跟國民黨一樣，在政綱中是有把保護少數民族、保護工人等條款列進去，但事實上他們並不是真的從心裡關心這些問題。原因很簡單，因為從社會科學來講，他們是屬於同一個階級的代表，他們互相爭得很厲害，但爭的恐怕是政治上的席位和地位，而不是意識形態。例如工黨跟保守黨會有基本的不同，但他們之間好像並沒有這種基本的不同，他們同樣是反共、擁護資本主義自由、民主這套……大概是這樣吧，我想這個說多了就變成我在海外攻擊民進黨，就不太好，但我真的沒有攻擊的意思。

至於第三個問題，我可能講過那樣的話，我想這是很容易理解的。在台灣工作有時候很疲倦，有時我會覺得好像什麼都沒有用，我就什麼都不想做了，只想好好睡一天的覺，謝謝你提醒我。那恰恰好是我最軟弱的時候，我這樣的時候變多的，所以不要誤會我是個「大力水手」，謝謝你。

問：你認為台灣是不是一個民主社會？

答：一個社會是不是民主，恐怕這在學術上是要具備某些條件的。我個人的感覺是，與其討論它客觀上是不是一個民主社會，不如說我具體地感到了這個社會巨大的變化：有很多過去說了、寫了非被抓起來不可的話，現在說、寫了就不抓；很多事，例如五一九事件，以前相信就不會只這樣把他們圍起來就算了，現在卻是這樣便算了；一邊說不能組織反對黨，但它組織起來了，也沒有抓；或者說，現在已經開出一個具體的行事曆，說要開放報禁，要解開黨禁，我們就這樣等待著……我想，毫無疑問地，台灣在最近一年多來的民主化步驟，雖然是由上而下，但是非常巨大的，巨大到有時候我們還不能理解它的意義。

為什麼這樣講呢？因為若按照國民黨過去的一般邏輯來說（現在我不是攻擊它呀，請在座的同志要注意聽），它絕對還沒有到了非讓出這自由不可的地步，它還沒有到了馬可斯面對菲律賓「人民力量」那樣的地步，就是說：好多千萬的人上街，然後坦克開來，他們在坦克面前唱歌、丟花朵；或者是農村破產，大量人口集中在馬尼拉；知識分子沒有出路、痛苦、煩悶等。我可以斷言，如果民進黨宣布組黨那一天，政府啪一下就抓去兩百人，台灣該娶媳婦的還是照娶，該嫁女兒的照嫁，吃飯的照吃，該跑三點半的還是會照跑……我這樣講不是說國民黨恩重如山的意思，但客觀來說，國民黨只要不允許，是有條件再阻止一次的，可它沒有這樣做。我想，這是顯示出它的力量，它的成熟。

我不希望我說這些話是為國民黨張目，但我應該說些公平的話。例如像我有這樣的政治紀錄的人還可以自由辦雜誌，有問題還轉彎抹角地叫我下次不要再做，這對我是不可思議的。因為我過去只是讀點書就被關了七年，這個差距對我來說是很親切，很現實的。

問：第一，請問你對《中英聯合聲明》有什麼看法？第二，我們香港這裡大部分的民主人士都希望維持資本主義的現狀，你對此有何感覺？

答：第一個，我很慚愧很慚愧的說，我沒有讀過《中英聯合聲明》。我不曉得這是什麼時候發表的，最近嗎？台灣沒有……

問：聲明的主要內容，是香港可以維持資本主義現狀五十年不變。

答：那麼我覺得這個問題應該我問你才對，你們怎樣看，才是比較重要的。因為我在台灣，而且我應該不是那麼傲慢地要來表示對這個問題的看法。不過，我還是不曉得能不能回答你的問題，試著說：與其討論這個聲明有沒有意義，不如盡早動員香港人民自己的主動性、自主性，自己找到自己的歷史定位跟身分的認同，自己去面對這個問題。這恐怕比問一個來自台灣的人怎麼看來得重要，是不是？我這樣不是逃避問題，我是真的不會回答這個問題。也許最悲觀的看法是我們的努力到時還是沒有用，不過我個人覺得，如果我們不做此努力，躬自反省和自我批評，或者不重新去面對歷史和自己的話，那是肯定沒有前途，只能埋怨，或者到時候到英國去；但如果我們做了，可能一樣沒有用，但這種沒有用對我們是有意義的，因為我們心裡有個底子，將來我們還有機會說話。而且，若真正能夠代表香港的人民發言，有很多意見，這極可能會有用。這是我的看法，可能有點文不對題，可是一定要請你原諒，因為我對這不了解。

問：第二個問題呢？

答：我想這跟第一個問題一樣，是不是？

問：你說，要先有一個自由自主的中產階級力量，社會改革才有希望，那你看看台灣有沒有這個力量？如果沒有的話，該怎樣去建立或培養這個力量？

答：這個問題台灣跟別的社會不一樣。台灣社會有個比較大的特點就是，一九五〇年以後，它被編入全世界二體制對立下的最前線，它又是個島國，所以冷戰的結構性價值觀念，統治了台灣相當長的時間。這個冷戰結構下的所謂自由世界思想體制，就是反共；就是美國作為老爺的民主、自由、資本主義繁榮發展那套。這些觀念有沒有問題是另一個問題，但離開了一九五〇年這麼久的現代中國人民，應該有智慧重新按照我們具體需要的立場，去面對整個冷戰的價值體系，而不是因為它是一個「自由世界」的體系，我們就毫無疑問地接受它。因為這個結構的影響，我們的中產階級一般是比較弱的，相信香港也有同樣的問題，對不對？因為一九五〇年後，我們的文學、文化跟香港頗有交流，很長期都是加工出口的知識活動比較多，自製率低，也沒有聯繫到台灣或香港具體情況來思想問題或者搞創作，可以說，我們的中產階級基本上是比較弱的。

可是，我想，上面講的話是有點冒險的，冒的不是政治的險，而是判斷的險，就是，忽然之間我們覺得好像有點意義。這意義不只是我們感覺到，海外也一樣感覺到。

首先，為什麼《人間》雜誌會產生，而且受到那麼大的注意？為什麼？在一個富裕化或者物質化那麼厲害的地方，為什麼《人間》雜誌產生，而且能夠存在、被接受，並獲得一定的評價？第二，《當代》或《文星》那樣的雜誌在一九五〇年末期以後經過二、三十年的空白，為什麼現在又會產生？雖然它們的讀者不是很多，但是為什麼還是有一定的讀者，包括你們香港的讀者，等待它們每期出版？為什麼？有人在問這個問題。答案是什麼？我想這個時候做答案恐怕是很冒險，但這個現象值得我們問。第三，是台灣的大學生在戰後四十年的今天開始在動。怎麼動呢？其實也蠻簡單的。可能是美國的學界也發生了變化，他們的參考書設計了一些比較所謂前進的學術著作，例如他們也開始讀一些像馬爾庫塞等人的東西，雖然基礎不好，半懂不懂，但總是產生了一些詞語上的變化、語言上的變化、思考方法的變化，和具體地在各大學之間有一點微弱的變化，例如學生開始搞地下刊物，開始要求自治等。而更重要的，是當局對這些沒有採取斷然的抓人、審判等事情。這一切都很值得我們去想：可能它是一個開始。這是我的回答。

問：我有三個問題。第一個問題是關於現代化所要付出的代價。我看過例如以台灣為主的《人間》雜誌及一些小說，都對這個問題有所反省，但在香港，我就覺得反省沒有來得那麼深刻。我希望陳先生就在台灣看過的香港小說、香港電影，以至這幾天來到這裡短短幾天對香港的印象，談談你對香港現代化所付出代價的體會，好作為對我們的一些提點。

第二個問題是我在浸會學院聽陳先生的講座時，你提到我們要對殖民地化過程帶來的社會文化轉變做出反省，於是我想到我們今天看報紙上大談政制改革的時候，常常會說香港已進入一個過渡期，我記得七〇年代末期有人提出非殖民地化，但似乎這幾年我們都不再提及這個名詞，現在陳先生重又提出這個問題，我希望你能比較詳細地解釋一下我們可以在對殖民地化過程的反省中做點什麼？

第三個問題是我看了一份報章對陳先生的訪問，你在那裡提到政治運動跟思想啟蒙運動與文化、思想和文學運動並進的關係。我知道你是從台灣的經驗出發，但我仍希望你解釋一下這個關係，使我們在今日討論政制改革、但可能忽略文化思想方面啟蒙的情況下得到啟示。

答：我很遺憾聽不懂她的廣東話，她講得很好聽，使我覺得廣東話是好聽的話，我只聽得懂「深刻」、「睇報紙」……

關於第一個問題，首先請不要把我看成好像一個專家似的，以為我能為你們解答很多問題，那是絕不可能的。其實我走在台北街上還沒有人理我呢，不會像現在這樣子。對於這個問題，我目前有的唯一印象是香港的資本主義文明遠遠比我想像的還要高、還要精緻。在中國人建立的資本主義地區中，從我表面見到像香港這樣一個「建築」跟一個「建築」之間的關係，它的效率，以及彼此的關聯，這麼一個大的機器運動時候人民遵守這個機器，使它不斷運轉的情形來看，香港的資本主義是遠遠超過台灣同樣的部分。台灣有點亂，軟體硬體間有點矛盾。可是我也想過，這樣的一個社會裡面恐怕問題也不少，所以我第一個感受是有可能的話，香港也應該辦本《人間》雜誌，應該發展攝影報道。在大眾傳播媒介以外，應該去看大樓高廈陰影底下的現實，否則香港整個資本主義社會比台灣用番話說是更加spectacular，太過目迷五色，真是不得了。

幾乎可以說，所有現代化過程都會帶來一些被害的問題，不論日本或是各個地方。我想，既然香港的中國人民有能力建造這樣一個物質文化的話，我相信他們應有更足夠的力量暫停下來，回過頭，反省，找問題。這絕對不是難的事情，不必要我來提示。只要大家帶著這樣的反省態度到各角落去看，不要看表面的、比較虛構的，而是到舞台背後去看，一定會有收穫。到後台去看並不是要揭發黑暗面，絕對不是。當我們關心黑暗面的時候，恰恰好是表示我們對光明有很深刻很深刻的信念，不願意放棄對光明的信念，所以我們才關心跟光明對照的黑暗，對不對？如果我們專門去找一些問題，或者不公平的事情，恰恰好是因為我們對於公平的「飢餓」還沒有「死掉」。所以應該去看。我相信以你們香港人民能夠建設這麼了不起的文明，一定更有智慧去看香港繁榮已經付出了的人的代價、自然的代價、文化的代價。我相信你們能，一定能，不要說，一個台灣來的老頭子能給你們什麼指示，絕對沒有這回事。

第二個問題我就很抱歉，因為我對香港的情形不了解，如果我作為一個台灣來的知識分子來說，一九九七是一個歷史時期的結束，至少理論上是這樣，對不對？那麼，香港過去的一段歷史就要結束，不管說那是殖民地也好、新殖民地也好、半邊陲地也好，名詞並不很重要。問題是我們是不是應該停下來回顧這段時間，香港與中國的關係是怎麼樣？英國人怎樣介入？香港有什麼發展階段？我只是覺得，面對這麼一個巨大的歷史時期，反省和回顧是必要的。而且這個反省和回顧，是需要有一點品質的，要從社會學的觀點、從政治經濟學的觀點、從歷史的觀點、從文學的觀點、從生活的觀點、從各方面去看，就好像我一直覺得大陸的「文革」應該也有這樣的反省一樣。該從各個角度，從心理學的觀點、從人類學的觀點、從文化的觀點、從社會學的觀點、從中國共產黨本質的結構等各方面去看這個所謂浩劫的十年。

我想這樣的回顧是對任何人都有意義的，這樣才能夠積累。香港人對歷史做出反省和回顧，至少可以有兩個目的。第一可以知道自己的定位，知道香港的中國人民在整個中國發展上處於什麼樣的地位。第二是香港的中國人民身分認同的問題，到底我是中國人？香港人？還是在香港的中國人？還是什麼都不是？我應否獨立？這樣釐清以後，對前去的道路會有幫助也說不定。不過，千萬記著這只是一個外來人很膚淺的建議，可能會有很大的錯誤，只不過因為我用我的誠懇報答你們對我的熱情，所以我把我心裡覺得應該說的話說出來，只能作為參考之用。

第三個倒是比較簡單的問題，就是說，向來的抵抗運動都不是片面的。例如甘地吧，甘地絕對並不只是餓了肚子跟英國人作戰，他的餓肚子、自己紡紗的本身，就有非常非常深刻的文化和思想的意義在裡面，如怎麼樣促進印度被壓迫人民之間的團結，怎麼用愛而不是用恨去報答壓迫者的拳頭和槍刀，這些背後都有非常深厚的文化及宗教背景。政治只是一種行動，它是整個文化結構的組成部分，所以所有抵抗殖民地的運動都不會只是打游擊戰、或者是在政治上的反對，它也會發展成文學運動、戲劇運動、思想抵抗運動，台灣的抗日歷史就是一個很好的例子，它不只是有一些人在搞黨外，或者對日本人丟石頭，它有台灣民眾黨，但也有台灣文化學會，有各式各樣的作家，在各個不同的角落和範圍用作品、用戲劇、用藝術、文學、思想抵抗運動，作為整個被壓迫人民的對抗。只有有文化背景的抵抗運動才有生命力。如果面對有武力、有強制力的支配者，你赤手空拳跟他搞大概不行，我想被壓迫者所依恃最大的力量，恐怕一個是知識，一個是道德。因為知識比較高，道德比較高，所以那個瘦小的名為甘地的老頭子，只要餓幾天，便使大英帝國的統治動搖起來，他憑什麼？不是因為他登高一呼，有幾千萬紅軍出現，不是的，而是因為他那道德的力量，愛的力量，信仰的力量，使他的捱餓引起全世界注目，不得了。這就是知識、文化、道德、或者宗教的力量。

問：陳先生，你是一個文學家，而可以這樣說，文學是反映社會的問題和現實。現在中國共產黨想跟台灣國民黨再來一次合作，出現了台灣的前途問題，你可不可以用你的「文學眼光」，來看這個問題？

答：我覺得很快樂，因為忽然間我發覺我在一個非常自由的地方。不過，我對這個事情的看法挺公開的。恰恰好承蒙你抬舉說我是個文學家而不是一個政治家，所以我可以這樣說，作為一個文學家，首先，他所關懷的中國恐怕是比較抽象的，例如我認為中國這樣一個概念，是聯繫著它長遠、複雜的文化、歷史或者文物的；想起中國時，我們會想到一大堆中國的事物，它的出土文物、它的詩詞歌賦、它的歷史、它的人民怎樣創造出來的文明。因此我們不能說，當我們講到中國的時候，唐朝才是中國，元朝不是中國，我不要，清朝更不是，那是滿洲的，漢朝就過癮，好，這是我們的中國。我們對中國的概念，是超越比較短暫的政權理念，所以在這基礎上，我基本上明顯主張中國是一定要統一的。除了上述的理由外，我覺得中國的分裂，跟我剛才說到兩極對立的世界戰略有很大關係。我們中國沒有道理按照別人的戰略來分開，要分開我們可以重新想想，到真覺得要分離再分離也不遲嘛。這個問題不解決，為什麼要分開？至於說兩黨之間怎麼弄，我覺得我現在沒有足夠的知識發言，也不便發言，不過我要深切地提出一句話，就是不管怎麼樣統一，一定要把中國人民放在他們心中。沒有中國人民同意、欣然接受、或者是熱情歡迎的統一，我想對兩方面都沒有好處。這是我的看法。

問：剛才陳先生說到一個是宗教的力量，一個是文化的力量，但你前面也有提及，現在是一個新的時代，一個不同的時代，在這樣一個時代裡，宗教、文化是否還有力量？

答：我們就以兩個例子來談談這個問題吧，一個是波蘭的例子，一個是菲律賓的例子。關於波蘭團結工會的故事，當然一方面你可以說波共真是蠻了不起，它沒有像史太林一樣說這些工會中人是受帝國主義收買的反革命，然後派軍隊把這些人都拿去槍斃，但另一方面我看到的是波蘭工會後面的力量，那不只是有道德的力量，還有教會的力量，以至波蘭一些前進的知識分子、戲劇運動家、文學家、電影導演等站在後面所引起力量的張力。

另外一個是菲律賓的所謂「人民力量」（People's Power）。當然我對「人民力量」沒有很高很高的評價，可是對我們來說，這是有一點東西的：是什麼力量，在一個統治者殘害了像阿昆諾那樣的反對派以後，使憤怒的火焰燃燒起來推動菲律賓那麼貧窮、看來那麼落後的人民唱著歌，然後就是那樣成群結隊到街上使槍炮軟了，使刀槍鈍了，使統治者乖乖交出他的權力，然後臨上飛機的時候還罵他的老婆：「都是你啦！」這是什麼道理？這當中一定有一個力量。

還有像黑人解放運動中，馬丁·路德·金引起的力量。據我在美國的朋友告訴我，這還不是很長遠以前的事情，他使得黑人的處境好了很多很多，雖然目前還存在非常大的問題。

所以，我不能正面告訴你這個道德的力量還有沒有用，而且你的議論也是非常有道理的。與其給你的問題一個確定的答案，倒不如讓我們更多的人願意去相信，當赤手空拳的人民無所憑藉的時候，我們手裡還有一個力量，那就是道德、知識和文化。否則這個世界還有什麼希望？沒有希望了吧。

問：我的第一個問題是，陳先生你提到關於自主性的問題：為什麼《人間》雜誌的目標不是希望每一個階級都關心自己的問題，而是將希望放在中產階級身上？這會不會是個矛盾？另一個問題是，我想在座的大多數屬於知識分子或中產階級，但他們的問題很多時候都反映出他們並不太有自主，他們總將很多的香港問題拿來問你這個台灣人，你會不會覺得這現象跟你剛才強調中產階級應該自主這點有所矛盾？

答：第一個是挺好的問題，也是常常令我為難的問題。我想，我們也看到，甚至亦有一種理論提出，真正的力量來自人民，不只是中產階級，甚至不是中產階級，而廣泛的勞動人民，才有改變社會、創造歷史的力量。實際上，這個問題我想分開兩方面來說，第一個方面是我剛剛忘記講的，《人間》雜誌有一個態度，就是關心民眾的歷史。我們為這個時代去採訪、去看、去記錄、去批評的，恰恰好是這個時代民眾的歷史。我們報道的，不是那些中產階級，那些每天在俱樂部進出，或者揮霍千金的那些人。我們所報道的，恰恰好是這個時代的民眾歷史，以及民眾眼睛所看到的台灣。

可是它為什麼不訴諸於民眾？我並沒有禁止收入每個月八千塊以下的不能購買《人間》。可是實際上它的售價，以及它的設計的問題，阻止了這些比較低層的勞動人民的參與。這是有道理的，是因為我們的社會在分工上已規定了這種不平等。我不是贊成這種不平等，但我們分工愈細密，我們廣泛的勞動者可能一輩子要重複做最簡單的工作。像差利．卓別靈的《摩登時代》一樣，每天都在搞相同的工作，他不是「傻子」也會變成「傻子」。他沒有辦法接受文化，沒有辦法思考，沒有辦法去想，這是制度造成的。可是卻有一批人被分配成為看比較全面的，例如他若是個監工，那就好一點，他知道整個流程是怎麼樣，一個經理又不一樣，一個總經理就更不一樣。所以這個社會原來就是這麼不公平，被分配到一定水平的階級上的人就掌握了比較好的認識這個社會的地位，可是恰恰好這些人是為了維持這個秩序而存在的，因為他們沒有反省的力量。但當他們接受這個東西的時候，首先是要表示他要背叛他自己的階級。這些事情很多嘛，例如王公貴族以他的背景和出身為羞恥的，像托爾斯泰認為自己擁有那麼多財產是一種羞恥，拚命要把它們分給農奴，他老婆不答應，於是兩夫妻常常吵架。所以，是要由這個階級的覺醒，然後由這個階級到民間去，去幫助崩壞的這個體制，才有希望。

我這樣說可能有點強詞奪理，但這是我的理解。在遼闊的第三世界有很多大學，都是激進的東西，例如馬尼拉大學、以前的東京大學、現在的漢城大學、梨花女子大學……很多很多都是改革者、革命者的溫床。這些人的出身難道是農民嗎？我想不是。他們一定是律師、地主……中國過去的歷史也是這樣，很多例子都是地主的爸爸弄不清楚兒子為什麼搞這個東西。這些中產階級的知識分子首先有機會覺醒，然後他才到民眾裡面去，最簡單的如共產黨吧，像俄國的民粹運動就是一個很大的例子。

我這樣講不是說農民和工人都是傻瓜蛋，不能負起改革的任務，而恰恰好相反，是要當所有中產階級的心跟妳所說的農民等同一時，這個社會可能才有希望。這就像沙特為一本書寫序時所說的一樣，白人最大的問題是必須面對黑人的憤怒，必須讓心變成黑了，在一個黑人對立的暴力看到白人所做的罪惡的時候，白人才得到解救。就是一方面黑人需要革命，二方面是白人自己的變革，才能使革命成為可能。妳的問題變嚴厲的，我希望我沒有說錯話。

至於第二個問題，我想所謂對中產階級的寄望，只是……這樣說吧，恰恰好是我們台灣中產階級反省不夠，所以這個雜誌出來以後引起他們的驚異。當然我們不是像傳教那麼順利，風起雲湧，人手一冊的。問題不是在這裡，而是在我們看到大家的驚異，他們的認同，與我們一起流淚、一起憤怒、一起感謝，當然也有些人是罵我們的。正好是因為我們大家不關心，所以需要來提倡關心；但另一方面，我們不關心是有很多客觀的理由，對不對？因為香港戰後整個思想、文化價值的結構，因為它作為自由港、殖民地、半邊陲地區等的條件，都規定了我們不太關心這些問題。

我們《人間》雜誌也是逆流而上嘛，因為所有媒體都不這樣做，我們這樣做。逆流本身就是說明有一個順流。

我一點都不享受你們這樣把所有問題要我來解決，不過我也並沒有因為這樣而覺得你們很差，我沒有這樣的感覺。因為我是來自一個同樣徬徨、大部分人不關心問題的社會，所以這個問題對我來說並不是很特別。我剛才所說的自主性問題，是從現在開始，我只是建議，我們在面對九七問題時，是不是與其無奈地面對這個歷史時期的結束，不如我們能動地、積極地去回顧、總結香港的歷史。這種總結可能會有幫助，可能為我們找到一個歷史位置，另外找到一個可以認同的「身分」，兩樣合起來，也許可以做點事情也說不定。請不要認為這是個指示或什麼的，絕對不是的。

今天我們就在這裡結束吧。

初刊一九八七年十一月《八方文藝叢刊》(香港)第七輯
收入一九八八年五月人間出版社《陳映真作品集13・美國統治下的台灣》

1　整理記錄：林瑞含。本篇文字紀錄多採香港慣譯及用語，如「阿昆諾」、「報道」、「受落」等。

致讀者[1]

在我的手邊所僅有的金石範的小說集《烏鴉之死》（一九七八年）和《哮喘的歲月》（一九八六年），都沒有作者金石範任何個人的傳略或資料。我個人，特別是光復書局，都曾努力透過各種管道，向日本的相關書店探詢金石範的個人資料、照片，卻出奇地不得其門而入。

對於這一直到一九八六年還在東京出書的金石範之資料的神秘的不可企及，我感到無法抑制的好奇心。無論如何，我想在這個八月十日自港赴美的中途，為了親自探訪金石範而計畫在東京滯留數日。我無法相信一直遲至一九八六年還在雜誌《世界》上發表金氏作品〈歸途〉的岩波書店，會沒有金氏的聯絡途徑。

在一九四八年四月三日，濟州島農民革命被美國盟軍總部和李承晚聯手殘酷鎮壓之後，逃往日本定居，並一直以日文寫作的金石範的孤獨和力量，是什麼樣的孤獨和力量——我祈望這次東京之行能見到這位在冷戰的暴力下，逃離分斷的祖國，吟味了四十年的「恨」的作家，並將他在台灣的中譯本親自呈送給他。

我因此也期待在再版時，《烏鴉之死》會有豐富的金氏的資料與照片。一直到初版付梓之前，都遍找不到的金石範的任何資料，而不能不在付諸闕如的狀況下印行的目前的版本，不只對金石範先生，也對廣泛的讀者深深地感到歉疚……

一九八七年五月

初刊一九八七年九月光復書局《當代世界小說家讀本．金石範》（王淑卿譯）

1 本篇原於文末註明寫作時間在一九八八年五月，但據內容及此書初版年月推斷，應為一九八七年之誤植。

「非理性力量」下的科技[1]

五月上旬，王浩博士應中央研究院邀請，到台灣訪問和講學，引起學界、青年和社會廣泛的重視。[2]本刊蒙王浩博士慨允，在繁忙的來台行程中，撥出寶貴時間，就今日科技與人和世界的關聯，發表他的看法。

王浩博士生於一九二一年，一九三九年考進我國著名的西南聯大數學系。一九四三年大學畢業，考入清華大學哲學研究所，一九四五年獲哲學碩士學位。一九四六年考取公費留學，赴美國哈佛大學攻哲學，僅十五個月時間，獲哲學博士學位。獲頒博士學位後繼續留哈佛研究，任助理教授，旋赴英研究，至一九六一年回哈佛，任數理邏輯講座教授。一九六七年在洛克斐勒大學教學研究至今。[3]

陳映真（以下略稱「陳」）：一般而言，目前世界科技的思想，似乎比較偏重科技的實用性，從而在基礎的、純粹的科學研究上，一般地比較不受注意。我們知道王浩博士特別呼籲科研工作不應偏廢科學的基本部門和比較純粹的理論部門……

王浩（以下略稱「王」）：說東西文化孰優孰劣，會牽涉許多複雜的情感因素。但至少如果可以從東西文化的「不同」來說的話，西方的文化，看來比較重純粹的東西。

例如古代希臘，為了想辦法丈量土地，發明了平面幾何學，這是實用性的東西。可是他們終於把平面幾何裡的東西純粹化、理想化、抽象化，發展出幾套公理這樣的東西。

從實用觀點來看，這已近乎某種遊戲，到了「無關宏旨」的地步。但它卻對整個西方科學的發展，有很大關係。古希臘人思考的上述幾何學問題，到了十七世紀，對大科學家牛頓發展出來的力學，才產生了重大的影響。牛頓力學的精神，反映了古希臘幾何學的精神，這是大家知道的。

可是牛頓力學雖然重要，當時卻沒有「實用」價值。一直要等到二百多年之後，牛頓力學才成為十九世紀、二十世紀大部分科技和科學的重要的組織部分之一。

但是許多後來在科技上想到「迎頭趕上」的國家，卻往往忘了十九和二十世紀西方科技的背後，還有一個長久的、抽象的傳統。我們只顧看到科技在實用上驚人的力量，為了追逐船堅炮利而狂奔不已，急功而近利，一直到現在，我們還看不清非實用的、抽象的、純粹的基本科研的重要性。

科學研究，在於理解自然。理論上說，它雖然有實用的一天，但卻不是馬上可用。常常是幾百年後才派得上用場。例如孟德爾在十九世紀發現了遺傳學的定律。這麼重要的發現，在當時就沒有人加以理睬，遺傳學重要的運用，到當前的遺傳工程學，達到高峰。

比較上看來，中國的文化，注重實用。中國哲學、倫理，注重人的行為、道德的規範。西洋的哲學和倫理，一開始就顯得抽象、「空洞」、「空想」。短期看用處不大。可長期看，用處大，不，簡直是大有用處。

拿文學藝術來說，也一樣：以一般「實用」觀點來看，文學、藝術似乎沒什麼用處。但就文學藝術對人的思考，對人的心靈、認識的影響來看，則有無法取代的用處了。

從文化長遠的觀點看來，基本科學的、乍見無實用性的、純科學的研究，非常重要。我們中國的科研工作，應該及早重視基本科學的研究。

軍方任務與蘇聯基本科學

陳：今日科技之向「實用」傾斜，原因可能不只一端。但和現代獨占資本掌握、組織、推動和支持科技研究，也許有關係吧。資本主義的強大的動機在於利潤的追求。因此科技發展最終被導向科技研究之可以商品化，之可以營利之方向。一時間無利可圖、沒有商品化展望的東西，就不受整個科學教育和研究所重視，根本性地扭曲了科技思想和科技發展的方向。

如果是這樣，照道理說，最大資本主義國美國科技就應該大談實用，在純粹科學的研究方向應大為落後。再說，批判資本主義體制，宣稱自己的體制為社會主義的蘇聯，按理說，她的基本科學應有重大的飛躍與發展。但現實上為何不是這樣呢？

王：美國的科技受到資本主義的商品化和利潤追求的影響非常大，使基本科學研究普遍不受重視，絕對是事實。

但是三〇年代歐洲大批優秀的大科學家，例如愛因斯坦就是其中的一位，或因避秦，或因別的原因來到美國，建設了美國基本科學深厚的基礎，甚至他們本身成了美國高等科學領域的一部分。其後，雖然科學向實用偏斜，但那個基本科學的研究還在，還頂得住資本主義的科技發展方向的支配。

蘇聯的科學情況，我不很清楚。但她在科技上自有相當程度的成就，是沒有疑義的。問題在，如果蘇聯較少資本主義的營利主義引起的、使科技向「實用性」膨脹的問題，至少她還有一個因軍事需要而迫使蘇聯科技向實用偏斜的具體現實。

美蘇兩國，各領導兩個「陣營」中的各國，在全世界各地對陣，展開武器攻擊、報復能力的競賽。為了保證在軍事上、武器上優先於西方，蘇聯的科技發展，如果沒有商業的支配，也有「軍事需要」、「軍事任務」的支配。

不必要的科技

陳：不論是資本主義的利潤動機，不論是軍事任務，一旦左右了科技研究，就可能產生浪費科研資源、發展為人類福祉所不必要的科技等這些問題，而影響了科技的正當發展，使科技發展造福人類的目標，受到重大歪曲。

一九五〇年代，蘇聯首次向太空發送了人造衛星。一九六〇年代，美國以巨大的「阿波羅」計畫，完成了人類登月的壯舉。

太空衛星、人類登月，是本世紀最令人瞪目咋舌的科技成就。但是，科學思想家有這些疑問：第一，從科技本身看，登月所表現和獲得的科技成就，特別是「阿波羅」計畫昂貴、龐大、動員廣泛……這些條件來看，是不是值得？有沒有科技上特別富於開創性的發展或成果？第二，在整個世界科技戰線上，還有那麼多比登月還重要的課題等待著科技研究上的突破來解決時，人工衛星、登月計畫，是否必要？

王：提出這個問題，對我而言，就是提出「戰爭是不是必要，人類為什麼老是要打仗？」這樣的問題。

不必要是一個大科學家、大思想家，都可以明確地告訴你戰爭的愚蠢、不利和有害。人類卻一直到今天，隨時都準備要打仗。

美蘇太空競賽，基本上是二次大戰後兩個陣營對仗、互相競爭的結果；是全套武器和科技競爭的一部分。美國在一九五〇年代在這方面落後給蘇聯，急起直追之餘，發揮美國人喜歡「看熱鬧」(spectacular)的性格，來搞人類登月。兩方面，尤其是美國，為這太空競爭花了驚人數量的金錢，動員了龐大的科研隊伍。

這樣的科技，離開人類福祉的需要遠得很。在人類當面的需要來說，糧食、飢餓、醫療……各方面急切等待解決的科技問題還多得很。這些問題，有的只要「阿波羅」計畫十分之一或者少些的project、人力、物力就會有很好的突破與解決。然而，二強不此之圖，卻去搞像「阿波羅」計畫那樣的科技發展。事實上，他們一直花很大的物力及人力，去搞比「阿波羅」計畫更浪費、更無必要——甚至極為有害之研究，例如氫彈、核彈等體系。

當然，雙方在太空競賽中都誇稱在太空科學、材料科學上獲得重大突破。

我要說的是，雙方電訊科技在太空科技、材料知識上，是有些成就，例如超長距離通訊、高能電池、超輕合金、超耐熱合金及材料等等。問題在我們面前的一些待解決的科技問題，如果都能有機會花那麼大的錢，動員那麼龐大的科技隊伍，一定都會有若干甚至更大、更有意義的成就。所以就太空探險美蘇雙方所誇示的科技「成果」，恐怕是誇張的居多。

太空競賽、武器競賽，對我而言，是毫無必要的科技。如果美蘇雙方立意將對方的人民和一切摧毀，其實只要目前既有的武力的十分之一，就已足夠達成目標。

人類應該早一點知道，戰爭對任何人都不利，起來制止戰爭，比「阿波羅」計畫更值得花錢、調動一切力量去從事的科技問題還多著呢……

加速器的開發，雖然對基本科學的發展有貢獻，但我個人卻不頂贊成。

我始終以為，科技發展中，存在著某種墮性。新的科技發展，原來應該對人類有好處的，但是因為沒有計畫、評估、管理，而變成有害的東西。資本、軍事、政治……都可能使科技墮落。以電視來說，它原很可以發展成對人類極有益的媒體。但今天的電視，卻成了夢魘。它使知識和民眾隔絕，它是那麼被動，剝奪了人在求知、理解、判斷和創作上的一切主動性。它讓商業的東西左右人們的思維與行動，這可以說是科技墮性的一個例子吧。

我常常想，以今天人類在科技上的成就，應該可能在一個明智的、美意的、合理的計畫下，從事科技發展，把像「利潤動機」、「軍事競賽」……這些非理性的東西減到最小！

「非理性力量」

陳：兩極對立的世界結構下，科技為了負起證明各自「陣營」的「優越性」而從事不必要的開發，以及獨占性大資本支配絕大多數科技發展，都影響著科技的正常發展。除此之外，今日科技發展還有那些重要障礙呢？

王：史達林時代，為了證明社會主義的優越性，為了證明環境能改善人性[4]，並使良好質性遺傳下去，當時有個生物學家賴申柯（Lyssenko）力言打破了向來的遺傳理論，證明得自後天的優秀質性足以遺傳後世。這當然是瞎說……

陳：文革時代的中國有沒有這種現象？

王：（笑）有。例如文革時，他們批判相對論，批判量子力學。既然從為政治服務出發，在專業上很快就證明站不住腳。

獨占資本的邏輯、兩極構造中的軍事威嚇與競爭、意識形態的狂熱，都是今天科技發展中「非理性力量」（irrational forces）。這三種非理性的力量，在兩個陣營中，都以不同的比率、不同的形式存在著，影響世界科技研究的方向……

自然的斷裂

陳：科技受到資本邏輯的影響，即受到利潤、市場、商品化……這些要求的制約，發生這些問題：

一、對自然的斷裂。細菌的發現，證明了人體致病的原因，也發展出免疫治療的醫學。另一方面，抗生素化學療劑的發展，展開了製藥科學，也[5]展開了在體內殺死致病微生物的醫療路線。

但是，由於製藥工業、製藥資本的介入，醫學畢竟捨棄了從人體內部增加免疫力或其他人體抗病力、抗病機轉的醫療，而走向吞食抗生素等化學藥劑，從內部破壞、殺死微生物的醫療。如果資本的邏輯沒有干預，則今日醫學或許有不同的，比較不破壞、不斷裂自然的內容和方向。

王：你的話，使我想起一個著名的醫學家杜泊（C. Dubos）。他極力推崇東方，尤其是對中國的醫學，更是崇讚備至。他以為東方的醫學，是從人的全體來思考，從病人全體的、完整的人出發！總之，他認為西方現代醫學在某些方面取得重大成就，但卻沒有東方傳統醫學中，把人和人的病因和人的生活的治療……統合起來看的智慧。

問題是，這些反省原來也不少。個別的科學家，個別的論文，對科技在非理性力量下產生的問題，都提出過，也談過，可就效果不彰。因為那些非理性的力量太大了。

今天，人類在科技上，有一定正面的成就。這是無法否認的。問題是，人們太輕忽了今日科技在非理性力量下的「反面」的事實。我們要肯定科學的正面貢獻，同時也要從更全面、更高、更大的視野，看到科技戰線中更大、更重要的問題，對今日科技加以必要的反省，從而有更多的發展。

方才所說，分出一些人力和物力來尋找另一種醫學研究的方向，例如中國氣功、針學等的研究，例如探索不致造成你所謂人體內自然斷裂的醫療思想……理論上都有可能，也都有條件。只是「非理性力量」畢竟還是大，畢竟起了作用……

例如利潤動機。利潤動機畢竟比較盲目。科技受軍事任務、受利潤這些孤立的考慮（isolated consideration）所制約，研究方向和結果，一定比較偏面。以方才抗生素的問題來說，事實是我們為了急於商品化，急於摘取科技在「實用」上的果實，在很多問題還未究明之前，就進行大量生產和大量銷售。抗生素的殺菌、制菌作用，抗生素對人體內部細菌自然平衡的破壞，抗藥性新菌種的發生，人與抗生素化學療法間的關係，到目前都還不是十分清楚，但抗生素，特別在醫藥衛生立法不周全的後進國家中，早已濫用成災。極有可能因為太偏重抗生素的實用，或者這方面的研究比較有利可圖，因此怠忽了抗生素的治療作用的機序……

陳：其次是「人的斷裂」問題。現代科技要求大計畫、大預算、大編組……結果科研上的分工就越細。在科研工作上到整個生產體制中，精細分工，使大部分人從事單一、重複的工作，使他們的心智無法成長，更無從產生科研與生產上的創造與突破。結果大部分人成了單一、重複工作的奴隸，只有少數精英有調整、規畫、思索……的機會，從而產生了勞心、勞力的永久的分割……

王：這是科學與倫理、技術與價值分、合的程度與技巧的問題了。和方才討論的許多問題一樣，理論上，是可以解決的，但是在「非理性力量」的支配下，問題得不到解決……

團結、反省、批評

陳：科學被資本主義利潤、美蘇的軍事對峙和政治教條所左右，是因為這三者才是支用最大的資金和預算，有力量調用巨大的科研隊伍。在巨大的科技研究發展計畫和專案中，集合數目巨大的科研工作人員。從外頭來看，科技機構外，還有應該的，受到科技發展方向影響至巨的各民族人民。問題是，通過個別科學、人和世界各族人民的反省、團結、批判，是否足以和方才所說的「非理性力量」相抗衡，使科技走向好的、更能為人類福祉服務的方向？

王：這當然不能說絕無可能。但如果光從人類還不能放棄戰爭這個明顯愚昧的東西來看，這種團結與聯合，會有多少力量，很成問題。方才已經說過，反省、批判當代科技背後巨大而非理性因素的著作，早已經有了。科學家的聯合、團結、批評和反省也沒有斷過。例如戰後美國的「原子科學家委員會」（Committee for Atomic Scientists），愛因斯坦也是其中的一員，對原子科學技術提出反省，表現出科學家的道德品質和人文關切；最近的遺傳工程學方面的科學家，在部分證明遺傳工程的奧秘之餘，畏敬之心油然而生，也深感遺傳工程科學上倫理制約的必要性……

我的意見是，雖然原子科學、遺傳工程學比較特殊，但從精神上說，這種反省、批判向來沒有間斷。但似乎沒有什麼大用。這是叫人悲哀的……

陳：最後，希望您對台灣正在學習科技的青年說幾句話。

王：（笑）最好不要去搞科技。科技的範圍太窄小。不全面。仔細想想自己到底要學什麼，找自己真正覺得有意思的東西做。搞文學、搞歷史……都比搞科技強（笑）。

台灣和美國一樣，有才氣的年輕人，多半搞科技去了。對於現在已經在搞科技的青年，我的建議是——

眼界要放寬，目標要少。為「著作等身」、為做過多少實驗、為創造發表幾篇論文、為功成名就光宗耀祖搞科研，是個傻子。

想好自己學習和研究的真正目標，研究項目少些，把每個題目做深刻些、認真些，全力以赴，不要受到科研市場的「強迫需要」(forced wants)所左右，隨波逐流，搞不出好東西。

初刊一九八七年六月《人間》第二十期

收入一九八八年四月人間出版社《陳映真作品集7·石破天驚》

1 訪問：陳映真、王菲林；攝影：廖嘉展。

2 人間版無以下至段末文字，而代以：「尤其在思考科技與哲學的關聯上，台灣知識界，特別是科研之工作者和許多理工科學的學生都熱情聆聽了王浩博士極富啟發意義的講話，使王浩博士在台幾場公開演講，都座無虛席，足見各方對王浩博士的重視。」

3 人間版於次行另起一段：「《人間》雜誌極為榮幸，蒙王浩博士慨允在繁忙的來台行程中，撥出至為寶貴的時間，就今日科技與人和世界的關聯，發表十分深刻的看法。以下是這個訪談中最為重要的部分。」並於訪問起始處加上小標題「科學研究在於理解自然」。

4 「，為了證明環境能改善人性」，人間版無此句。

5 「展開了製藥科學，也」，人間版無此句。

趙南棟

1　葉春美

一九八四年九月七日

昨日上午7:20，心絞痛再次發作，呼吸急促，顏面及指端一度輕微發紺。突發性劇痛由前腦輻向左肩、左臂，終於昏厥。

醫學檢查呈：心搏96/min；血壓110/72mmHg。心音規律。無明顯雜音。左肺底部有不確定之溼性囉音。

心電圖呈現V_1至V_3明顯Q波；V_3至V_5R波降低。導程I、aVL以及V_1至V_6之S-T節段升高；T波倒置，疑心室前壁心肌梗塞。

……

吃過中飯，葉春美從石碇鄉搭公路局到台北市，再轉搭一趟公車，來到東區的J醫院。抬起腕錶，差幾分鐘就是兩點。汗水把她的襯衫黏在她發了福的、五十三歲的背上。比起石碇仔，台北市可是真熱啊。她想。

憑著上個禮拜來探望過的記憶，她從西棟的電梯上了十樓，穿過護理台，找到一〇〇二病房。醫院的中央系統冷氣，使她流汗的身體，感到分外涼爽。

她輕輕地推開這頭等病房的門。那位矮小的、山地籍特別護士靜悄悄站了起來，對著她微笑。在逆光的她的臉上，山地人民特別鮮明的、雙眼皮的、澄澈的眼睛，漾著安靜卻是逼人的光采。

葉春美無聲地笑著。可是當她那急忙搜索的眼光停在病人的面容上，她的笑意立刻轉變成一臉的錯愕。

「噢！」她噤聲驚喊起來了。

她看見趙慶雲的臉，竟然整個兒陰翳下來了。她想起才上個星期，趙慶雲還能在病床上談笑，堅持著要削一隻蘋果給她。

「什麼時候，變成這樣的？」她沉默了一會，囁聲說。

「昨天上午。」

「噢！」她憂愁地說。

老護理了。她那專業的眼睛知道：趙慶雲的病況，已經危篤得很了。他看來整整削瘦了一圈。臉色在陰翳中透著屍黃，使他的白髮越是顯得乾枯而且穢亂了。他的鼻腔裝著氧氣管子。在高而蓬鬆的枕頭前，他的脖子極不舒適地拗折成四十五度，沉重地呼吸著。趙慶雲竟而已經落入那無邊的昏迷裡了嗎？她想著：為了不使痰塊堵住昏迷病人的氣管，才會讓病人這樣屈拗著脖子睡……

葉春美把兩包今年石碇比賽入了圍的春茶，擱在病床旁的茶几上，在床邊的椅子上坐了下來。

「哦，好嘛。你倒是拿一點來我泡泡看。我是福建人。茶，我是從小就知道一點的。」上禮拜來的時候，說到她家裡在石碇鄉種茶、焙茶，趙慶雲就笑著這樣說。

沒想到認真叫二兄準備了兩包今年入選的春茶，趙慶雲卻兩臂和右腿上都插上了點滴管子，不省人事。

「醫生，」她望著於今她又記起來叫作邱玉梅的特別護士說，「醫生，他怎麼說？」

「昏迷。」

護士邱玉梅翻著她那清澄得發青的，美麗而鮮明的眼睛，肅穆地說。葉春美望著沉沉於昏迷之中的趙慶雲，沉默起來了。

「趙先生好親切。」邱玉梅靜靜地說。

「哦。」葉春美說。

「沒看過那麼會忍耐痛苦的人。」邱玉梅說，「明明就是，痛得滿頭的汗珠子，對待人，卻總是笑著，說，謝謝，辛苦，謝謝……」

「他兒子，來嗎？」

「嗯。每天。有時上午，有時下午。」邱玉梅看著自己的腕錶，「下午來的時候多啦。四點、五點、七點……不一定呢。」

葉春美看見腕錶上的時間是兩點四十五分。她說，「小兒子呢？」

現在邱玉梅用她那清澄的大眼望著她了。

「來的總是那個趙先生。」

「噢……」葉春美說。

她默然了。她們都安靜地看著病床上沉重、卻也還不失均勻地喘息著的病人，在靜默的病房中，傾聽著冷氣和鼻息之聲。

這回，無論如何，一定要問問小芭樂的消息。葉春美這樣想著。

一九七五年七月，有史以來頭一次大批特赦減刑了政治犯。葉春美也從那個機關裡回到石碇的老家。十九歲上被保密局帶走，回來時她已經是四十四歲的中年婦女了。在報紙上，葉春美知道宋大姊的丈夫，被判決終生監禁的趙慶雲，也回了家。

「怎麼也放心不下呢。你是多半能活著出去的。記住喲，大稻埕林內科。平平在他那兒。這小芭樂也一定在那兒吧。拜託。」

在南所的時候。宋大姊一邊乳著小芭樂，一邊私語似地說。每次宋大姊這樣說，那時才二十不足的葉春美，總是忍不住巴嗒巴嗒地掉淚。

她於是低下頭，用力搖著，說：

「宋大姊，不要說，不要……」

就那年春天，一個清寒的早上，押房的門鎖，忽然卡啦啦地響了。鐵門呀然地打開。

「宋蓉萱，開庭吧。」

痲子班長說。在門外，葉春美看見多了一個潮州人王班長。在打開的門扇遮住的地方，細看還有一、兩個人影。葉春美的心立刻緊縮了起來。她感到一陣狂亂的悸動和眩暈。她忽然記起宋大姊提起過，開門叫人的時候，凡是門外另有班長、憲兵時，總是來帶人槍決的。何況昨天晚上，監獄官還特地帶著一本藍皮的名簿，來點過名。點完名，全房的人竟夜在沉默中嘀咕，可怎麼地沒想著就是宋大姊……

「讓我梳梳頭，好吧？」

宋大姊沉靜地說，臉色逐漸泛成凝脂似地蒼白。她默默地對著一堵沒有鏡子的牆壁，梳理著在三十八歲上未免早白了些的，她的不失油光的長髮。整個押房和門外的甬道，都落入某一種較諸死亡猶為寂然的沉靜。麻子班長和王班長眈眈地凝視著宋大姊梳過頭髮，看著她跪在牆角上的自己的鋪位，替沉睡中的小芭樂拉上小被。

「趙太太，把芭樂子抱去，開過庭再抱回來。待會兒醒來要媽媽，我們誰也別想哄住他。」

在新竹一個中學教書的許月雲老師脫口說。多麼機智的試探！葉春美開始背過臉去，向著牆壁流淚了。如果班長答應了，宋大姊就肯定是真開庭的……

「不用！」麻子班長以怒目斥責許老師，然後一改而以柔聲說：「一會兒就回來。」

葉春美在模糊的淚眼中，看見宋大姊給她一個母親最鄭重誠摯的、託付的一瞥，走出了押房。在死一般的寂靜中，甬道上傳來迫不及待的、上銹的金屬聲音。

當押房的門沉重地關上，葉春美全身無法自抑地顫抖起來。她始則流淚、飲泣，而終於怎麼也不能不抱著自己鋪上的，用舊衣包紮起來的枕頭，緊緊地咬著，吞下自己那掙扎著要從生命的最內裡沖潰而出的慟哭。

一隻手輕輕地擱在葉春美的背上，溫柔地揑撫著。

「勇敢些。」

許月雲老師用日本話，悄悄地這麼說。

這時候，遠遠地從樓下男監傳來激亢的政治口號聲。接著一陣毆打著肉體、鈍重的聲音，使口號驀然斷絕。

墳墓一般的沉默啊。葉春美抬起頭來，望著依舊漆黑的、窗外的凌晨的天空。忽然也是從樓下男監傳來了從緊繃的喉嚨唱出來的〈赤旗〉。然後又一陣怒罵和毆打的聲音，猝然打斷了才開始不及三句的日語歌詞。葉春美想起不曾嘶喊，靜靜地走出押房的宋大姊，在那生命至大的沉默的一瞥裡，向她極清楚不過地留下了她的這樣遺言：

——春美，小芭樂子的事，無論如何，就拜託你了……

宋蓉萱是在台北C中學的教員宿舍，和丈夫趙慶雲一塊被捕的。那是一九五〇年的春天，宿舍區裡的幾棵老榕才開始新添嫩綠的葉芽。

「他們來的時候，小芭樂還懷在肚子裡。四個多月吧，才。老大平平，還傻乎乎地跟在我們後頭，想跟我們一道上吉甫車哪。這兒有錢，肚子餓，買東西吃。回去吧，平平。他爸爸這樣說。把口袋裡的錢全掏給了平寶。吉甫車，就那麼著，把我們開走了嘛！」

在女監裡，宋大姊最愛講這一段，葉春美想著。可也好幾回，宋大姊一邊說，一邊笑呀，眼角上的淚，卻兀自簌簌地打她結實的臉頰上掛下來。

小芭樂有個名字，叫趙南棟，是宋大姊紀念孩子生在當時叫作「南所」的看守所押房，起的名字。又因為嬰兒長得小而且分外的結實，像個台灣野番石榴，女監裡的台灣姊妹，便「芭樂仔、芭樂仔」地叫順了口。

一個高瘦的護士進來換點滴筒子了。邱玉梅上去幫忙著。九月的陽光，極其明亮地打在病房的極為潔淨的窗玻璃上。看來，外頭是個大熱天吧，可是病房裡的冷氣，反而使這一窗明晃晃的陽光，顯得奇異地虛幻。葉春美凝望著病床上趙慶雲的臉。他看來彷彿以無比的專注、深深地沉睡著，像是一個跋涉了千萬里旅途而未曾有過片刻憩息的旅人，終於放心任意的躺下來休息了似的。[1]

葉春美想起了七八年秋天，終於尋到趙慶雲的家，初見趙慶雲的印象。

即便是在那個時候，趙慶雲也已經是個六十多歲的老人了。但和現在彌留在床上的他相形之餘，乍焉初見當時的，宋大姊口中的「老趙」，是多麼朗硬，充滿著一股極為審慎的，對於自己的餘年的某種信心。

「等哪一天，你出去，見到他，就給他這張照片。我們老趙呀，小心得很。沒有這張照片，就怕他能客客氣氣地，硬是不認你。」

有一回，在女監的押房中，宋大姊這樣笑著說，把懷裡的一張照片塞給了葉春美。「不能怪他。從我們年輕的時候起始，老趙吃了多少虧。不怪他怕呀。」宋大姊歎息似地說。

那是一張泛黃的，四吋大的照片。照片上面縱橫的皺褶，訴說了它曾經怎樣在動亂和摧折的歲月中歷經的坎坷。照片上是一個方臉的青年，戴著一副舊時代的圓框眼鏡。他的頭髮不遜地往後梳著。他那厚厚的嘴唇，緊緊地、認真得有些叫人發噱地抿著。身上是一襲厚厚的棉袍。光線從右上方打下來，使他左半邊的臉，全打上一層陰影，讓他那向著鏡頭逼視的雙眼，顯得特別地精神。

一九七八年去看過去聽慣宋大姊嘴裡「老趙、老趙」地說起、卻從不曾謀面的趙慶雲以前，葉春美每天有好幾回，在石碇家裡寬敞的她的房間裡，掏出這皺褶的小照，仔細端詳。「至少，見了面，讓心裡有個感應：就是他，宋大姊她的老趙……」葉春美這麼想。

然而等待見了面，葉春美卻只能在趙慶雲那滿頭的白髮，因為雙頰下陷而使整個的臉龐顯得拉長了的，布滿了皺紋的他的臉上，勉強看見殘留在照片中趙慶雲少年的，極為牽強，卻又真實不訛的影子，認出了他。

那時候，她記得，是一個四十模樣的男人出來打開這公寓第九層右側的鏤花的銅門。

「有一位趙慶雲先生吧？」她說。

「葉阿姨吧？」男子笑出一排整齊的牙齒。她走進玄關，一眼就看見一套沉重的、栗色的沙發，擺在寬敞的客廳裡。於今想來，它們就像五隻栗色的、毛皮乾淨而又珍貴的，不知名的巨獸，靜靜地踞臥著似的。從一個貝殼鑲成的、巨大的燈罩裡，溫藹的燈光，讓客廳裡的一切，打上一層橄欖的淺黃顏色。

在這溫馨、舒適的客廳裡，葉春美和趙慶雲，以及理當是宋大姊口中的老大「平平」，坐成一個很適合說話的三角。但是怎麼也不聽使喚的葉春美的眼淚，卻不時漣漣地掉著，讓她沒法兒說話。

「真是對不起……」

葉春美一邊擦著淚，一邊說。她怎麼也不曾想到過，自己會在這完全陌生的環境；這完全初見的人的跟前，這樣流著、流著眼淚，而毫無辦法。

兩個男人安靜地等待著葉春美的心情平靜下來。葉春美把眼鏡摘下，在皮包裡掏出了一面深黃色的鏡布，低著頭仔細地擦著眼鏡片子。這時候，一個女佣人端上三杯咖啡和一小碟西點。咖啡的、現代的清香，立刻在客廳裡瀰漫起來了。

葉春美把眼鏡重又戴上，用疊好的手絹細心地揩拭著她那發紅的鼻子。現在她從手皮包裡找出一張從宋大姊手上接過，在她的懷裡擺了近三十年的照片，交給了趙慶雲。

「哦。」她還記得，接了照片的老趙，先是一陣訝然，繼則仔細端詳著那陳舊的、四吋大的、自己四十多年前的面影時，歎息似地，這樣說。她看見了他那骨節很大的手，輕輕地顫動起來。她一抬頭，驀然看見老趙的眼眶，含蓄著那老去的、艱澀的淚光。

「宋大姊給了我的。」葉春美以哭過之後的、濃重的鼻音說，「總算交還給了你。」

她的眼眶、鼻子都紅腫著，但已沒有了傷懷。趙慶雲的長子爾平，不知道在什麼時候，悄悄地退出了客廳。她和老趙二人，於是乎沉默起來了。

「蓉萱，她，說了些什麼嗎？」

把照片慎重地放在皮夾裡，他終於這樣說。葉春美想起了宋大姊走出押房之後，再也不曾回來過的那個凌晨。不，她什麼也沒有說。她想著。她還記得很清晰，宋大姊怎樣地在痳子班長的眈視中，沉默地面著沒有鏡子的，囚房的牆壁，梳理長髮……

「沒有。」葉春美注視著看來忽而有些呆滯的老趙的臉，低聲說，「沒有呢。」

宋大姊只是安靜地走出押房罷了，她想。但那沉默，哦，五〇年代初葉，台北青島東路口軍事監獄裡的，世紀的沉默啊，不是喧囂地述說了千萬冊書所不能盡載的、最激盪的歷史、最熾烈的夢想、最苛烈的青春，和狂飆般的生與死嗎？[2]

「宋大姊臨走，最惦記的，是小芭樂吧。」她說。

「……」

「我盤算，小芭樂，都二十八歲的人了。」葉春美笑了起來，眼中閃亮著某一種母親似的溫柔，「成親了吧？上大學沒？」

那時刻，趙慶雲孤單地笑了。他說老二趙南棟五專畢了業，正在南部學生意。

「噢。」葉春美說[3]，「哪天他回來，打電話給我，我要看看他。」

可一直到現在，葉春美一直還不曾見過老趙的這個孩子。就上星期，她來這病房看他，滿以為老二一定會在病床邊陪侍著吧，卻意外地讓她失望了。

「他，昨天才走的。」

那時候，老大趙爾平笑著說。他從盥洗室間端出不知什麼時候他竟削好的水梨，擺在葉春美旁邊的茶几上。

「這麼不湊巧啊。」她寂寞地說。

她仔細端詳老趙，看他精神好著，便絮絮地說起宋大姊。

葉春美於是對病房裡的爺兒倆說，宋大姊在那一段最難挨的，被人拷問的時候，因為一心想著肚子裡的嬰兒，常常忘記了肉體的痛苦。

「他們說我受過專門訓練，問不出口供。在地上，他們踢我，踹我。我把身體蜷起來呢，兩手死命地護著肚子，只擔心他們踢壞了我的孩子。他們踹我的頭，我的腿，我的背……哦，可只要不踢著我的肚子，我似乎竟不覺得痛了……」

記得那是一個冬天的晚上，在看守所的女監裡，大家爭著要抱那時才過三個多月的小芭樂，一邊談起母性的愚愛時，宋大姊這樣說。

被拔去指甲的時候，惦記著要用胸腔而不是用腹肌哀叫；被拴著拇指吊起來的時候，盡力收著下腹……十幾天，幾套拷問下來，因為使了太多的體力和精神去抵擋痛楚，去護衛懷中的、將生的嬰兒，「一天下來，往往都癱瘓成一堆溼泥似的，坐都無法坐直……」宋大姊說。

葉春美還記得，由兩個女班長攙扶著送到她的押房來時的宋大姊，兩條大腿都赭紅、腫脹。用細銅絲綑成的帚鞭，不極用力的抽打囚人的大腿。第二天，雙腿竟發炎腫脹。拷問的時候，審訊的人用手在炎腫的大腿上捏、打，「眼淚、小便，全痛出來了。」葉春美說。

宋大姊懷孕的身形，立刻引起押房每一個姊妹的關心。

「春美，你是護士，拜託哦……」

那時還在押房生著病的許月雲老師，用日本話這麼說。望了望圍繞在她身邊的女犯們，勉強擠出一絲衰竭的笑容的宋大姊，囁嚅地說：「真對不起……」，就昏睡了過去。葉春美摸向她的額頭，宋大姊正發著高燒。

連著幾天，宋大姊的燒，就是退不下來。宋大姊總是醒醒睡睡。許月雲和葉春美，整晚上輪流為她在額頭上敷冷面巾。

「知道拷問終於停止了，覺得剩下來的發燒、身上的傷和痛，比較起來，都算不得什麼了。但是，那樣睡睡醒醒的吧，我卻一直掛著，要喝水呀，要吃東西呀。懷裡的寶寶陪著我那樣被拷問，現在，我這母體，可要快快朗壯起來……」

葉春美記得，宋大姊一邊奶著小孩，一邊回憶著說。三十多年前了。葉春美看著小芭樂含吮著的，白皙的，淡淡地拉著青色的靜脈的，宋大姊的碩實的乳房，忽然感到不知道怎麼去說的溫暖。

眼看著宋大姊的燒怎麼也退不下來的時候，葉春美突然想起了一個主意。她叫房裡的每個人假裝或者壞了肚子、或者牙齦發炎……到醫務室去要一種叫Diazine的消炎錠劑[4]。葉春美把這些磺胺製劑收集起來，用飯碗壓碎，磨成細粉，然後擠出半條牙膏，當作基劑，調成藥膏，敷在宋大姊大腿炎腫、潰爛的傷口上。

才過三、五天，宋大姊的腿開始消炎、褪腫。燒也隨著一身又一身的冷汗，迅速地退下來了。[5]

「四個多月後，班長來把宋大姊送出去住院生產。全房的姊妹，竟全都希望宋大姊帶回來一女嬰兒。宋大姊偏是產了一個男孩兒回來。」

葉春美說著，在回憶裡歡快地笑了起來。

那天，連送宋大姊和嬰兒回來的江蘇人女班長，臉上都帶著笑意。不曾結婚生子的許月雲老師搶著把嬰兒抱了過去。

「日本人說嬰兒是『赤ん坊』（紅通通的孩兒），真的啊。看他一身都是紅紅的……」

許月雲老師把輭若無骨的、這初生的嬰兒抱在懷裡，詫異地對葉春美說。

「就那天，宋大姊頭一回，仔細地說起了你呢。」就上星期，葉春美在這病房裡這樣對凝神諦聽的趙爾平說。那時候，她想起了那湮遠的、荒蕪的五〇年代，在那天神都無從企及的，一個噤抑的角落裡，日日逡巡於生死之際，卻無比真切地活著的押房裡的姊妹們。葉春美歎息了。

「爸爸，他都不說。他，什麼都不肯說。」趙爾平低聲說。

葉春美笑了。「他又不跟我們關在一道。」她說。

「不。他那一部分，也總不說。」

葉春美回頭看著那時的病床上的老趙。趙慶雲卻正對著病房門口，臉上堆著熱心的笑容。

「回來了。你姐姐難得來，為什麼不多陪著她？」趙慶雲說。

那時候，特別護士邱玉梅的手上，抱著兩條餅乾，推門走進病房來。趙慶雲解釋說，邱玉梅有一個胞姊，打屏東來台北玩，順便找到醫院來看她。「我這兒有人陪著，你還是伴你姐姐去。」趙慶雲說。

邱玉梅拆開錫箔包裝，讓病房裡的每個人都取了一片發散著濃郁的乳酪香味的餅乾。

「謝謝。」護士邱玉梅的大而深的、山地人獨有的眼睛，閃亮著喜悅，「那我去陪姐姐了……」

病房的門，謹慎地在她的身後關上了。病房中的三人，於是開始安靜地吃著那片帶著乳酪酸味的餅乾。

「我說。我要說。這回病好了，我要說給你聽聽。」趙慶雲注視著手上的，薄薄的餅乾說，「其實，不是我不說。整個世界，全變了。說那些過去的事，有誰聽，有幾個人聽得懂哩？」

「一九五〇年離開的台北，和一九七五年回來的台北，是兩個完全不同的台北。」那時，較之今日遠遠要健朗的老趙，這樣回憶著說。他說甚至他被捕時任教的C中學[6]，也完全改變了面貌。校地擴充了。日據時代留下來的，學校的木頭建築，拆得一棟也不剩，全蓋了水泥大樓。整個台北市，他還能一眼就認得的，就只剩那紅磚蓋起來的，永遠的總統府，和一九四七年他方才來台灣就趕上的，「二・二八」事變的次日那清冷的早上，他一個人穿過的新公園。他還記得，七五年回家以後，長子爾平用車子載著他繞過新公園時，他特地要兒子把車停在公園正門對面。他看著那也不曾改變容顏的，園內的博物館建築，耳邊卻響起了一九四七年台北騷動的鼓聲……

上個星期，葉春美頭一次到醫院來探望老趙，便也這樣地談起出獄後跳接到一段完全不同的歷史的苦惱。

「日本人有一個童話故事。說是有一個叫蒲島太郎的漁夫，到海龍宮去了一趟。回來發現自己眉鬚皆白，人事已非。」老趙說。

葉春美笑著，驚異地問他何以也知道日本童話的故事。老趙說，一九三二年，上海「一・二八」事變，二十三歲的趙慶雲，決心修習日語。「那時候，是想要徹底了解強敵日本吧，」他有些羞赧地說，「在日語課本上，讀到蒲島太郎的故事。」

在病床上昏睡著的趙慶雲，忽然因濃痰哽塞，漲紅了原本蠟黃的臉。葉春美和邱玉梅連忙為他抽痰的時候，她看見老趙的身體在抽痰機吸痰的強震中抽搐著顯然完全沒有了知覺的身體……是了。葉春美回到座位上，望著重又安靜而沉重地呼吸著的老趙，這樣回想。就是在抗議「一・二八」日本打上海的學生運動裡，宋大姊認識了老趙的。「那時候，老趙呀，終日皺著個眉頭。『到底，全中國還有什麼地方是個太平地方？』他老是愛這樣說。」有一回，宋大姊也是面向押房裡那片灰色的牆壁，扒梳著她的那一頭溫柔的長髮，一面這樣敘說著她初識老趙的光景。現在，葉春美還記得那堵根本沒有妝鏡的押房的牆壁上，斑斑點點，盡是被打死的，飽食了人血的蚊子的，黑色的漬跡。

應該比趙慶雲還要熟悉日本童話故事的葉春美，卻並不曾想到以「蒲島太郎」來比喻出獄後她自己滄海桑田的感受。葉春美的感想，毋寧是更悲愁的一種吧。那陣子，她怎麼也無法不感覺到，在她長期監禁中，時間、歷史、社會的變化，已經使回到故里的她，在她的故鄉中，成了異國之人……

一九七五年，她回到石碇老家，看見鄉下的故鄉，起了很大的變化。在半山上的街道裡，那幢日治時代留下來的木造的郵局，早已拆除了，改建成一排青灰色的水泥民宅。少女時代的春美，曾經就在那木造的郵局寄出許許多多的信給慎哲大哥。往往是寄出去七、八封，都由慎哲大哥的兄嫂代收，等著在那激盪的時代中四處奔波的他回到八堵的老家，才一封一封讀完她的信，再回她或是很長、或是簡短的信。

「到底寫著些什麼，有那麼多的話說啊！」

有一次，宋大姊一邊為小芭樂換下尿布，一邊促狹地這樣逼問葉春美。

那時的葉春美，低著頭，搗著嘴笑了起來。這一生裡，葉春美再也沒有像當時那麼用功過

……

一個深秋的晚上，一個少女的葉春美並不認識的青年，突然出現在她的，點著油燈的，黝暗的家。

「慎哲桑叫我把這送給你。」他說。

她目送著那連一小杯茶都沒喝完的青年，消失在石碇鄉陡斜的石頭小路上。她打開報紙，是一本由川內唯彥和另外一個於今竟記不起叫作永田什麼的日本學者共譯的、破舊的《辯證唯物論之哲學》。

那是一本極為難讀的書。她還記得很清楚，她往往把一句話讀上好幾次，卻依然怎麼也不能理解其中的奧義，而苦惱不已。她把她不能理解的；把她以為理解了，卻毫無自信的部分，寫在長長的信上，寄去給慎哲大哥。但除了書本上的那些，她偶爾也寫野鴨在春天的溪流上遠遠地划游的景致。慎哲大哥回信的時候，有一次，就這樣寫過：

「較乎哲學，你看來是比較傾向於文學吧。能把黃昏的溪畔，寫得那麼樣地安靜，我以為是不容易的。不過，要當勤勞者的文學家，還是需要哲學的呢……」7

「您照料過病人。」

端出一瓶罐裝果汁，邱玉梅這樣說。

「嗯！」葉春美淡淡地說，「小時候，當過幾天護士……」

「噢！」邱玉梅說，「怪不得呢……」

小學畢業那一年，經人介紹，到八堵林內科診所，學當護士。林老醫師沒有生育，收養了兩個孩子，當時讀著中學的慎哲大哥，是林內科的第二個養子。

慎哲哥哥，為了他明顯地無心學醫，常常挨脾氣暴烈的養父的責罵，但他卻總是低頭不語，不怒也不悲。有一回，也不知為了什麼，挨了林老醫生的罵之後，慎哲大哥卻若無其事地，把一本日譯本高爾基的《母親》，塞到調劑室的小房間裡給她。直到現在，偶爾想起慎哲大哥裝著一臉糊塗，漫不經心地把《母親》摔進她那小小的調劑室時，葉春美至今偶爾也會覺得眼熱喉塞。慎哲哥哥，為少女的葉春美喚醒了對於知識和語文之美的飢餓。然而，兩個純潔地相互吸引的少年，終於不能瞞過門戶偏見極重的，白髮的林老醫生的眼睛。

少女的春美被即時辭退了。當她拎著包袱、灑著羞辱和寂寞的眼淚，低著頭走出林診所的時候，葉春美忽然聽見被禁閉在二樓上的慎哲哥哥，放恣地用日本語這樣叫喊著：

「不要被打垮啊！」他大聲地說，「つぶされるなよ——！」

「『不要被打垮呀！』從那時起，我就攀死著這句話，再沒有鬆過手。」那時候葉春美對宋大姊說。從八堵回到山鄉石碇，她下田做活、到煤礦場洗煤渣子，最後，葉春美一個人拎著包袱摸到基隆去一家診所當傭人兼護士，慎哲大哥的一封封信，也奇異地，輾轉送到了她的手裡。

「那時啊，離開八堵的林診所，一年多了。」在獄中的葉春美，對輕柔地拍著小芭樂睡覺的宋大姊說，「彼此也沒什麼約束，可就是那樣一直撐下來了。不要叫人打垮了呀。那個人，就只留給人家那麼一句話……」

信上說，慎哲大哥離開了家，經過了一九四七年的動亂。「路過石碇附近，怎麼也沒法打消想去看看你的念頭。」信上用日本語這樣寫，「知道你真的沒有被打垮，很高興呢……」

其餘的，是一些簡單卻親切的，鼓勵的話。

「哭了吧？」宋大姊歎息著說。

葉春美咬著下唇，靦腆地點了點頭。她記得那以後，他們通信的次數更多了。有時候，他會託人帶些書籍給她。直到那一年，慎哲大哥突然來到基隆。

「他看來黑了，瘦了。可是改變的並不只是他的模樣。在他的眼中，我覺得，彷彿燃燒著某種熠人的，我所不曾識得的火光……」葉春美說，「本以為在二・二八事變中不見了的祖國啊，又被我們找到了。慎哲大哥這樣對我說。」

然而，一年之後，她終於還是不曾讀完那本對她而言是極為生澀的《辯證唯物論之哲學》。勉強讀完頭一章的培根，第二章的霍布斯才開始讀了一半，慎哲大哥就被捕了。半年後，他的家屬到台北領回已經腐敗多時的慎哲大哥的屍體。隔月，整個基隆市落入森森的恐怖。有一天，葉春美在大街上知道基隆K中學的金校長被捕的消息，沒有回診所辭行的葉春美，立刻搭車回到石碇的山村，卻在那天的半夜，在自己的家裡被逮捕了。而她那惜乎一直未能讀懂的《辯證唯物論之哲學》，也跟著被搜走了。一直到今天，葉春美時常還記得那本書的霉朽破損的封面。

「那本書，現在到哪裡去了呢？」幾十年來，這樣的疑問，不時會湧上葉春美的心頭。

哦哦！這樣的事，這樣的人，這樣的時代，於現在的社會，怕是比任何奇怪的古譚還要不可思議；還要無從置信吧。七五年回到山村石碇之後，每次走過那往時明明有過一座日本式木造郵局的小街，葉春美總會覺得像是被誰惡戲地欺瞞了似地，感到快然。在她不在的二十五個寒暑中，叫整個石碇山村改了樣，像是一個邪惡的魔術師，把人們生命所繫的一條路、一片樹、一整條小街仔頭完全改變了面貌，卻在人面前裝出一副毫不在乎、若無其事的樣子。

「你演過戲吧？」

上星期來，趙慶雲忽然笑著這樣問葉春美。

「演戲？」

「舞台劇。台灣，好像不興舞台劇是吧？」他說，「我們當學生的時候，為了抗日，常常演戲。」

「……」

「全國抗戰，各種條件都很困難。舞台的條件，尤其簡單。前台和後台，只隔著一些布幔或者其他簡單的東西。」趙慶雲說，「後台的工作人員，常常不小心就走到正在演戲的前台去……」

趙慶雲說，有一回，在後台工作的他，不知不覺走上正在盛演的前台。台下是黑鴉鴉的觀眾。「好在那一場戲，台上的角兒很多，熱鬧得很。」他回憶說。那時他只好默默地站在一個角落上，若無其事地站著，一句話也不說。

「主要是，整台戲裡，沒有我這個角兒，我也沒有半句詞兒，你懂嗎？」他說，「關了將近三十年，回到社會上來，我想起那一台戲。真像呢。這個社會，早已沒有我們這個角色，沒有我們的台詞，叫我說些什麼哩？」

那時候，三個人於是不覺又沉默起來了。擴音器在這寂寥的整棟病房裡，不知第幾回了，呼叫著一位姓湯的醫生。

「湯大夫。真是個忙人，」趙慶雲忽然對葉春美說，「我的主治大夫呢，他是。兩天了吧？也沒見他來看過我。總是張大夫代他來……」

「可是，我還是以為，爸應當講出來。」

趙爾平安靜地說。

「……」

「不講，我們都陌生了。」

「……」

「我們，和你們，就像是兩個世界裡的人。我們的世界，說它不是真的吧？可那些歲月，那些人……怎麼叫人忘得了？說你們的世界是假的吧，可天天看見的，全是鬧鬧熱熱的生活。」葉春美說，「在那些日子裡，懷著夢死去的人，像是你媽吧……反倒沒什麼問題。活著的人，像是老趙，像是我吧，心心念念，想了幾十年，就是想活著回來，和親人生活在一起。」

「……」

「我不是說了嗎？回來了，好。可是你找不到你的角色，你懂吧。整齣戲裡，沒有你的詞兒，哈！」

那時候，趙慶雲倚在病床的枕頭上面，抓著他那一頭短而且硬的白髮，這樣說。葉春美記得，當時他看來開始有些疲倦了。整個兒臉，也有些闇淡了。「老趙，你累了，躺下來歇歇。」葉春美說。趙慶雲愉快地呻吟著，平躺了下來。他望著天花板，然後幽幽地說：

「爾平。方才我還在盤算。說吧。怎麼跟你說呢？如果現在我還在押房裡，你進來陪我坐著，我大概還可以一樣樣說給你聽。」他說，「我出來了。這些年，我仔細看，也仔細想過，那個時代，過去了。怎麼說，沒人懂的。」

「……」

「我只能這麼說。九．一八那一年，你媽十六歲吧。隔年，是一．二八，再隔三年，一．二九。」他依舊凝望著病房裡的雪白的天花板，低聲說：「那是日本人年年進逼的歷史啊。我們生活在那個歷史裡吧，滿腦子，只知道搞抗日，搞愛國主義。我們這一輩，一生的核心，就只有這。」

趙慶雲微微地閉起眼睛。現在想起來，葉春美可以感覺到他對自己的話挺不滿意吧，因為他曉得，這樣說，爾平是不會懂得的。老趙初識宋蓉萱，正是中國全面抗戰的前夕。老趙說過他隱約覺得宋大姊參與運動的歷史和經驗，比長了她六歲的自己長久、而且豐富。勝利的前一年，春天才過，在福建長樂幹新聞工作的年輕的趙慶雲，有一天，一個工友拿著一張名片上樓來，說是有客人在報館的會客室求見。趙慶雲離開了自己的座位，就這樣被人帶走了，從此就沒再回報社去，卻不知道宋蓉萱早他一天也在福州城被捕了。「那時候，爾平才滿月不久。」趙慶雲說。「在號子裡頭蹲了足足三百天，才知道人家懷疑你在抗日活動中的組織關係。不明不白，後來也放人了。」

那時候，宋大姊[8]發了瘋似地想著他這頭生的嬰兒。宋大姊說過的。葉春美想。窗外的天空，灰白卻也亮麗。葉春美抬起腕錶，都快五點了，爾平還沒有來。她想起趙爾平一身整齊的西裝領帶。

葉春美想起那一年宋大姊被送到醫院生產，抱著小芭樂回來的那天，許月雲老師抱著新生的嬰兒，宋大姊卻因格外思念當時才六歲大，託人養育的長男爾平，整個晚上，不住地流著淚。

全房的人，這才知道了宋大姊還有個小孩在外頭。

「怎麼不[9]把他帶進來，和我們住？這兒准許女號帶孩子的。」許月雲老師著急地說。

「我和老趙，命都不保。不能讓孩子因為我們的生、死，送進來，又送出去……」宋大姊紅著眼圈，這樣說。

宋大姊說過，老趙一家在一九四六年末來台灣，在一家報館工作，認識了一個熱心要認識中國文學的，在當時的台北大稻埕開林兒科醫院的林榮醫師。四七年三月，二十一師登陸基隆，鎮靖民眾蜂起，趙慶雲把多少牽涉到「處理委員會」的林醫師全家，帶到現時台北市廈門街寬敞的報社宿舍裡庇護。

「不料這一點友情，竟然使林榮悄悄地把平兒帶回去養大，」上星期來時，談起這件事，趙慶雲側身睡在病床上，看著明淨的病房的窗子，獨語一般地說，「後來蓉萱死了，他們在台灣找不到任何人來帶孩子。這回他們主動把孩子給林榮抱過去了。」

病房的門，呀然地開了。進來了三個醫生，兩個護士。帶頭的醫生，頭髮有些灰白，卻梳理得很整齊素淨。另外一個年輕的醫生把老趙的病歷檔案呈了上去。

「是張大夫[10]嗎？」葉春美站起來，禮貌地說。

「……」

「他的情形……」

那頭髮灰白的醫生，溫和地笑了笑。

「我們和你們，都盡了力了。」他說。

護士老到地為病人取血壓和脈搏，計量從導尿管流出來的尿液的質量。然後他們都安靜地站在老趙的病床旁邊，祈禱也似地，沉默地站著。他們然後又靜悄悄地離開了病房。

「他是湯大夫[11]。」邱玉梅為老趙拉好被單，靜靜地說。

「哦。」

「看來，趙先生也沒有什麼痛苦了。」

「嗯。」葉春美說，「趙先生，我是說他的孩子，今天，來嗎？」

邱玉梅抬起手來，看著腕錶。

「他每天都來。」她說，「只是，有些時候，來得晚些。」

「他的小兒子，來過嗎？」葉春美說。

「他，還有一個孩子嗎？」

邱玉梅詫異地問。

「噢。」葉春美說著，輕輕地歎息了。

葉春美想起宋大姊被帶走的那天，小芭樂睡得特別香甜，一直安靜地睡到快中午才醒。尤其奇怪的是，當時葉春美最擔心嬰兒醒來啼哭。她駭怕她會整個崩潰。可是那一天的小芭樂，卻只是那麼安靜地醒來，瞪著充分睡眠後的，特別澄清的眼睛。全押房的姊妹都圍在小芭樂小小的被褥邊，有人忙著替嬰兒換尿布，葉春美則忙著打報告，要求為一向吃母奶的小芭樂申購奶粉；再要求准許她代替宋大姊擔起母親的責任。那一夜，她把自己的鋪位移到宋大姊的位置上，整夜看著又復酣睡的小南棟，小芭樂子，流了一夜的眼淚。

就這樣，小芭樂安安靜靜地過了三、四天，從來也不哭、不鬧。尿溼了，小芭樂也只哭一下，就安靜下來了。直到有一天，小芭樂跟過去他親娘在的時候一樣，漲紅著小臉，扯開嗓子大哭。這一哭，把押房裡的姊妹們的淚，全逗出來了。葉春美緊緊地抱著嬰兒，一邊搖著慟哭的小芭樂子，一邊在押房裡來回地走，淚如雨下。

「他，哭了。」葉春美獨語一般地說，「哭呀，沒人叫你不哭呀……這幾天，你，都不哭，找媽……媽，我們，反而，擔心……」

幾個同房的姊妹，坐在自己的鋪蓋上拭淚。許月雲老師擱下她手上的書本，望著葉春美懷中的嬰兒，微微地笑著，眼圈泛著紅溼。

從那以後，小芭樂開始會笑，也會使勁地讓同房姊妹們抱來抱去，在他胖胖的臉頰上，又親又捏。

兩個多禮拜之後，有一天下午，押房的沉重的鐵門打開，門外是麻子班長和那留著直直的頭髮，從來不施脂粉的江蘇女班長。

「把孩子抱出來。」麻子班長說。

押房裡鴉雀無聲。

「我們已經找到人，養這個孩子。」江蘇女班長和氣地，這樣說。

許月雲老師把正在她的懷中的小芭樂緊緊地抱著，臉色青蒼。

「你們要把他，送給誰？」她說。

「咦，管得著嗎？你！」

麻子班長用那一串大鑰匙，怒目逼人地指著許月雲老師，這樣子說。他那肥厚的嘴唇，因怒氣而往外掛著。江蘇女班長沒有脫鞋，踩著乾淨的地板，沉默地走進押房，從許月雲老師的懷裡抱起嬰兒。小芭樂開始激烈地哭了起來。

押房的門重重地關上了。一陣沉重的上鎖聲之後，葉春美聽見小芭樂那原應足以安慰天下父母心的、非常健朗的哭聲，在監房外的甬道上，漸去而漸遠了。

在葉春美的記憶中，只有這一次，向來持重、堅定的許月雲老師她哭了。她用雙手摀著臉，始則泫泣，繼而失聲。

「人殺し！」她喃喃地用日本話說，「殺人者……殺人者！」

啊，許月雲老師！對於她如何牽涉到當時的台大醫學院案件，即使在押房裡，也一貫守口如瓶的許月雲老師，在葉春美的回想中，只有在南所的時候，眼見蔡孝乾的招供不斷地造成一批又一批新的逮捕時，曾經近於歇斯底里地，在押房裡這樣哭喊過：

「人殺し！」

葉春美凝視著病床上的，沉重地呼喘著大氣的趙慶雲。她忽然想，如果人終須一死，是經過這樣的昏迷的過程才死好呢，還是像宋大姊她們那樣，在刑場上，在一瞬間死去好呢？

恰恰是小芭樂被抱走的，第二天的清晨。一陣急促而刺耳的開鎖聲，驚醒了全押房的姐妹們。

「許月雲……」

麻子班長說著，把叼在嘴角上的香菸摘下來，丟在地上，用他的布鞋狠狠地踩著。

許月雲老師安靜地背對著押房的房門，換上一套乾淨的洋裝外套，疊好被鋪，站著跟大家說：

「請多保重。」

她然後走出了押房。樓下的男監，傳來聽不真切的，怒鳴的口號聲。忽然間，從甬道上傳來了她的安穩的歌聲——

人民の旗
あかはたは
戰士の屍つつむ
東雲のあけぬ間に
戦いは はやおきぬ

……

人民的旗幟
紅色的旗幟
包裹著戰士的屍體
東雲未曉
戰鬥早已開始
……[12]

許月雲老師是那年十一月分走了的。次年初春，葉春美那個案子決審。五個人死刑。她被判終身監禁。

看著護士邱玉梅專心地打著毛衣，葉春美忽然這樣說。

「趙先生，是還有一個么兒子。」

「哦。」

「從來沒來看過趙先生的嗎？」

「沒。」

「……」

「沒聽見趙先生提過。也沒聽他們父子倆談起過。」

「噢。」葉春美說，「這個么兒子，小時候，我抱過呢。」

「嗯。」邱玉梅和善地笑著說。

「還有，好多阿姨，都抱過他……」

葉春美細語一般地說。邱玉梅體貼地從趙慶雲床邊的茶几上，拿了幾張衛生紙，遞給了葉春美。

「三十幾年，沒看過那孩子了。」

葉春美用衛生紙輕壓著她那欲淚的眼眶，笑著說。

「哦哦。」

終身刑確定之後，押房的姊妹十分為她高興。「總算由你開了個例，我們房，從此不要每次發下來都是死刑了。」一個姓姚的姊妹這樣說。可是葉春美發愁：只以一小步躲過死刑的她，終身監禁，雖然活著，卻怎麼無法為宋大姊去看顧小芭樂了。後來她被派往軍事監獄附屬工廠車衣服。一年半之後，她被送到東部的一個小島上，編入「女生大隊」。一九六〇初，她和全部女政治犯被送回本島的板橋。這一路上，葉春美不時打報告問小芭樂的消息，卻總是以她和嬰兒無直系親屬關係，拒絕她所提出與嬰兒的養家通信等等的要求。送到板橋後，她被指派醫務室司藥和護理的工作。在她懇切的要求下，她終於獲准和當時尚在東部外島的老趙通了一次信。

老趙的來信告訴她，那時趙南棟已經叫十歲，滿九歲。他的哥哥趙爾平已經十六歲。他們都在已經從台北搬到花蓮去了的林榮醫院。「民國五十一年，你刑滿釋放，爾平十八歲，南棟已十二歲矣。」趙慶雲的來信這樣說，「蓉萱已託孤，尚祈出獄之後，時加探視督責……」葉春美回信，告訴趙慶雲她和他一樣，是終身監禁。兩個禮拜後，老趙從小島上寫來的回信，只有寥寥數行。他向她致歉，說男生隊上普遍謠傳葉春美只判十二年。她從來信的簡短，體會到他的悲哀。這以後，葉春美再寫信，政戰室就退還給她。「按照規定，非直系親屬不得通信」，退回來的信上，這樣批著一小行腥紅的字。下面是刻著「毋忘在莒」的藍色的圖章。

一九六五年四月間，政戰室請她去個別談話。某個偵訊單位想調用她去當醫務室的司藥。「不是我們利誘，調到那邊，辦減刑的機會不能說一定有吧，但蹲在這兒，可是絕對沒有那機會的。」上校劉保防官用一口濃重的東北口音這樣說。葉春美想起小芭樂。不管他多大了，宋大姊既然吩咐，如果能看看他……她想著。

一個星期後，葉春美被調離板橋，主持一個對她來說是十分現代化的調劑室。她睡在調劑室隔壁的，被一些醫療器材和尚未開箱的藥品占去半間的套房裡。一旦有案子進來，不論白天、半夜，有班長拿醫生的處方單來，她就得配藥：強心劑、各種心臟血管疾病的藥劑、抗高血壓劑、消炎、消腫劑、止血劑、抗瘀血劑、鎮靜劑……她想起在南所的日子。對待被拷問者的醫療品質，比起五〇年初，真是不可同日而語了。她常這樣感慨。

葉春美看著手錶。快五點半了。然而病室窗外的陽光，卻依舊亮晃耀眼。她站了起來，走近老趙的病床，看見他的眼角掛著一抹紅黃色的分泌物。插著餵食的導管的嘴角上，因為在昏迷中磨咬，乾枯的嘴唇上淌著細細的血水。她隨手抽出茶几上的雪白衛生紙，細心地為老趙把眼角和嘴角擦乾淨。

「我得走了。」葉春美說。

「哦。」邱玉梅親切地站了起來。

「我給你留電話。」葉春美說，「萬一……請快打個電話告訴我。」

「噢。」

「我住得遠。」葉春美說。

「我知道。」

葉春美又站了一會。她忽然想起下次來，一定要問趙爾平宋大姊的骨殖擺在哪裡。

「對了，一定要去拜一拜……」

葉春美這樣想著，安靜地離開了趙慶雲的病房。

2 趙爾平

一九八四年九月十一日

意識持續昏迷，繼續嗜睡狀態。
檢查顯示心搏84/min；心律偶見不規則跳動，屬束枝傳導阻滯現象。血壓104/68mmHg；呼吸26/min病況穩定，治療持續進行。
目前鼻管供氧，21/min；動脈血氧氣分壓42mmHg；二氧化碳分壓54mmHg。心電圖S-T節段漸呈平緩；I&Q保持平衡狀態。
腦部X光呈現蝴蝶狀陰影，有明顯肺葉裂線，疑為心肌梗塞併發輕微水腫。
繼續保持心電監視器。
Dopamin微滴及利尿劑投與……

趙爾平一走進病房，就迫不及待地端詳著父親趙慶雲的臉色。這兩天多，一直都沒有來探望，但見父親的臉上又清瘦了許多；頭髮顯得更為枯索而且穢亂。病人的臉上，繃著一張在日光燈下發著微亮的，單薄如膜的，幾乎完全失去血色的面皮。眼眶明顯地下陷，並且籠罩著一圈淡淡的陰翳。塞著氧氣管的鼻孔、咬著餵食導管的嘴角，都滲著淡淡的、無言的血水。

也不過才三天，怎麼竟而就變成這個模樣呢？趙爾平這樣想著，感到一陣無以說明的痛楚。這些天裡，雖然不能來，可是幾乎每天都打電話來問過邱玉梅。「醫生說，還沒有很大變化……算是平穩的……」邱王梅差不多總是這樣說。

父親七五年被釋放回家，七七年開始有心絞痛的毛病。嗣後就隔幾個月發作一次。兩個月前，發作次數增加了，到J醫院看病，門診建議住院做檢查和治療。父親住院之後，將近一個月來，情況都算好的，而他幾乎可以說沒有一天不曾來探望的。人都說，以他工作責任的沉重，工作量的繁多，這樣照料父親的病，於現代社會的現代人，是難得的孝行。現在，他坐在父親彌留的病床前，忽然感到一種極為熟稔的孤單。從小被寄養在林榮阿叔家，就知道自己的母親以在這個社會上無法說出口的方式死去；而自己的父親，則被囚羈在台灣東部的一個遙遠的小島上，也許要到父親在那個島上死去，父親才可能從那個於他為極其奇異的監獄中出來。這樣的命運，使他早熟。這一直要到他二十七歲那年，他初可自立，而綠島監獄已被移到台東的一個叫作泰源的山林中的監獄時，帶著新婚的妻子去重新相會的父親，一直成為他的生命中的某種中心。

如今，這三十年來的，趙爾平所賴以活過來的「中心」，即將殞失於無有。往後的他的生涯，自然未必就因而產生恐慌。但他卻不能已於感到孤單，一種自幼小以來，經常陪伴著他的孤單。

護士邱玉梅從這頭等病房裡的小櫥，端出一杯冰過的果汁給了他。

「謝謝。」他輕聲說。

「這是上個禮拜的帳單。」

她遞給他的一小疊醫院的帳單，這樣說。趙爾平職業性地、細心地看每一筆帳。他然後從公事皮箱中拿出了支票本子，開具了一張八萬四千元的票子，交給邱玉梅到住院部結清這個禮拜的醫藥費。

他想起就在這幾天裡，差一點就完全被顛覆的他的生活構成。他把支票本子重又放回公事皮包。這兩天，為了死命保衛自己在公司瀕臨潰滅的地位，緊張布置和工作，終於初步渡過了險灘之後的，徹骨的疲乏感，頓時向他襲來。

才三天前，總經理Finegan先生的秘書南西，急急忙忙向公司總經銷商暉煌行的少老闆蔡景暉透露，公司北區業務經理Fred楊，和幾個業務員聯名向總經理密告，說蔡景暉以經銷總額固定比率的回扣，向趙爾平行賄，以換取獨占這德國Deissmann大藥廠的經銷權，嚴重影響公司在台灣西藥市場上的開展。

「我看你臉色都白了。這樣子，不行！」

連夜把趙爾平召到他與南西在各自的家庭外租賃的精美大套房，告訴趙爾平這驟生於肘腋的大變時，蔡景暉一邊為他倒了半杯Chivas Regal，一邊這樣說。

他們三人在台北東區這名貴的宅邸區的套房裡，做了整夜的密商和布署。下班前，Finegan先生要南西打了一通電報到香港的Deissmann亞洲區總部，要求緊急派遣稽查小組，在至遲九日前抵達台北，十日一大早，到暉煌行突擊查帳。蔡景暉和趙爾平於是商議著最迅速而嚴密的，務必在九日前完成的證據湮滅行動，一邊打電話給留在暉煌行徹夜待命的Frank張，終夜清理、燒毀和重製有關的紀錄和帳冊。

「我真為你的父親難過，Edie。」第二天，Finegan先生在一項例行會議之後，對趙爾平這樣說，「可是你顯然太疲倦了……」

Finegan先生的，灰色的、梟鳥似的眼睛，深深地注視著趙爾平的臉，銳利地想要讀出這曾經深為他們倚重，而今卻有背叛和瀆職之嫌的中國人Edie趙的眉目後深深隱埋的欺詐和狡詐。

「謝謝你。」

趙爾平平靜地說，微笑著。他放膽凝視這年齡與自己不相上下的，經常把下巴剃得有如冬天的高麗菜一般青綠的德國人Aldof. M. Finegan先生。他看著Finegan先生站了起來，眼睛迅速地瞟向端來兩杯咖啡的南西，裝著漫不經心地說，「早上這個會，開得不錯，可不是？你的工作，做得挺好，Edie……」

「謝謝。」

他收拾桌上的卷宗，假裝沒有看見Finegan先生會心地、惡戲地瞟向南西的眼神。

「為了家父住院，謝謝你容許我每天去醫院看他……」趙爾平說。

「那沒什麼。你儘管去醫院看他，特別是這兩天，公司沒有什麼大事。」Finegan先生慷慨地說，「南西，你當然有醫院病房的電話。」

「是的，先生。」

南西若無其事地說。

「呃，」趙爾平突然說，「事實上，我的父親已經在彌留的狀態了。如果你不介意，我想，這兩天，以扣除年休的方式，在醫院照料，你知道……」

Finegan先生忙不迭地說，他為這樣一個不好的消息感到難過。他說趙爾平儘可以請假，而且「不必動用年休，多請幾天。」

「Nancy!」Finegan先生說。

「Yes.」南西說。

「Edie需要兩天時間，在醫院，你知道，」Finegan先生抑不住興奮的語調，「你幫他照料請假的手續……」

趙爾平離開了Finegan先生寬敞的辦公室，回到自己的房間。只有一小瞬間，他感到對自己、對眼前這一切事情的，極度的厭惡。趙爾平歎了一口氣，忽然想起另一個計策來了。他開始寫一份備忘，交待他不在的這兩天內，行銷部和業務部待辦事項的指示。在其中的一項，他特別建議，下半個會計年度開始之前，應該檢討總經銷暉煌行的管理和營運方式。正本[13]：Fred楊。副本：Aldof. M. Finegan先生……

沒有來醫院探視的那兩天多，他和蔡景暉日以繼夜地戰鬥，把蔡景暉和南西的小公館當作作戰指揮本部，在南西不斷暗地提供公司迅速的攻擊計畫的情報下，趙爾平第一次感覺到，這壯年得意的德國人Finegan先生，在面對他和蔡景暉的聯手陰謀下，顯得出乎意外地脆弱。香港Deissmann遠東本部的稽查小組，到十號下午才到台灣。住進公司特約的Astar飯店後，在Finegan先生帶領下，稽查小組殺到暉煌行去。蔡景暉把Frank張所率領的整個會計部，全部撤走。

「我把整個會計、財務部門全部撤走，Finegan先生，以便避開一切嫌疑，只留Frank供你們查詢。」蔡景暉拉長著臉，用流利的英語說，「可是你必須為我，為暉煌行的名譽負全部責任！」

蔡景暉於是拂袖而去。

十一日上午，稽查小組做出了這樣的結論：暉煌行沒有任何營私、瀆職的據證。小組附帶提出若干改善暉煌行財政工作的建議。

十一日下午，四時許，南西溜到公司外頭打電話到小公館來，Finegan先生已經下達命令，密告者業務部台北區主任Fred楊和相關的其他五人，立即開革。另外並打好了由Finegan先生署名的道歉信給蔡景暉。「剛剛打完開革信。」南西在電話裡說。

蔡景暉掛上電話，走到酒櫃前新開一瓶Chivas Regal，和趙爾平沉默地對喝。

「他×的！我們贏了。」

蔡景暉歎了一口氣，這樣說。

「哦。」趙爾平說。

趙爾平到浴室裡刮鬍子。他在鏡子裡看到自己那滿是菸燻的、油膩的而疲憊的、方形的臉孔。他回到小餐桌上，用一條新的乾毛巾擦著刮過鬍子的下巴。蔡景暉從冰箱裡拿出兩罐加拿大進口的豬肉罐頭。

「你開罐頭。我去洗個澡。」蔡景暉說，「他×的！」

趙爾平啜飲著滿杯的Chivas Regal，腦筋裡一片空茫。下一步怎麼辦？他用心地想著。下一步，他想道：他得對於公司對他的不信，表示抗議，不，還得提出辭呈！Finegan先生非留他不可，他對自己說，否則對香港總部也不能交代。香港總部那個美國老頭Marston先生對他不錯，

Finegan先生不是不知道……

蔡景暉從浴室裡出來，只圍著一條淺藍白花的瑞士浴巾。他一身白膘，背上有一塊拳頭小的，暗紅色的胎記。他從冰箱裡拿出一大碗冰塊，丟進自己和趙爾平的杯子裡。

他們沉默地互相舉杯，吃加拿大的罐頭豬肉，抽菸，慢慢地喝酒，直到門鈴怯生生地響了兩、三聲。

蔡景暉去開門。南西回來了。大門關上後，南西把皮包丟到客廳的沙發上。蔡景暉擁抱她。

「我好怕，」南西說，「你不知道，我好駭怕……」

他們開始接吻。蔡景暉的浴巾忽然掉在地毯上，趙爾平看見了蔡景暉怒然勃起的男性。他抓起衣服，默默地繞過他們倆，獨自開門走了。

就這樣，他在這荒蕪的三天之後，開著車子回到醫院來。

現在，他看著病床上彌留不去的，生命的細絲。他的父親趙慶雲，依舊沉落在那至深無可測度的，生命的昏迷之中。趙爾平覺得，現在，病人呼出來的氣，似乎比吸進去的多。可是吸進去的，全是氧氣筒裡的純氧吧。他這樣安慰著自己。

這時邱玉梅推開門進來了。她把兩、三張不同顏色的住院部的收據，默默地交給了趙爾平。

趙爾平於是無端地想起了被赤裸的Ken蔡抱在懷裡的南西。

「我今晚住這兒。」趙爾平忽然說，「你就回去吧。」

「噢。」邱玉梅說。

她安靜地從病房的櫃子裡，取下一張折疊的行軍床，把墊被鋪上去，再蓋上印著淺紫色碎花的白被單。她然後把乾淨的枕頭和毯子，擱在行軍床上。

「謝謝。」趙爾平說。

邱玉梅微笑著離開了病房，「趙先生再見。」她說。趙爾平看著那乾燥、潔淨的行軍床，忽然感到三天來不曾回去洗澡的自己的齷齪。

看這個樣，父親的終末，恐怕是三、五天裡的事了。他凝視著病床上的父親，這樣想。他於是想起了他的弟弟南棟。

「找他回來，我要看看他。」

兩星期前的一個晚上，趁著邱玉梅在病房浴室裡洗水果，他的父親在用過醫院準備的晚餐後，歎息似地這樣對他說。

六歲那年，他第一次看到弟弟。那是一個深冬的上午吧。林榮阿叔和阿嬸，帶著他到警備總部軍監去。「帶弟弟回來哦，」出門前林榮阿嬸關心說。他還記得，大門兩邊，有兩個崗哨子。林榮阿叔和阿嬸掏出身分證，崗哨的兵打手搖的電話和裡邊聯絡。他們於是被帶到一個會客室裡。林榮阿嬸用抖顫的雙手把弟弟接了過來，抱在懷裡，輕輕地搖著。包裹在破舊卻是乾淨的襁褓裡的他的小弟弟，於今想來，大約是哭累了才睡著的吧，小臉蛋上，還殘留著未乾的淚痕。

上小學四年級時候；弟弟都四歲了。大約是打那時起，弟弟的秀美，就受到大稻埕街坊上一切人們的注目。大而清澈的眼睛；朱紅的，小小的嘴唇，笑起來就露出一排細細的白牙齒；深黑柔軟的頭髮……。他記得弟弟出奇地安靜，卻總不羞赧。那時候，他寶貝似地帶著弟弟在林榮診所的，古老的，大稻埕的亭子腳玩，聽著鄰居的姐姐、嬸嬸、阿姨們誇他弟弟長得俊，他就打心裡得意。「真像個女孩兒哩！」她們總愛這樣說，並且總要塞給弟弟一、兩片糖果，而他總也能分到他的一小份的。

弟弟一向溫馴地向著他。從很小的時候起，趙爾平就感覺得，如果弟弟不依附著他，彷彿就無法存活了。記不真切是從幾歲開始的啊，少年的趙爾平，就立下一個強烈的志願：早日自立，成家立業帶著弟弟長大……

小學以後，弟弟日甚一日的秀美，成了T小學裡的不知道疲倦的騷動。他給住在遙遠的小島上的父親寫信，寄去弟弟的照片，信誓旦旦，要讓弟弟「幸福地成長」。初中畢業那年，弟弟忽然長得頎長挺健，長著一頭濃密卻不改溫柔的黑髮。他有兩道濃而粗健的眉毛，一對有些女性化的，在下眼瞼躺著兩小條臥蠶的眼睛，經常漾動著某種絲毫不知道心機的純粹和溫柔。而他的唇紅與齒白，卻自小就不曾變過。

「爸！」

趙爾平在這孤單的、寂靜得只能聽見冷氣機、氧氣管和病人艱辛而重苦的呼吸聲的病室裡，忽然這樣對著昏睡的病人叫喚起來。他俯身向前，抓住那隻在重重的被褥下仍然冰冷的，父親的多骨節的手。

「爸！」他說。他乍然感到喉嚨哽塞了。他在被子底下捏揉著那一隻冰涼的手，竟而驀焉想起了一九七五年那個夏日的一天早上，他接到管區派出所的通知，說是父親得到特赦減刑，要家屬在第二天下午五點半，到警察局領人。

和一屋子的家屬在警察局三樓上的乾淨、寬敞的會客室裡，一等就是兩個鐘頭。然後忽然由兩個安全人員帶進來一群服裝、鞋褲和神色都和現社會完全不接頭的男人們。他一眼就看見滿頭白髮的父親。趙爾平快步走到父親跟前。

「爸。」

他把跟他一般高的父親一把擁進自己的懷裡。「爸，」他淚如雨下，咽瘂地說：「爸爸……」

他終於放開父親。就在這時，他看到父親碩大的，多骨節的雙手，緊緊地一手提著一隻古舊、笨重的旅行皮箱，一手提著那一盆倔傲有致的，後來據說是那小島上的特產的矮榕盆栽。哦哦，父親就是那樣地站著，艱澀的眼淚從他那一副舊式的眼鏡框邊，沿著他那堅瘦的面頰，淌了下來。父親的發紅的鼻尖下，鼻水任意地漫著他那微微抖顫的嘴唇。

那時的趙爾平，連忙掏出西裝褲口袋裡的手絹，為父親揩著臉。

「爸……」

他說。他接過父親右手上的那一隻古舊而笨重的旅行皮箱，走到幾個態度親切的女辦事員那兒，填寫著保釋表格……

然而，於今回想起來，由於趙爾平早從開始知道出事的時候起，就理解到那特殊的命運：他有一個活生生的父親，卻永遠不能在父親還活著的歲月裡，回來團圓，因此，他的少年和青少年時代，毋寧是為了他這俊美、溫良的弟弟，努力地活過來的吧。

二十歲那年，趙爾平從師範畢了業，一過暑假，就被派發到羅東一家鄉下的小學任教，分得一幢小小的、古老的木造日式宿舍。就是那年，他帶著十四歲大，身形卻直逼著一七五的自己的，沉默而朗俊的弟弟，因為電視節目的影響吧，雙雙跪在林榮阿叔和阿嬸的跟前，涕淚滂沱地磕頭謝恩。第二天，弟兄倆便帶著簡單的行李，上羅東鎮去了。那天深更，趙爾平給那遠遠地住在島上的老父親寫信。「我終於做到了：十五年前失散的趙家，初步又撐起來了……」他寫道，「這才是個開始呢，爸……」

成家，立業。他比他同齡的哪個同學都渴想。打從上了初中，一直到上公費師範，他猛念著英文，每天都聽一、兩個空中英語教學節目。在師範時代，他的英文在全校各年級中出了名。那時候，趙爾平總以為教小學不是他終生的倚附。搞英文，是他想到可以有一天脫離「師範——小學老師」這個既定軌道的，唯一的門徑。

一九六九年，他考上德國Deissmann大藥廠的業務代表。他把沒考上大學的弟弟送進補習班，兄弟倆在當時的台北市基隆路上租了一個小房子。雖然趙爾平沒有藥學的背景，可是英文文獻和文件，他讀得比別人快，表現自然就好。兩年之後，Deissmann要在台灣上市一種全新的，據說是長效、安全，卻差尚未通過美國FDA核可的止痛消炎劑，特地從香港派了當時負責國際行銷工作負責人Marston先生來台灣，做密集的推銷訓練。四天集訓，這個頭髮灰白的美國佬，從頭到尾，哇啦哇啦，全是英語，使得平時根本不用英文工作的全省二十四個業務代表，目瞪口呆。趙爾平卻在這時候脫穎而出，在一場模擬推銷演練中，應付自如。

隔日早上，趙爾平被召喚到總經理室。Marston先生和當時的總經理Albright先生等著他。

「我和Ted談過了，決定調你當業務經理。」Marston先生說。

「我怕，不能勝任。」趙爾平結結巴巴地漲紅著臉，這樣說。

Marston先生和總經理都笑了起來。

「你知道嗎，Edie，」Marston先生說，「你以為，我生下來就會做這個營生嗎？」

「……」

「你想我學的是什麼哩？」Marston先生說，「法律。哈！」

Albright先生說趙爾平根本不用擔心。「命令發布下去，一定會有人抵制。」他說，「在哪都一樣，這種事，一定會有人不快樂。」他說下個月初恰好在東京有遠東區銷售經理訓練會議，

「你最好趁早辦手續，」Marston先生說著，伸出他那多毛多肉的手，「恭喜你！」他說。

天色已經暗下來了。趙爾平開始感到飢餓。他打開櫃子，裡面擺著探病的訪客送來的各種廠牌的牛奶、可可……他找到一罐已經打開過的阿華田，卻在瓶瓶罐罐的旁邊，看到顯然是父親帶來看的幾本舊書。他取下其中一本他猶記得是往年父親託他買了，寄到那個小島上去給他的《台灣福建話的語音結構及標音法》，再為自己泡了一大杯濃濃的阿華田。

趙爾平在病床另一頭的椅子上坐下來了。把滾燙的杯子擱在病床床頭的小櫃子上，就著床頭的燈光，翻著書本。

他發現曾經在福建各地住過的他的父親，在書上仔細地劃過線，寫過眉批，在練習題上做過答。忽然間，他翻出了夾在書本裡的，往時他寄到島上去，給父親的，弟弟趙南棟的彩色照片。不知道在什麼地方拍下來的，過去還在一個五年制專科讀書的弟弟，穿著花格子襯衫和深藍色的牛仔褲，一頭秀逸的長髮，對著鏡頭，緊抿著嘴微笑著。

——親愛的爸爸，生日快樂。兒南棟敬賀。民60.6.7

照片的背後，弟弟以彷彿小學低年級生的稚惡的字體，這樣寫著。

趙爾平拿起床頭小櫃上的阿華田，慢慢地喝完。他於是喟然歎息了。

民國六十年。恰好是那一年，二十七歲的他正式升任業務經理，結了婚，買了房子。他不斷地給當時移監東台灣一個山坳裡的父親寫信，報告自己在事業和家庭上的成就。但關於弟弟趙南棟，他已經有好些年在給父親的信裡說謊了。他對弟弟的報告，越來越簡略，總是說他「一切正常，請釋遠念」。

那個時候已經二十一歲的他的弟弟，還在好幾個專科學校中間流浪著。重修、退學、降級、轉學……每次都要趙爾平出面收拾解決。而父親的來信，總只是說些「青年要有從民族和國家的出路去思考個人出路的認識」之類的話。

哦，趙南棟。老實說，弟弟趙南棟長得出奇的俊美。他高大，頎長，健壯。不只是女孩子為他著迷，在街上，公車上，弟弟的出現，總會吸引不同年齡的婦女的眼光。黏在他身邊的女孩，容貌、身分、年齡、省籍總是不斷地變換。家裡的電話，十有八九，全是女孩打來找他的。幾乎每天，家裡信箱總是擺著幾封灑著香水的信。他喜歡吃，喜歡穿扮，喜歡一切使他的官能滿足的事物。但他不使大壞。他不打架，不算計，不訛詐偷竊。最主要的是，噢，有誰相信呢，他的弟弟甚至是「善良」的。

他那睫毛很長的，澄清而彷彿微酣的眼睛，總是熱心地注視著每一樣他所欲求的東西和女人。而且，彷彿魔咒一般，那些一旦被他熱切地凝視過的女人和東西，到頭來，都會被他所享有。他的零花不為多，但在他出奇零亂的房間裡，有電動玩具；有收錄音機；有音響；有義大利手工製造的吉他；有各種名牌進口衣飾；有綢質的男性內衣和名貴手錶；有各種各樣精巧珍奇的小玩和飾物。總是有無數的女孩，省吃儉用，送給他一切他所喜愛的東西來取悅他。

但是，舉凡一旦得手的，不論是人和物品，他總是很快地，不由自已地喪失熱情。那些貴重、精巧的東西，在他的房間裡亂成一堆。質地高貴的衣服，穿過之後，不知道拿出來洗濯，擺在床腳下任它們發霉變黑；兩、三個燒製精巧的陶瓷菸灰缸裡，堆滿了陳舊的香菸截；幾條黃金和白金項鍊，在地毯[14]上被任意地踩來踩去。女孩子寫來的信，或拆閱，或不曾拆閱，隨地棄置……

不知道從什麼時候起，弟弟從經常夜不歸宿，變成帶著不同的女孩回來住。第二天早上，趙爾平夫婦一道出門上班，看見客廳裡零食、啤酒罐、香菸截和強力膠的空錫管狼藉。弟弟和女孩則在他的深鎖的臥室裡沉睡。

有一天，趙爾平因為感冒發燒，提早在中午下班。一進客廳的門，一股強烈的，強力膠的辛辣，撲鼻而來。他皺著眉頭，從弟弟臥室半掩的門裡望進去，趙爾平不覺愕然呆立了。一再仔細地凝視那黑暗的臥室裡的弟弟的床上，不論怎麼看，也是兩個死屍一般沉睡著的，赤裸的男體。弟弟頸上，掛著沉重的金項鍊，在暗室中發出沉沉的光亮。

那霎時間的趙爾平感到一陣動悸、忿怒和羞惡所造成的眩暈。他「啪」地打開了弟弟臥室裡的電燈開關。臥室內一時燈火通明。他看見弟弟半張著惺忪、錯愕，卻不失美俊的睡眼，倉惶地抓著被單遮蓋自己的身體。

「混蛋！畜生！你們都滾！」趙爾平瘋狂也似地怒吼著，「給我滾！滾——！」

趙爾平用力把弟弟的房門關上，顛顛躓躓地上樓，和衣癱趴在他的臥床上，一連發了幾天怎麼也退不下來的高燒。

就這樣，弟弟趙南棟悄悄地離開了他的家。一直到今天，即使自己的妻子秀蕙在內，趙爾平都沒有告訴過任何人，弟弟為什麼，在什麼樣的情況中離開了家。一個月，兩個月，四個月……半年過去了，弟弟從高雄來了信，以他那歪歪斜斜的字，弟弟溫順地說他在一個音樂教室教吉他。他沒有問他要錢，可是趙爾平還是按址寄錢給他。兩個禮拜後，他終於說服了自己，依址尋去。而那竟是一個風塵女子的公寓。

然而，一個叫作嫚麗的女子告訴趙爾平，他的弟弟，才在兩天前，和一個他新認識的女子走了。

「我知道，他，並不是個騙子。」嫚麗坐在她那彷彿是電視劇中才能看到的，惡俗地華麗的大雙人床上，強忍著哽咽，這樣說，「我從來沒有碰見過，一個男子，像他那樣，真心地，愛惜人家……」

「……」

「他陪著我，紅著眼圈。嫚麗，他說，我喜歡了別人，不知道怎麼辦才好。」她說，低著頭用手背擦淚，「我不是故意的，他說。他走了。」

坐在這套房裡唯一的沙發上的趙爾平歎氣了。嫚麗在床頭櫃上拿起一包香菸，為自己點上火。

「抽菸嗎？」她羞澀地笑著說。

趙爾平搖搖頭。「不，你請便。」他說。其實，他是抽的。不是那個心情，他不想抽。他開始想著在林榮阿叔的醫院裡，相依為命地長大的弟弟阿南，感到不曾吟味過的寂寞。

「我也不知道，為什麼，像我這樣，在外面做的女人，竟會當真用了感情，」她靦腆地，低徊地說：「因為我愛了他……讓我覺得，我也和別的那些比我好命的女人，是一樣的。他走了……」

她開始在極力自制下，輕咬著她那稍微肥厚的嘴唇，不能自已於抽泣了。

趙爾平沉默地看著她那因為深深地低著頭而顯露出來的，她那出奇地白[15]的頸項。

「……他走了。可是，看見他經常說起的大兄，你不要見笑才好，覺得，像是我的親人……」她終於抬起頭來，歉然地笑著說，「才這樣地失了體態。真對不起喲。」

「對不起的，是我。」他說著，沉默了一會，「他怎麼說起我的呢？」

嫚麗說他的弟弟經常會提起自己的大兄，說是從小父母早亡，和這大兄相依為命，由大兄帶著他長大。「他說他大兄和藹慈愛，很疼惜他。」嫚麗說，「說他大兄刻苦讀冊，事業很發展，不像他，沒出息。他這樣說。」

「哦。」他說，「叫他回來一趟，如果你再看見他。」

他們互相留電話。他於是說他要走了。那自稱為嫚麗的女子說，她誠心意想留他晚飯，但是怕他拒絕，不敢勉強。

「以女人家的愚憨，我總相信，有一天，他終於會再回到我這兒來的。」她寂寞地說，「你瞧，他的電吉他，衣服，全還留在我這兒呢。」

趙爾平站起來告辭。果然在套房的牆角下，看見裝在黑色的，薄薄的箱子裡的電吉他，和一對嶄新的揚聲器。

趙爾平起身打電話到餐廳部。

「一個生菜沙拉，鄉下濃湯吧，還有奶油麵包。」他說，一面看著病床右側已經快滴罄的點滴筒。他放下電話，打開呼叫的開關。他然後上洗手間，在鏡中看見自己的、多肉的、疲乏的臉。

「有事嗎？」

一個年輕的，一臉想必為之十分苦惱的痘子的護士，走了進來，這樣說。

「有一個點滴，快滴完了。」

「噢。」她說。

她於是走了出去。不久，她進來新裝上一瓶滴劑，安靜地為父親取脈搏和血壓。她把體溫計插進病人的腋下。趙爾平這才又真切地感覺到，父親除了尚存的一息游絲，已經是沒有了任何知覺的軀體了。然而正也唯獨是那一息游絲，使他和父親維繫著活著的，人與人之間，兒子與父親之間的關聯。他專注地凝視著父親的微弱的、沉重的呼吸。他覺得，父親每呼一口氣，都像是一次憂愁的歎息。

第一次告訴父親弟弟趙南棟的真相，父親嗒然地沉默了良久，終於也是這樣憂愁地歎息了。

一九七二年吧，父親忽然來信說，他們又被從台東的泰源調回火燒島去。「在台東時可惜未看到南兒，殊為遺憾。」父親寫道。接著，父親說他的身體尚健，不用他兄弟倆擔掛；勉勵他們要做一個「正直、剛健，蔚為民族所用的兒女」。父親並且說離島迢遠，兩兄弟不必奔波長途去看他。

那是弟弟阿南離家出走的次年吧。趙爾平竟反而因為父親的遠調，舒了一口氣。每次到那台東的深山去見縲絏中的父親，父親總會看似不經意的表情問：

「南兒好嗎？」

頭一回，他說弟弟的學校沒有假。第二回他說弟弟正在工廠實習，走不開。可是他真不知道第三回以後該怎麼說了。

父親回家的那一年，當報紙上開始傳出立法院正在草擬減刑特赦辦法的時候，趙爾平就不住地寫信到島上去，問父親有沒有合於特赦的條件。「該有的，跑不了；不該有的，想了也沒用吧。」爸爸的回信這樣寫。趙爾平開始到處打聽弟弟的下落。他想起了叫作嫚麗的那個女子。打了電話過去，那一頭說電話的主人早已經換了人。就在毫無弟弟的線索的時候，父親突然回來了。

「真不巧。弟弟接受為期一個月的教育召集去了。」

父親回來團圓的那天，趙爾平請餐廳外燴，擺上一桌豐盛的海鮮宴席時，大約是那一天的第三次，他這樣流利卻言不由衷地撒了謊。因為預想在一星期、半個月裡一定會找到弟弟，所以趙爾平一邊為父親倒酒，一邊接著說——

「一個星期，半個月內，總要回來一趟。電話總是要打一個吧。」他說，「他，人在部隊裡，特別為爸回來，寫信進去，怕政治上影響他在部隊裡的處境……」

那時候，父親忙著點頭稱是，他卻感到黯然了。這前一年春天，Albright先生調韓國，趙爾平在Albright先生手中再升為行銷部經理，而香港的Marston先生也從Deissmann遠東區行銷部陞調為整個遠東區最高負責人。到桃園機場去接Finegan先生來台履新的時候，趙爾平早已經換了車子，換了辦公室，也換了一間台北東區又貴又大的房子。就在這前後，公司總代理暉煌行年輕的老闆Ken蔡向他伸手過來。蔡景暉的方式單刀直入，沒有忌諱，更沒有羞恥。「洋人，我看得多了。一切只看你的實力，沒有感情的。」蔡景暉說，「只要有實力，公開的，要賺，私下的，也要賺。我看準你的腦筋好，只要肯放開學，你這個人，也能狠。我，老實說，也不差。我們是絕配！」

就這樣，趙爾平步步為營地，滑進了一個富裕、貪嗜、腐敗的世界。他對金錢、居所、器用、服飾和各種財貨的嗜慾，像一個活物一樣，寄住在他的心中，不斷地肥大。趙爾平忽然感覺到，男人一旦有了預知其可以源源而來的金錢，他最容易滿足的慾望，竟是女人。他開始逢場作戲。初涉歡場，他亢奮、羞澀，對場子裡的女人講客氣，講理。可不多久，他就和歡場老手一樣，不把歡場女人當人。那些女人只是他的活的玩物、配件、擺譜的道具，滿足男子的自私、驕傲和野性的活工具。又不久，他開始狎養情婦。但由於他沒有真正玩家的闊綽，也缺少真正玩家的風流，趙爾平的女人，總是沒有多久就和他各自西東。趙爾平的墮落和不貞，像毒素似地毒蝕著夫妻關係。藉著妻子秀蕙擔心父親的政治背景影響她公務員考績，趙爾平借題發揮，和妻子秀蕙仳離。

在極為貧困的師範生時代，只是受了貧困和囹圄中的父親的，每次都為少年時代的他帶來悲傷情緒的家信之激勵，他曾立志磨礪人格人品。在他的宿舍的桌子上，壓著他用顏體寫的「立業濟世，答恩報德」。對於那時長著滿臉青春痘，漲紅著臉大談女人的同儕，他是輕蔑的。

現在，他自信還沒有否定過學生時代的，自己的這樣的主張；「只知道沉迷於奔逐異性的人，基本上，是心智沒有充分完成的人」。但是，除了這一點，他的少年時代對進德修業的生命情境的嚮往，於今竟已隨著他戮力以赴，奔向致富成家的過程中，崩解淨盡了。

一九七三年冬天，林榮阿叔一家，終於結束了在台灣幾十年的診療業務，舉家遷美。趙爾平在台北一家新開張的歐式大飯店裡訂下貴賓套房，在登機前一日，請林榮阿叔全家住進了去，第二天親自開車送到松山機場。那天晚上，在飯店裡擺下酒席，宴請林榮阿叔一家。

「阿叔，阿嬸，」趙爾平舉杯用台灣話說，「養（育）的（人，恩）大於天……我和阿南弟弟，代表爸爸媽媽敬您……」

他哽咽起來。林榮嬸嬸的眼圈紅了。林榮叔叔默默地喝盡了杯中的酒。

「寫信告訴你爸爸，我在美國，等待著他平安回家的一天。」林榮叔叔說。

那時候，他看著因皮膚黝黑而益發顯得頭髮銀白的，林榮叔叔的臉，覺得自己已遠非林榮叔叔心中端正奮進的孩子，感到自己心靈的黯黑。其實，第一次編出弟弟南棟因教育召集不能出席的謊言，便是在那個晚宴上。

趙爾平對於能夠若無其事地，在自己尊愛的親長前泰然地說謊的自己，感到了厭惡的情緒。趙爾平依稀地覺得，自己心靈的腐化，其實是在自己滑入這「成功入世」的，貪慾而腐敗的生活之後產生[16]的性格吧。

這時候，他忽然聽見審慎的敲門聲。餐廳部送來了晚餐。趙爾平請女侍把晚餐擺在沙發邊的小几上，付清了帳。當女侍輕輕地掩上房門，他順手打開電視機，調低音量。螢光幕上映出一個短髮的、好看的年輕女孩，因為某種常識問答猜獎，得到九千多元獎金，一臉感激驚喜的表情。忽然間，螢光幕跳接了一個特寫的臉龐。那少女的眼中，閃耀著極為喜悅的淚光。

趙爾平隨意把電視轉向另一台，開始吃晚飯。這回螢光幕上播著美國節目。一個高大俊逸的男人，一身深黑色的禮服，雪白的襯衫，暗紅顏色的蝴蝶領帶……

他想起了弟弟趙南棟。

父親回來的第一個禮拜，他在下班後，和兩、三個同事加班的辦公室裡，接到弟弟的電話。

「哥。是我啦……」電話的那一頭說。

「噢。」他坐直了身體，急迫地說，「你現在在哪？」

「台北。」

「爸回來了。」他搶著說。

「……」

「爸回來了。」他說，他的握住電話機的手，輕微地顫動著，「爸爸，他回來了。」

「哦。」弟弟說。

弟弟在電話的那一頭茫然地，不住地問，「真的嗎？」趙爾平把旋轉座椅轉向牆壁，壓低了聲音，告訴他父親蒙特赦減刑回來的整個情況。弟弟顯然對這麼大的新聞毫無所知。他問弟弟的近況。弟弟告訴他在一個俱樂部當經理。他記下電話號碼和地址。

「我馬上過去看你吧。」他說，掛上電話。

俱樂部在台北一家最大的飯店第十二層樓上。走出電梯，他看見弟弟站在電梯口等著他。

「哥。」

趙南棟說。他看見微笑著的，弟弟的溫柔的眼睛，盪漾著骨肉間最為友愛的光輝。弟弟看來瘦了。他的長長的頭髮，乾淨而且蓬鬆。一身深黑的西式禮服，暖藍色的，大型的蝴蝶領帶，雪白的絲質襯衫。他看來英偉倜儻，腰板子結實而挺拔。

從很高的俱樂部客廳的拱形天花板上，安靜地懸垂著四套華美的，水晶吊燈。在三面牆壁中央，有歐式几檯，檯上都擺著西式插花，高可三尺餘。在壁燈下，花團錦簇，輝映著幸福、奢華的，鮮美而又鬧熱的顏色。弟弟阿南領他到客廳中一個舒適的角隅，在全客廳一式紅木歐洲樣式的沙發上，坐了下來。

不曾見過面，合計已經四年多了的他的弟弟阿南，據說是為了一個「朋友」請他「幫忙」，來這兒擔任櫃檯部的經理，已經有四個月了。

「怎麼也打不起勇氣，打電話給你。」弟弟安詳地低著眉，這樣說，「可是，有時候，真想家……」

弟弟阿南於是笑開他那依然彷彿上了薄薄的胭脂也似的，他的紅色的嘴唇，露出一排白實的牙齒。

然而，已三、四年間，趙爾平早已經從一個因著少時破家的悲劇，而曾經淬礪自己的意志與品德的青年，一變而為貪取苟得，營私逐利的人。雖然未必沉溺，趙爾平也知道了狎歡於一個又一個女人的糜腐的生活。現在，當他面對著這麼不可思議地美俊的弟弟，忽然感覺到，那一年，他藉以忿怒地把弟弟逐出家門的，他心中的倫理的構造，已經風化、崩壞了。

「這兩天，無論如何，你得回來一趟。」

他喝著冰凍過的香檳酒說，友善地笑著。

「嗯。」弟弟說。

「再找不著你，我真不知道怎麼跟爸爸說。」趙爾平輕微地歎氣了。「你得記著，你還在接受後備軍人點召。」

「嗯。」弟弟說，一邊為他的大型高腳酒杯熟練地添加香檳酒，讓細細的泡沫在杯沿上慌張地騰躍，卻總不溢出杯外。

「衣服，穿隨便一點。」趙爾平說。他明顯地感覺到三年前殘留下來的，對弟弟的怒意，早已消失了。「還是那麼多女朋友嗎？」

弟弟不說話，卻只顧皺著眉心微笑。

「人說，命中帶的桃花，我總不信。」他喝著香檳酒，環視著俱樂部的大廳。「可你這個人，活桃花啊。」

「哥。」

「你要嘛，就好好的，」趙爾平說，「好好地幹……」

「哥，」弟弟說，「爸，他都在幹什麼？」

「一天看兩份日報，一份晚報。」他說，「沒見過有人看報像他那麼仔細。」

「哦。」

他的父親看省內要聞，看國際消息，看經濟版……偶然和他談起他的公司裡的工作，父子倆不覺就談起中國製藥工業。談了好一會，趙爾平才發現，當父親說著「中國」，大陸和台灣總是不分家的。他先是感到詫異。可繼而一想，在理論上，大陸和台灣，是不分家的。他這才感覺到，很多的場合，當人們說「中國」，不知不覺之中，其實指的就是台灣。中國大陸，從什麼時間起，竟而消失了呢？「畢竟還是英語清楚，」他想起公司裡大量收發著的英文文件，對自己這麼嘀咕，「Taiwan Deissmann Lab. Ltd. 好傢伙……」

他和弟弟說著這些的時候，他逐漸知道了弟弟雖然也專注地聽著，卻只是在禮貌地傾聽著某些遠遠超出他所熟悉的範圍裡的事物。這時俱樂部的門口，逐漸出現了衣著極為入時的男女。

「哥，你坐著，我去招呼一會兒。」弟弟說，「你坐著喲……」

他看見弟弟迎上前去，並不卑屈地向著來賓欠身。

「嗨，handsome boy，好啊？」

一個肥胖卻不失壯碩的紳士，向弟弟阿南大聲叫嚷。紳士邊的一個妖嬌的女人，挨到弟弟的身邊，踮起銀色高跟鞋，勾著弟弟的脖子，用她的臉去貼著弟弟的面頰。那個壯碩的男人呵呵地笑著，挽著女人走到裡間。他看見弟弟微微低下他那特別頎偉的身體，親切地傾聽來客的談話，適如其分地笑著，俐落地為紳士和淑女們點上香菸，帶著客人到他們專屬的，裝潢殊異的房間。當大廳上的士紳漸多，不知什麼時候，樂質絕佳的探戈舞曲，不動聲色地，輕柔地響起。趙爾平站起身來，走到了弟弟的近傍。

「特別為你帶來的。」

一個豐豔的，全身白色絲綢的女子，把一朵腥赤的玫瑰，插在弟弟的西裝口袋上，這樣說。她坦露著整個細白的背，沒有穿戴胸衣的，豐碩的乳房，在她白色的絲綢中沉睡。

「謝謝。」弟弟並不阿諛地笑著，微微地欠著身。

現在趙爾平把空了的杯盤刀叉端出病房，輕輕地擱在門外的左側地板上，讓餐廳的侍者來收拾。忽然間，他彷彿聽見了一聲輕微的呻吟。他忙著把電視關掉，站在父親的床前凝神諦聽。然而，不論他如何用心地屏神凝視和傾聽，卻總是中央冷氣系統從風口吹著冷風的聲音、氧氣筒執拗而又忠實的輸氣聲，以及，啊，父親那憂愁的，歎息似的，孤單的呼吸之聲。

……啊，他是在等待著阿南弟弟吧……。

趙爾平忽而驚醒了似地這樣想。他一貫不曾相信鬼神，卻忽然想到，父親這苦痛的彌留，竟或者真是為了等待弟弟最後的一見嗎？他於是決定明天出去找尋這距今已經有四年餘沒有絲毫音訊的弟弟。

而那一回，阿南弟弟如約回到家裡。

「爸。」他說

「嗯。」

坐在沙發上的他們的父親於是低下頭來，流了眼淚了。在趙爾平眼神的指使下，弟弟躊躇著走上前去，坐在父親旁邊的，那重大的栗色的沙發上，怯怯地伸出兩隻和父親酷似的，多骨節的大手，覆蓋在父親那緊緊抓著沙發把手不放的，衰老的，嶙峋的手上。

「坐吧。」

父親終於說。他取下眼鏡，細心地擦拭。他開始端詳著弟弟。

「讓你們孤兒似地長大，真對不起。」父親平靜地說，「政治上，讓你們有很多不便……」

「爸。」趙爾平說，「我現在，不是挺好的嗎？」

阿南弟弟坐在父親的正對面。小時候，在幾個求學階段，每逢著國文老師出了有關學生的父親或者母親的作文題，他就必定要默默地逃學一陣子。趙爾平告訴父親，因為點閱召集，所以弟弟阿南可以留住一頭長髮；告訴父親弟弟目前有一份好工作……而阿南弟弟，自始至終，卻出奇地沉默。阿南弟弟只是勉強掩飾著他在這完全陌生的父親之前的局促，安靜地坐著，聽著父親澳漫、晦澀地又說著抗日；說著逃難；說著他們的母親，在女學生時代，就參加了上海租界裡的抗日遊行……

第二天，趙爾平打電話到俱樂部，問他為什麼昨天上桌吃飯，就一直沉默無語。

「我不知道。」弟弟沮喪地說，「我覺得心慌。爸爸那種人，知道我過的生活，一定生氣。」

「……」

「從小到大，我只覺得你親……」弟弟笨拙地說，「還有，林榮大叔。」

「胡說。」他並不生氣地說。

兩個月之後，阿南弟弟忽然因為被控保存和販賣毒品和侵占罪，被判處四年六個月的徒刑。一個叫作莫葳的，在一家外國航空公司當空姐的女子，在與趙爾平約見的咖啡店裡，告訴了趙爾平令他這叫人震驚的消息。阿南弟弟，有一次開車送他的情婦、也是俱樂部的老闆的曹秀英到桃園機場出國時，在機場的咖啡室認識了莫葳，於是開始了無法遏止的熱戀。曹秀英嫉恨之餘，控告趙南棟販毒和侵占，終於因為證據確鑿，判決確定，發監執行。

「他真吸毒嗎？」趙爾平絕望地問。

「等他出來，我可以勸他，勸他改掉。」莫葳說。她看來三十左右，褐黃色的、柔軟的頭髮，高高地盤在她的頭頂上。他想到父親。噢，他該怎麼對父親說明呢？他沮喪地想著。

「他在龜山監獄，讓我來照顧他。」莫葳說，「反正離機場近。請不必擔心。」

莫葳拿著他從沒見過的，長方形的鱷魚皮包，踩著登、登的高跟鞋走了。她看來豐美，有效率，忙碌而且果斷。

那天晚上，他告訴父親弟弟遭遇的「真相」。他設法告訴父親全部的故事。弟弟的生命，不必說對於在囹圄中度過將近三十年的父親，即使對於他自己，也難於全部理解的。他只能說弟弟涉世不深，再加上受人誘陷，致遭噩運。

他還記得，那時候，父親坐在餐桌上，凝望著趙爾平，嗒然地沉默著，而後憂愁地歎息了。現在，趙爾平開始在病房的浴室中放熱水。他要好好地、徹底洗一次澡了。他從病房的衣櫃裡拿出乾淨的浴巾和睡衣，打了三回肥皂，從頭到腳，洗了個乾淨。他然後躺進浴缸的溫水裡，想起毫無線索的，弟弟阿南的下落。也許現在弟弟阿南不知道在什麼地方，正被什麼樣的女人奉養著吧，他想，也或許……啊！也或許弟弟已經被一個嫉妒的丈夫；被一個不甘情變的女人謀殺，屍骨無存。他被這自己的未必是無稽的想像，先是吃了一驚，旋即獨自對著在浴室中瀰漫著的白色的水霧苦笑了。

阿南弟弟坐牢之後，他的公司為了適應政府的GMP政策和藥物進口上的新限制，決定在台灣覓地設廠生產。為了籌建新廠，趙爾平和Finegan先生忙碌地來往於紐約與波昂之間。初時還去探望過被剃了光頭的、獄中的弟弟，繼而也逐漸疏於探監，只是按時寄些金錢、食品和日用品進去，日子竟然一年一年地過去了。快到第三年的六月間吧，趙爾平在桃園機場送走了一個英國籍的Deissmann遠東區醫學部長Cobern博士後，碰到了和三、兩個空姐，拖著小小的行李車走過他眼前的莫葳。

他們於是在機場二樓的餐飲部坐下來了。莫葳說其實她偶爾也看見過他在機場忙著趕飛機。她於是佯為嗔怒地說，「怎麼你就不會想到買我們K航的票呢？」

「噢，」他恍然大悟了似地說，「真對不起。買機票，都由公司財務部辦，我沒注意。」

他們沉默了一會，趙爾平掏出香菸來，讓了一根Dunhill給她。他為她點火，看見火光使她的指甲上的淡紫色的蔻丹，發出微光。他想問她關於弟弟阿南的近況時，才感覺到不知道為了什麼的，自己的無責任深為疚責，而難於啟齒。然而他終於還是問了。

「他已經出獄，你竟不知道嗎？」

莫葳睜大了塗抹著淡淡的、咖啡色的眼影的眼睛，吐出長長的青煙，愕然地這樣說。

莫葳說，對於「趙南棟那種人」，監中的日子，簡直是地獄。

「剪了光頭以後，他覺得自己醜，難看，簡直痛不欲生。光是為了他那個光頭，他撞過牆，想自殺。真撞的……」莫葳說，搖著頭笑，「傷口包紮好了，他硬是說他太難看，不肯見我。我帶著大包小包吃的、用的，到龜山去看他，排了半天班，獄警出來說，莫小姐，人家不見你，我沒辦法……」

「胡鬧嘛。」趙爾平說。

莫葳說她只好委託她的妹妹莫莉，代她去探監。「茉莉花兒的莉。」她說。心疼他在監裡度日如年，莫葳花了大把錢請律師，想盡了一切辦法，搞非常上訴。「打了半年多的官司，把刑期減下來了，改判兩年半。」莫葳說。

「哦。」他說。

「我在飛機上到處飛。而人家就能和我那才二十出頭的妹妹莫莉，在探監會面的時候，兩個人隔著玻璃，用電話[17]談起戀愛呢。」莫葳笑著說，「前前後後，我全被蒙在鼓裡了。等有了假釋，莫莉居然瞞著我去保他出來。打那以後，就不知道他們躲到什麼地方過日子了。」

趙爾平感到一種真切的羞恥。他想起被弟弟阿南的學校當作學生父兄，召到學校去聽著教務處或者訓導處抱怨弟弟的行為和成績的往日。那時候，每一次，他都會覺得對不起在流放的島上的父親，而感到悲傷。但現在，他卻格外地覺得對不起像莫葳這樣，一再不可思議地愛上弟弟的女人們。

「對不起你……」趙爾平低著頭說，才想起為已經冷卻了的咖啡倒上奶精。

莫葳歎息了。大廳上傳來報告班機即將起飛的中、英、日語廣播。趙爾平趁隙[18]看了看莫威的臉，覺得不知道為什麼，在那張鵝卵似的，膚髮潔淨的，姣美的臉上，竟沒有一絲被棄的女子的萎闇。

「別這樣說。方才，你說他胡鬧的吧。」莫葳一邊啜飲著被她那一豐綿的，卻略微黝黑的手掌環抱著的，長腳杯子裡茶青色的檸檬汁，幽然地，這樣說，「我卻想，胡鬧的，怕不只是趙南棟一個人呢。譬如說，噢，就在這個餐飲部呀，我第一次遇見了趙南棟。然後……我，不也是，胡鬧的嗎？」

「……」

「如果我不曾胡鬧，那時候我就不該看不清楚：趙南棟那個個性，太像我爸……」莫葳說著，對一個從檯邊走過的，顯然平時熟識的女侍，點了一客草莓蛋糕。「你點什麼？」她對趙爾平說，「飛機上，沒吃過午飯。」

他也點了一客草莓蛋糕。他說飛機上的東西，長年累月吃下來，想必也膩人。

「不。」莫葳用小湯匙挖著細緻而鬆軟的蛋糕說，「我在節食呢。」她笑了起來。

「不論如何，我還是覺得很對不起你。」沉默了一會，趙爾平小聲地這樣說。

趙爾平想了又想之後，開始向莫葳概略地述說他從不曾向任何即使是再要好的朋友（例如Ken蔡吧）訴說過，他的家族的故事。回想起來，這不僅僅因為莫葳是一個只要相對二十分鐘，就會令男子覺得好看，而且很可以依賴的女人；還因為如果話不從頭說起，趙爾平就無法讓莫葳理解到他一再為阿南弟弟表示歉意的誠懇了。他喁喁地，卻也流利地述說著他和弟弟阿南的，憂愁的童年；說著自己的父親和母親，說著林榮阿叔一家的恩情……當他說起那一年他把弟弟帶出來，讓失散了十五、六年的趙家重新自立的時候，他甚至激動卻並不失態地哽塞了。莫葳專注地，安靜地傾聽著。「噢，噢，」她不住地這樣發出憂傷的歎息。

「有時候，我總覺得，除了自己的身世，一般人們長大的故事，總是大同小異吧，」沉默了一會，莫葳這樣說，「真不能相信，你們竟是這樣長大的……」

莫葳於是也說著她的家世。她的母親，是八堵一帶舊煤礦老闆的獨生女兒，現在是台北著名的時裝和成衣公司的老闆。「我爸是個上海人。台灣光復，跟著在福建省政府當官的親戚來台灣時，也不過十幾歲。我媽說他是個不論說話、做事、做人，都空泡泡的人。」莫葳說，「我媽常說，我爸可以當著許多人，睜著眼，說些不難馬上被戳破的，浮誇的話。有時被人當面戳破了，他老人家乾咳幾聲，也能若無其事。我媽說的。」

莫葳的爸爸跟人家合夥做過幾次生意，卻沒有一次成功，非但血本無歸，而且還會捅出一大堆債，留給莫葳的媽媽收拾。四十五歲以後，莫威的父親性情大變，專找年輕的女孩廝混。

「我媽很生氣，管住他的錢包，管著他的行蹤。我爸就能帶著我妹妹，當時九歲了的莫莉當作掩護，到旅館去見他的女人。」莫葳說。

莫葳說大人在做愛，小莫莉久了也能見怪不怪，自己躺在旅館的地毯上看小人書，回到了家，卻絕不洩露一點秘密。「莫莉長大以後，才告訴我這些。Poor girl.」莫葳說。

「噢。」他吃驚地說。

「從小，莫莉變得什麼都引不起她的好奇心，什麼都無所謂。You know. 我和媽媽都恨死我爸了，可莫莉獨獨向著他。爸可憐嘛。除了找女人瞎搞，他還能用什麼證明他是個男人？莫莉常常這樣說。」莫葳說，「我可以叫一杯Dubonnet嗎？」

「當然，」趙爾平說，向櫃檯上的女侍揮手，「我點……Chivas Regal。有嗎？」他對走上來服務的女侍說。

長髮的女侍點點頭，在帳單上寫著字。現在整個機場餐飲部只剩六、七個人了。那長髮的女侍繞了個大圈子，送來兩杯酒。莫葳啜著那暗紅色的甜酒，笑著說，「Dubonnet 讓人開心，you know.」

「Sure.」他說。

「可莫莉讀書比我強。F大外文系畢業以後，七轉八轉，她跑去一個女性月刊雜誌社幹編輯。」莫葳說，「還沒領到薪水呢，她就跟我媽吵著要搬出去住。一個月，頂多萬把塊錢吧，她卻可以自己租下小套房，除了月刊社的工作，她可以接出版社、大唱片公司的企畫案回來做。把個小套房改裝得有鼻子、有眼睛……」

莫葳說莫莉任意隨興地生活，沒有限制，沒有約束。莫葳說莫莉最大的疾病是她不能愛。「被我爸害的。莫莉無法了解男女之間，除了上床，還有什麼。」莫葳說，「她跟男人上床，卻拒絕去愛他們。」有時候，莫莉會在媽媽的氣派的辦公室出現，「媽，有四萬塊嗎？」不管是什麼理由，莫葳說她媽媽總是如數給足。

「我媽知道，其中有一大部分是我爸要的。可她不說破。」莫葳說，「這樣的婚姻，我們鬧不懂，是吧？」

莫葳說，以一個月萬把塊錢的收入，莫莉把趙南棟帶到她租著住的小套房，日子就逐漸過不下去了。

「有一天，莫莉跟趙南棟說，小趙，我們分手吧。梳妝檯抽屜裡有五千塊錢，你暫且拿去用。我上班去了。我妹妹莫莉說。」莫葳喝著第二杯Dubonnet說，「那天下班，莫莉帶一個女孩回家。咦，你怎麼還沒有走呢？我妹妹說。趙南棟笑著，沒說話，繼續看他的電視。我妹妹莫莉把他的東西收拾好，擱在門外。小趙，你走嘍。這是後來莫莉跟我說的。」

莫葳說，那時趙南棟的臉色發白了，默默地離開了莫莉的住處。趙爾平聽得發了呆。弟弟阿南，什麼時候讓女人撵走過？

「外面下著大雨呢。過了半個多鐘頭，我妹妹莫莉發現梳妝檯的抽屜裡，還躺著那五張千元票子。她急忙拿著錢趕下公寓的一樓，看見趙南棟站在走廊上發呆。」莫葳說，「莫莉把錢塞進他的褲口袋，幫著他叫了一部計程車。你告訴司機上哪，我妹妹莫莉對趙南棟說，為他關上車門。我妹妹莫莉看著車子躊躇不決地開動，然後向著大雨中的台北市，飛快地開走。這全是莫莉說的。」

第四杯甜酒 Dubonnet，已經使莫葳的兩頰和整個眼圈囊不知打什麼時候起，就飛上一片煥然的霞紅了。她用兩手捧著自己的面頰。滿臉全是姣媚的春天啊，叫人心動，趙爾平想。「I'm on, you see. Dubonnet makes you high and happy…」她說，笑著，「我上勁兒了，你瞧。Dubonnet 叫人開心。」她要第五杯甜酒。「不耽擱你的時間吧？」她眨著她那漾動著媚人的笑意的眼睛這樣說：

「沒問題。我就怕你說，我得走了，我得上飛機。」

「不。我剛下的飛機。」她笑著說，「我跟你說過的。你沒專心聽人家說話。」「我忘了。」他說。

「你怎麼不問，莫莉搶了你的男人，恨不恨？」她說。

「好，算我問過了。你說，恨不恨？」他說。

「好恨，起初的時候。我找別的男人止痛。通常都有效的。」莫葳說，「況且，我們早上在漢城，下午就到了澳洲……」

「我那弟弟阿南，他摔開人家的時候多……」趙爾平說，「莫莉知不知道現在他在哪？」

「莫莉是，是個雙性戀，你懂吧？莫莉跟一般女孩不一樣……」莫葳說。

「你說什麼？」

「算了。可是莫莉跟趙南棟是一類的。他們按照自己的感官生活，」莫葳說，「我說不清，反正。怎麼說好呢？他們是讓身體帶著過活的。身體要吃，他們吃；要穿，他們就穿；要高興、快樂，不要憂愁，他們就去高興，去找樂子，就不要憂愁……身體要make love, and they make love…」

「嗯。像痴人一樣，是吧？你一定明白我在說什麼。他們有什麼欲求，就毫不，毫不以為羞恥地表現他們的欲求。他們用他們的眼睛，心意和行動，清楚明白地，一點也不會不好意思地說，我要，我要，我要！」趙爾平想著他的弟弟阿南，這樣說，「你明白吧？」

「嗯。」莫葳點著頭說，「你知道嗎？我妹妹莫莉，很早就嚷著說，到了三十歲那年，她一定自殺。問她為什麼。夠了，三十歲，再活下去，多無聊！莫莉說的。最近她改口了，斬釘截鐵，說等到四十歲，她一定自殺，絕不再延期。她一點也不悲傷地這樣說的。」

「他們找快樂、找滿足、找青春美麗、健康……就像原野上的野羊，追逐著青翠的草地和淙淙的水流……」趙爾平說。他覺得三杯Chivas Regal使他聲音高亢。這他不喜歡。他以為，和像莫葳這樣的女子，應該私語似地，喁喁然說話才好，「其實呢，誰又不是？我們全是這樣。有時候，我在想：整個時代，整個社會，全失去了靈魂，人只是被他們過分發達的官能帶著過日子，哈……」趙爾平說，「只不過是，我弟弟那樣的人，就是一點也不掩藏，一點也不覺得害羞，赤裸裸地告訴人：我要，我要！就是這樣……」

「噢。」莫葳新點上一支菸，歎息著說。

「……就是這樣的。你明白吧？」他說。他有些酒醉了。

「趙南棟。才幾年前嘛，喏，就在這兒，我遇見他。他用他那雙眼睛Oh, Christ，盯著你看，你知道。溫柔，大膽，自私，充滿了慾望。」莫葳說，「我在美國和韓國、日本、台灣飛來飛去。在飛機上，在機場裡，找一夕歡的『旅人之愛』，我瞧多了。可是他讓我發瘋了。那時候。」

「……」

「他不同。他看著你，那眼光，坦白而貪慾，單刀直入，告訴你，嗨，我要你。」莫葳說，「他像是你在夢裡常見過，或者想要遇見的男人。大膽，自私，溫柔而又粗鄙。可你一點也不覺得他無聊，不覺得他對你很色。迷人，你知道。」

「莫莉呢？」

「莫莉。沒有趙南棟那麼……那麼純粹吧，」莫葳說，「她還知道去上班，還去混，暫時還不要自殺。她搞雙性戀。她不能愛，官能又容易痲木，她去找女人試。她是個雙性戀，你知道。她在她們那個圈兒裡，好多女孩對她著迷……」

「對了。你說什麼來著，」趙爾平說，「She's... She's a... What?」

「算了。」莫葳歎了一口氣，笑了笑，說，「她經常換roommate，也經常關著自己租的套房，跟這個女孩住幾個月，跟那個女孩住幾個月……」

趙爾平有些懂了。他忽然想起那一年，他在弟弟的臥室裡，看見他和另一個男孩，死了一般地，赤裸裸地睡在那幽闇的床上。

「哦。」他說。他有些想嘔。不能再喝了。他想。

他們於是乎沉默了。機場餐飲部的人，逐漸又多了起來。有送行的人替脖子上掛著花圈兒的，要走的人，拍照，青白色的閃光燈不住地閃動。

「我看，我們得走吧……」趙爾平喟然地說。

「嗯。這個秋天，我要辭掉工作了。」莫葳柔媚地笑著說。

「哦。」

「嫁人。」她說著，在她的手提包裡翻出了她的皮夾。莫葳把放著一張男子的相片的她的皮夾，遞給了他。

他端詳著那照片。一個東方人的，正襟危坐的半身照。

「Hey, who's the lucky man?」他誇張地說，「這走運的男人是誰？」

「日本人。做生意的。」

「嗯。」

「叫 Fukamizu，」莫葳說，「漢字的寫法，是『深水』、深淺的深，水火的水。有這種怪名字……」

莫葳笑了起來，酣態可掬。

趙爾平把在澡缸裡泡得發紅的，微胖的身體擦乾，換上乾淨的睡衣，把浴缸裡的水放掉。他走到父親彌留的床前。他看見父親的臉色又更其灰黃了，暗暗地吃了一驚。

「爸。」他無聲地說，「你一定得再撐兩天。我去找阿南回來。」

……

3 趙慶雲

一九八四年　九月十二日，上午9:00

上午6:30記錄：

血壓100/70mmHg，心跳78/min，input量1720c.c.；output量1340c.c.。Dopamin投與減量。理學檢查顯示，肺部囉音有改進跡象。

呼喚反應增強，動脈血中氧氣及二氧化碳分壓有正常化趨向。7:20，發現病人臉色轉白，極少量血色分泌物發現於眼角及嘴角……

趙慶雲睜開了眼睛，看見一室溫藹的亮光。他看見了妻子宋蓉萱，坐在病床對面的椅子上，聚精會神地看著一本書。她看起來像是早年他們在上海讀書，兩人初識的模樣。短短的、乾淨的，黑亮的頭髮，一張花瓣似地光細的，少女的臉，淡花的唐衣，黑色的長裙，白色的襪，黑色的布鞋。在日本侵華戰爭和中國抗日戰爭連天的烽煙裡，這瘦小、年輕的女子，在上海的南京路上，列在抗議示威隊伍前衛的宋萱蓉，被巡捕房抓去，提起公訴，卻被一個愛國的法官當庭開釋。自己就是和當時還這麼年輕的蓉萱結婚的嗎？趙慶雲驚異地想著。他看著她熱心而專注地讀著，料想那必定是一本歷史之書。在台北那一家中學教書的時候，蓉萱她就具體地感覺到甫告光復的台灣，中國歷史教材嚴重缺乏。那時候，趙慶雲建議她就開明書店的幾本著名的中學生歷史參考教材，為台灣的學生重新編寫一本。

「不。我們得從台灣史寫起。」那時候的宋蓉萱這樣說，認識中國，先認識台灣和中國的歷史關係……」

「到底還是你那時的想法正確。」

看著她專心地讀著一本看起來十分陳舊的，深藍封皮的書，趙慶雲獨白似地這樣對她說。

宋萱蓉似乎在一邊讀書，一邊沉思著。

「我正在看你在福建三元監獄寫的日記本……」

「啊，不。那本日記本，在還沒有到台灣的時候，我們為細故爭吵，被你燒掉了。」趙慶雲笑著說。

「你說，太陽出來了。號子裡的人都趁著放封的時間抓蝨子，捏殺臭蟲，晒乾[19]衣被。」

「對了。還有疥癬蟲，那卻是你抓不到的。癢啊……」趙慶雲說，「我從號子裡的外役聽說，你在女號子裡，從幫助別人，得到生活的力量……」

「最有趣的一段，是說有一個從建甌迢遙地趕來的女人，為了在號子裡已經斷了氣的男人，號啕大哭，引起你的悲憫。」宋蓉萱說，抬起頭來。「第二天的日記上，你記著說，那男人昨天深夜還了魂，這建甌的女人，轉悲哀為悍潑，硬逼著他那瀕死的男人把地契、財產，全交出來。」

「你那時那麼的小，怎麼我就娶了你呢？」他愛惜地望著宋蓉萱，這樣說。

「你這樣寫：沿途一路遞解而身無分文的人；身穿單衣，在隆冬的號子裡顫抖著的人，噙著眼淚互相叮嚀的人……」宋蓉萱讀著手上的書，這麼說，「新來了一個難友，銬著一副腳鐐。鐵鍊碰撞的聲音，不時打動著我的心——你這樣寫著。」

「可是，蓉萱，你一直沒有告訴我一件事。」趙慶雲深鎖著眉宇說，「你找到了黨，入了黨嗎？否則，為什麼……」

「你說：號子裡每有變動，你總是心緒不寧者數日。」宋蓉萱幽然地說，「苦難的中國。你寫著：昨夜有人因瘧疾死。死前慘呼，聲凝寒夜。」

「否則，為什麼判決下來，你竟是死刑！」趙慶雲激動地說，「我一人獨生，卻又無法照料孩子們。」

「孩子們。啊，我的小芭樂呢？」她說著，愴然地望著明亮的病室的窗外，「三元監獄一連下了十幾天的雨，從昨天起，竟是一晴如洗了。我好想福州的老家啊，老趙……」

「我知道你準不會說的，問了也是白問。這是你們的紀律，是不是？」趙慶雲歎著氣說，「在福建的三元監獄，我曾跟一個中學的音樂老師學作曲，卻老是沒學會。在台北青島東路軍監裡，我跟張錫命學。他是留日的音樂學生，日本大阪音樂專門學校的高材生……」

現在趙慶雲看見張錫命對著病房的門口指揮著。那時候，押房裡的人們用日本腔的英語稱他為Conductor。他穿著白色的，舊了的香港衫，瘦高的個子，閉著眼睛揮甩著指揮棒子，彷彿真有一個大交響樂團就在他的跟前似的。他一定又是在指揮著德米崔．D．蕭斯塔科維奇的降C大調第三號交響曲〈May Day〉……趙慶雲想著，因為從張錫命溫柔的，深怕吵了別人的安靜似的指揮手勢中，趙慶雲終竟聽見了豎笛流水似的獨奏，彷彿一片晨曦下的田園，旋轉流瀉而來，開始了〈勞動節〉交響曲的導引部分。

對於趙慶雲來說，張錫命是個最有耐性的音樂教師。他曾經為趙慶雲在福建三元的，滿是蝨子號子間裡寫成一首小詩〈獄雀〉，譜過曲子。那是一首調皮而揶揄的小曲子，描寫號子簷下的麻雀，看見人們竟而在大好的春天裡，局促在樊籠之中，而大為嗔奇。在跟Conductor同房的兩個月中，趙慶雲知道了出身台南佳里地主之家的張錫命，原是單純地想到日本學習音樂的，不意在日本成了抗日革命的青年。他奔向遼闊的東北，尋找抗日戰爭中祖國的樂音。在杭州的一家音樂專科學校，他進一步認識了新俄第一個天才蕭斯塔科維奇的音樂，沉湎日深，無法自拔。

「這時候，豎笛雙重奏就逐漸寂靜了。整個曲趣，於是就開始起變化了。」張錫命一邊閉目揮動著以竹筷權充的指揮棒，一邊喃喃地解說，「弦樂器在這時像是甦醒一般地，像是喜悅地呼喚，徐徐地響起……」

趙慶雲簡直聽見小號的朗敞剛毅的聲音了，像是在滿天彤旌下，工人歡暢地歌唱，列隊行進。他感到了音樂這至為精微博大的藝術表現形式，是那樣直接地探入人們心靈，而引起最深的戰慄。

「Conductor，你曾說，你要寫一個交響曲〈三千里祖國〉，」趙慶雲說，「描寫自己在尋找民族認同過程中覺醒、抗爭、尋訪、幻滅、再起，以及在勝利的歷史足音前的赴死……」

「聽！聽這一段！」張錫命喃喃地說，「這英雄式的宣敘調……」

他忘我地揮舞著用拇指和食指捏拿著的指揮棒，看來激越、熱烈而且孤單。那時候，趙慶雲還清晰地記得，每天一早，張錫命就把衣服穿整齊，在押房肅靜地等待催命的點呼；對被叫走的人無言地、敬謹地用雙手握別，然後在自己的鋪位上沉默地閉目枯坐。中飯以後，他才開始在他的筆記本上默寫德米崔・D・蕭斯塔科維奇的某一個交響曲的片段，然後或坐、或立地開始指揮……

「Conductor，」趙慶雲說。

張錫命沒有說話。他專注、無我地揮劃著指揮棒。一場暴風，一場海嘯；一場千仞高山的崩頹；一場萬騎廝殺的沙場……在他時而若猛浪、時而若震怒的指揮中轟然而來，使整個押房都肅穆地沉浸在英雄的、澎湃的交響之中。

那時候，每天看著那一大早換好衣服，等待著死亡的點名，而一到下午，又能全心投注在蕭斯塔科維奇的張錫命，為自己未必死而又未必不死的，懸而不決的命運所苦的趙慶雲，有一天，雖難以開口，畢竟這樣問了張錫命：

「這樣天天在死亡的隙縫中生活，如何不苦呢？」

Conductor沉默了。「以我的案情，我自份必死。」他說，「我等待的，只是死的時間。你等著的，是他人對你的生或死的決定，自然比我焦慮。」他以比起趙慶雲遠為年輕的手，輕輕地拍著趙慶雲的肩膀，「不必為自己的焦慮感到羞恥的。」Conductor溫和地說。趙慶雲流淚了。兩天以後的早上，張錫命被叫走了。他無言地把他還沒有開的兩罐煉乳，略為羞澀地推到趙慶雲的跟前。而因為早已穿好了衣服，張錫命第一個走出了押房。

「お大事に……？」他用日語向同房的朋友道別。「請保重。」

現在，趙慶雲忽而看見了林添福和蔡宗義兩個睽違了三十多年的老難友，默默地在病室的地板上下著象棋。對於蔡宗義，趙慶雲有一份尊敬和感激。他沒想到三十四年之後，他竟而又見著了老蔡。他驚喜地說：

「是老蔡嗎？許久不見了。」

蔡宗義彷彿沒有應答，又彷彿像過去那樣愉悅而又親切地應答了。但他卻一直沒有改變坐在地板上沉思著與林添福對弈的，雕刻或者化石一般的姿態。那一年六月，韓戰爆發了。消息傳到押房裡來，幾乎在每個押房裡，都在討論著這巨大地變化著的歷史和局勢。那時候，趙慶雲就曾提出這看法：美國介入台灣海峽，介入台灣軍事，美國為了安撫台民，為了美國畢竟是一個「崇尚民主的國家」，可能迫使減少、甚至停止對政治犯的嚴厲處決。張錫命和林添福，似乎以不同的理由，基本上可以算是支持了趙慶雲的看法。然而，蔡宗義卻在這個問題上顯現了同囚數月以來素所未見的悲觀。

「第七艦隊如果真的已在海峽巡弋，我想，歷史已經暫時改變了它的軌道了，」蔡宗義有些憂悒地，這樣說。

那時候，在青島東路軍監幽暗的押房裡，蔡宗義和林添福也正坐在押房的地板上對奕。他們下了兩盤棋之後，把剩下的半盤棋廢在紙棋盤上，開始了對於局勢的討論。

「因為戰後日本的革新翼指導層，沒有看準美國占領的反革命性格，歡快地把美國當成日本的民主解放者，」蔡宗義沉緩地說，「日本左翼，把日本戰後的民主化與和平化改革的動力，完全寄託在美國占領當局，而不是放在日本的勤勞民眾……」

在那個時候，押房裡的人都聚精會神地傾聽著。一連十數天來，老蔡彷彿竟日落在困悒的沉思之中，對於同房難友提出的，有關韓戰態勢的看法，始終不曾表示過意見。「讓我再想一想。」他總是憂悃、卻仍然和藹地這樣說。

「結果，從去年開始，」蔡宗義說，「麥帥總部在日本各部門掀起了措手不及的肅清，日本的工會和社共雙方，都遭到嚴重的打擊……」

當時趙慶雲是不服的。他在戰後的重慶和福州，都認識過這幾個美軍人員。他的印象是，美國同情中國的改革……

「在那個時候，老蔡呀，我沒說話。但我想這一次，也許只有這一次，你錯了，老蔡。」趙慶雲躺在病床上，無聲地這樣對著一尊石像似地對奕著的蔡宗義這樣說，「可是，你的哲學性的思辨性格；你那令我這個外省人知識分子也訝異的、知識上的淵博，使我在當時沒有向你的韓戰分析，加以質疑。」

蔡宗義和林添福，依然不動如山地，以同樣的姿勢，俯視著地板上的棋局。啊，這難道不是對弈了將近四十年的棋局嗎？趙慶雲在恍惚詫異地想著，這兩個公認在當時的押房裡頭腦最好的人，從軍監的日子開始，就和歷史對弈了四十年呢。趙慶雲想著。

在凝視中，趙慶雲忽然看見棋盤上的棋子，竟而在自動地廝殺著。

「哦，你們是用意志產生的動力，在下著棋的吧。」趙慶雲讚佩地說，「善弈者，有洞燭機先的識力。老蔡，你畢竟看對了。可是我得一直要到十年後才看清楚，那一切的屠殺和監禁，都和戰後四十年間享盡了自由、民主的美名的美國，有深切關係……」

這時候，趙慶雲忽而聽見林添福促狹而豪放的笑聲。包管是個性詼諧、樂天的林添福，在棋盤上占了便宜的緣故吧。他記得林添福是個出身麻豆的年輕的醫生。他和散居在其他各押房裡的，清一色外省人的，張白哲那一案的人們一樣，以他們在拷問中的不屈；以他們在押房生活中的優秀風格，以他們赴死時的尊嚴和勇氣，安慰和鼓舞了許許多多在押房中苦悶、懷疑、掙扎著的台灣籍年輕的黨人。有一次，經過數日長談之後，一個台中來的年輕人，淚眼模糊地對林添福說：

「謝謝。」年輕人說，「一旦又找著了中國，死而無憾。」

「混蛋！」林添福佯為生氣地，用日本話說，「你以為，我是個神父嗎？」

押房的人全都笑了。趙慶雲歎息了。對了，林添福啊，即使在那以死亡和恐怖為日常的環境中，總也是每天一定要讓別人至少笑一次才能甘心的人。也正是以這詼諧促狹，使他這留日的醫生，沒有成為「望之儼然」的「先生」，而成為深受麻豆地方群眾擁戴的領袖。在押房裡，林添福總是有想不完的點子開玩笑。趙慶雲記得最清楚的一次，是他在押房裡扮劊子手，別人當被決犯。林添福站在那兒，嚴肅認真地模擬舉槍瞄準，卻像個照相師似地說：

「靠左一點，再靠左……不，請再往右一點……」他正經八百地說：「好。很好。現在，肩部要放鬆。把頭稍微抬高些。好……現在，笑，對了，笑呀，像一個英雄……碰！」

啊！林添福就是這樣的一個人。趙慶雲想著，即使在生命已到了倒數著日子的時期，他也一直活生生地保持著那不可思議的朗爽。一九五〇年十二月，一個溼冷的清晨，林添福和蔡宗義都被叫了出去。趙慶雲再也忘不掉兩人的不可置信的從容。

「君もか！おしいな。」林添福穿好了衣服，用日本話惋惜似地對蔡宗義說，「你也走，真可惜啊！」

蔡宗義親切地笑著拍他的肩膀，彷彿在說，又來了，你的玩笑……

走出押房的林添福，露著牙，跟凝重地從角木欄柵向被叫出去的人們注目惜別致敬的，各個押房裡的人，用朗悅的聲音說：

「お——い、行って來るぞ！」他說，「嗨，我走囉！」他們一干被叫出去的在口號聲中被帶走了。忽然間，人們再次聽見林添福那彷彿無限驚喜的喊聲：

「お——い、月が出ているぞ！」他叫著說，「哇！有月亮呢！」

「幾十年來，倖存下來的人們，還時常在押房裡討論，一個迎接死刑的人，看見了月亮，猶能那樣的喜悅，到底不是痴人，便是大智。」趙慶雲對林添福說。

這一般過程，雖然是後來懂得日語的同房難友，紅著眼眶，為趙慶雲解釋才知道的，但趙慶雲卻一樣地大受震動。這樣朗澈地赴死的一代，會只是那冷淡、長壽的歷史裡的，一個微末的波瀾嗎？

「不！」那時候，趙慶雲常常在沉思中這樣地怒吼過。

「將軍！」蔡宗義的聲音。

「噢！」林添福是被誰狠揍了一拳似地呻吟著，「噢——喲！嘖，嘖！」

「回不回手？」是老蔡含笑挑釁的聲音。

「不！」

「棋譜，只是個規律吧，真正下起來，棋局的變化，就太多樣了。」蔡宗義忽然說：「歷史也一樣吧。」

「別講那些自以為聰明的話吧，」林添福說，「我把炮火拉開了。哼！該你！」

「……」

「哦。」林添福沉吟著說。

「將軍。」蔡宗義平靜地說。

「噢！」是林添福悲痛而又不甘心的呻吟聲。

「三十多年前，我並沒有能力預想到，今天的台灣。」蔡宗義忽然沉緩地說，「歷史的時間，同個人的時間的差距，老趙，你應該有很具體的實感吧。」

「民族內部互相仇視，國家分斷，四十年了。」林添福朗聲說，「羞恥啊……」

「每回有人被叫出去，我在押房裡唱過：安息吧，親愛的同志，別再為祖國擔憂……我們走的時候，老趙，你們也這樣唱，」蔡宗義無限緬懷地說，「快四十年了。整整一個世代的我們，為之生，為之死的中國，還是這麼令人深深地擔憂……」

病房裡忽然沉默起來了。趙慶雲感覺到四十年的歷史的煙雲，在整個病房裡迴繞著，像高山上的雲海，像北漠呼嘯的朔風……

「超越了恐怖和怨恨，歌唱著人的解放、幸福的光明之夢，度過了最凶殘的拷問，逼向死亡的，我輩一代的人間原點，」蔡宗義獨白似地說著，而後忽然激憤地、戰慄地嘯吼起來：「燃燒起來喲，在台灣、在全中國、在全世界，高高地燒起來喲！」

「噓——！！」張錫命說。他一身都是淋漓的汗。汗水溼透了他的頭髮和襯衫。「安靜！〈勞動節〉交響曲最後的終場合唱聲部，就要開始了！」

趙慶雲聽見管弦樂部分，在轟隆的打擊樂背景下，以高亢、激動的齊聲宣敘中結束。中板合唱聲部於是展開了。女高音、女低音，男高音和男低音渾厚寬宏的合唱聲，從地平線；從天際，帶著大讚頌、大宣說、大希望和大喜悅，從宇宙洪荒；從曠野和森林，從高山和平原；從黃金的收穫；從遮天蔽日的旗幟，蜂湧奔流、鷹飛虎躍而來。張錫命的臉上是涔涔的汗水，熱淚滿眶。趙慶雲在病床上哽咽不能成聲。宋蓉萱、蔡宗義和林添福都在病房會客沙發上，僵直地坐著，失神、震詫地凝望著用指揮棒揮甩出去一波又一波江河海洋似的合唱聲部的蔡宗義，熱淚[20]掛下他們冰冷了三十多年的臉頰上。

恍惚之際，趙慶雲感覺到有人為他擦拭眼淚。他看到護士邱玉梅張大了她那台灣曹族人民的，秀美的眼睛，凝望著他。他感到激動過後的平安與祥和。他看到窗外的天空，清藍如靛，萬里如洗。

「好清朗的天氣！」

趙慶雲對邱玉梅說。他於是感到疲憊了。他聽見邱玉梅急切地叫喚著他：「趙先生，趙先生！」今天，我說了，太多話了，他想，不過，住院以來，可能從來沒有，這麼樣，舒暢過呢……

他睡了。

早上七點二十分，邱玉梅為趙慶雲更換點滴針劑的時候，才注意到趙慶雲的眼珠子，在他那緊閉的眼皮裡，始則緩慢，繼而迅速地轉動著。他的臉面，甚至偶爾也會抽搐一下。邱玉梅立刻跑到醫護站去報告。湯主任大夫還沒來上班。當班的小劉大夫和護士長趕到了病房。他們為他把脈，量血壓……他們的表情有些緊張，有些興奮。邱玉梅看見他們忙碌地為他打針……而醫生和護士終於走了，叮嚀邱玉梅密切注意病人的情況。八點剛過，趙慶雲的臉上，開始有了淡淡的紅暈。在緊閉的眼皮下的病人的眼珠子，轉動得更其忙碌了。

八點十分，她看見趙慶雲的眼中流出一條細串的眼淚。他的臉色紅潤了起來，鼻尖因充血而發紅。邱玉梅用衛生紙為他擦去眼淚的時候，她看見趙老先生就那麼的睜開了眼睛！

「哦，上主！」邱玉梅幾乎不相信自己[21]的眼睛，她的心快速地跳躍著。她祈禱似地、喃喃地說，「親愛的上主！哦，他醒來了！」

她彷彿看見趙慶雲用他的眼睛向她微笑著。她然後看見他的眼睛望著下著大雨的，病房窗外陰暗的天空，眼中散發著愉快的光采。她彷彿深怕眼前的一切終是一場幻覺似地，凝神盯著他看著。他的插著導管的嘴，和善地翕動著，彷彿在向她說什麼。

「趙先生，趙先生！」邱玉梅看見他像一個禁不住渴睡的小孩一樣，重又無法抵抗地閉下嗜眠的眼睛的時候，大聲地這樣叫喚著他，「趙先生！」

邱玉梅打開的緊急呼叫紅燈，使湯大夫和小劉大夫、護理長全奔進了趙慶雲的病房。邱玉梅看著他們忙碌地處置著。她看著臉色迅速變得屍黃，呼吸不斷轉弱的趙慶雲，感到暈眩。「親愛的上主……」她無聲地說。

「馬上送ＩＣＵ！」湯大夫面無表情地說。護理長開始打電話到加護病房。

「通知家屬！」護理長對邱玉梅說。

「家屬——。」邱玉梅說，「他兒子今天一早打電話去我家，說他要到南部去找一個人。」

「他沒有留下南部的電話嗎？」護理長說。

「沒有。」邱玉梅說。

「萬一……，請快打電話告訴我。」邱玉梅記起了葉春美的叮嚀的話。

4　趙南棟

一九八四年九月十二日　下午6:50

上午7:20，病人臉色突然轉白，在眼角、口角發現部分血色分泌，血壓迅速下降，至難於測出血壓。心搏緩慢化和不規則化。

加以緊急急救，送加護病房。

加強強心劑投與，使用人工呼吸器，並安置頸靜脈管。

下午6:10，病人心跳突告停止。值班醫師給予心肺復甦急救，並投與腎上皮質素心臟注射，並同時施行電擊。20分鐘後，病人仍未能恢復生命徵兆。6:45宣布死亡。

死亡原因：心肌梗塞，多次發作。

從台北市一個叫作豬屠口的、陰暗、荒蕪而破落的社區中，一個被人棄置的屋子裡，趙南棟像一具甦醒的僵屍，感到焦躁和不安寧。他終於站了起來，穿上厚厚的、破舊的西裝上衣，走出他蟄居的，黑暗而又悶熱的屋子，走向烈日和煙塵的台北街道。他走路，他搭公車……，汗水拓溼了他污穢的領口、腋下和脊背。他下車，他走路，尋找合適的公車站牌。他終於來到了J醫院，在詢問檯上，問到了趙慶雲的病房號。

昨天下午，趙南棟打電話到哥哥的公司。哥哥不在，公司的同事說，他到J醫院去了……

他搭電梯到達了西棟十樓。

他走進沒有關著門的一〇〇二病房。病房裡空無一人。他在病房裡孤單地站了一會。他走出病房，找到護理室。

「趙慶雲，送加護病房了。」

那個滿臉痘子的護士，淡然地這樣說。她告訴他加護病房的方位。趙南棟遊魂似的上電梯、下電梯，走了兩個長長的、醫院的迴廊。迴廊外，種著整齊地對排著的蘇鐵樹。他然後又上了電梯，下了電梯，向右拐。

護理人員問了他的身分，疑惑地為他穿上消過毒的白衣。

他走進加護病房，在第三個床位上，他看到他的父親趙慶雲。

兩個醫生從趙慶雲的床邊走開，從呆立著的趙南棟的身邊走過，離開了加護病房。兩個護士開始俐落地拔去病人身上的輸氧管、導管和點滴管。他們掀開床單，從病人的右側腹拉下一條滿是血水的導管。

趙南棟看見父親瘦削、灰黃，在幾個導管口上流著血水的屍體。父親緊閉著雙眼，長期咬著導管的嘴唇，依然空茫地張開著，露出了從一片幽闇的口腔中微微外吐的、白色的舌尖。父親的嘴唇青灰。細細的、粗硬的鬍渣子，爬滿了父親嘴唇的四周和下顎。他的頭髮穢白而無光澤。細大的、青白色的四肢，毫無氣力地，任意地擱在沾著血汙的白色床單上。平生第一次，趙南棟看見父親那衰敗的、被導尿管弄得有些發炎的器官、在蕪亂的體毛中，安靜地死亡著

……

護士用一條全新的白被單，蓋住趙慶雲的屍體。一個年紀輕輕就開始禿頭的醫生，正在厚厚的病歷上的最後一頁，奮筆疾書，一個穿著灰色制服的衛生服務員，開始把病床推出加護病房。

趙南棟夢遊似地跟在病床後頭走著。一個小護士追上來要回穿在他身上的，消過毒的白衣。他加快腳步，追上運搬著父親的死屍的病床，和他們擠進了電梯。

他們走過一條長長的、下坡的廊道，走出了大樓後門，來到一處空曠的，醫院後壁的小廣場。小廣場上，停著一部陳舊的運屍車子。他們走上一條窄小的水泥路，送進一間孤獨的、灰色的水泥房屋。陳舊的木頭看板上，寫著褪了漆色的「太平間」三個顏體字。

他們把用白床單包裹的屍體，推進冰屍的箱子裡，而後鎖上了那厚重的，不鏽鋼小箱的門。

護士和衛生服務員匆匆地離開了太平間。太平間裡的一個老管理員，用濃重的河南口音

問，「你是……親戚？」

趙南棟沉默地凝視著那嚴密地鎖上了的、冷白色的、不鏽鋼的小門。他於是回頭離開了太平間。

走了幾步，趙南棟又站住了。火燒似的太陽下，在一身上下厚厚的冬季衣服裡，他可以感覺到冷冷的汗水，從他的脊背和胸口各處流淌著。他的汗衫和襯衫全溼透了。他用西裝袖口擦著臉上的汗。他走到太平間右側的一棵老榕樹下，跌跤似地坐了下來。

趙南棟始終沒有流眼淚。他坐在樹蔭下，時而低頭，時而仰望。他開始感到眩暈，而他的手開始顫抖。他感到氣喘，臉色青蒼。麻雀在老榕樹上聒噪地叫著。一陣熱風，在太平間門外，揚起了一片灰色的沙塵。

現在他開始在上衣口袋裡摸出兩條沒有開封的強力膠。他迫不及待地拆開黃色的包裝盒子，打開強力膠的錫管。他從褲袋裡摸出一個塑膠袋，開始把兩個錫管裡的黃顏色的強力膠，全部擠進塑膠袋裡。

他用顫抖的雙手搓揉著塑膠袋，把鼻子湊進袋口，睜大著那晦暗而空洞，卻依舊不失秀麗的眼睛，貪婪地吸氣。

「哦……」他輕輕地呻吟起來了。

他像呼吸困難的病人吸取著氧氣一樣，一口接著一口，把強力膠辛辣的揮發氣體，貪嗜地吸進他的肺葉裡。他的眼睛越睜越大，直直地凝視著黃灰色的，醫院大廈。從醫院的牆外，傳來了繁忙的汽車和機車的聲音……

一個小時之後，葉春美從醫院大廈的後門、慌忙地，快步走來。她帶著驚懼、苦痛的表情，走在通往太平間的、狹窄的水泥道上。在靠近太平間的門口時，葉春美驀然地站住了。她微喘著氣，看見了在榕樹周圍晃晃搖搖地走著的，眼睛直直地、空茫地望著前方的趙南棟。

「宋大姊，哦，宋大姊，這是你兒子！」葉春美的心中狂喜般地吶喊了。「我從沒見過的小芭樂！我一眼就看出來了，宋大姊……」

她緩緩地走向前去。她站在趙南棟的跟前，看著他那一頭垢汙的長髮，蒼白而瘦削的臉。她的眼中發散著溫暖的光采，像是母親看見了自己的骨血。她拉起他的無力的手，從寬鬆的袖口上，看見他胳臂上幾處用菸頭燙觸的傷口。

「小芭樂，我的孩子，」她喃喃地說，「啊，宋大姊，老趙，我終於找著他了。」

她費力地扶著瘦弱、一身汗臭、神志不清的趙南棟，走向開在醫院圍牆邊的後門。

哦，宋大姊，她愉快地想著，你不是要我照顧小芭樂嗎？畢竟，你讓我找到他了……

她在醫院的後門外，攔下了一部計程車。她把趙南棟安頓在後座內側，等自己坐穩了，用力關上了車門。

「石碇仔。」她說。

初刊一九八七年六月《人間》第二十期

初收一九八八年四月人間出版社《陳映真作品集5・鈴璫花》

另節錄〈趙爾平〉載一九八七年五月二十四日—六月三日《中國時報・人間副刊》

收入一九八七年六月人間出版社《人間文叢1・趙南棟及陳映真短文選》，二〇〇一年十月洪範書店《陳映真小說集5・鈴璫花》

1 初刊版此下空一行。

2 初刊版此下空一行。

3 洪範版為「葉春美」，此處據初刊版改作「葉春美說」。

4 洪範版為「叫 Diazine 消炎錠劑」，此處據初刊版改作「叫 Diazine 的消炎錠劑」。

5 初刊版此下空一行。

6 「C中學」，初刊版為「Y中學」。

7 初刊版此下無空一行。

8 洪範版為「葉春美」，此處據初刊版改作「宋大姊」。

9 「怎麼不」，初刊版為「怎麼」。

10 初刊版和洪範版均為「林大夫」，此處依文意應指葉春美誤為代理醫師「張大夫」來巡房，今改正。

11 初刊版和洪範版均為「楊大夫」，此處依前後文意應指趙慶雲的主治大夫「湯大夫」，今改正。

12 「人民的旗幟／紅色的旗幟／包裹著戰士的屍體／東雲未曉／戰鬥早已開始／……」，初刊版為「人民的旗幟……包裹著戰士的屍體／天未破曉／戰鬥早已開始／……」。

13 洪範版為「正式」，此處據初刊版改作「正本」。

14 「地毯」，初刊版均為「地氈」。

15 「白」，初刊版為「白皙」。

16 「產生」，初刊版為「變生」。

17 「電話」，初刊版為「電話機」。

18 「趁隙」，初刊版為「隙際」。

19 「晒乾」，初刊版為「晒晾」。

20 「熱淚」，初刊版為「熱淚汨汨地」。

21 「自己」，初刊版為「她」。

〔訪談〕鄉土文學論戰十週年的回顧

訪陳映真

今年是鄉土文學論戰十週年。本刊特別訪問了當年論戰的主將陳映真先生，就鄉土文學論戰的意義、十年來台灣文學的發展及台灣文學與作家的定位問題，發表看法。因陳先生出國，訪問稿未及經陳先生過目，若有錯誤，由本刊負責。——編者

問：鄉土文學論戰發生至今已十年，論戰發生以前，從一九四五年到一九七〇年左右的台灣文學，其一般狀況為何？

進步文學年代的來臨

答：鄉土文學論戰其實是一九七二年現代詩論戰的延長。回顧歷史，一九五〇年是台灣文

學發展的轉捩點。從一九四五年到一九五〇年之間的台灣文學，有著超乎我們想像之外的豐富性。葉石濤在《台灣文學史綱》中，便多少呈現了當時文壇的狀況，讓我們得以瞭解當時台灣現實主義文學的批判性與諷刺性。另外，應該格外加以注意的，便是當時左翼政治運動對文學、藝術也造成一定程度的影響。譬如，曾經在台北中山堂演出而轟動一時的舞台劇——《牆》，便是優秀的文學青年簡國賢的嘔心力作；還有，在五〇年代初期蒙難的台灣青年郭琇琮，他以現代劇場方式演出改良後的《白蛇傳》，批判封建社會的鄙陋，非只獲致大家的讚賞，同時在展現社會進步意義方面，也具備著歷史性的豐富意涵。這個階段的文學，一般而言是針對台灣社會的不公、不義，展開強烈的批判。後來，許多作家卻因涉及政治問題而遭整肅。監禁的監禁，槍斃的槍斃，一個進步的年代，漸漸隨著高壓、整肅的雷厲風行而告湮滅。

在經過殘酷的政治肅清所留下來的血腥的土壤上，美國新聞處播下的種子開出了現代主義的文學這樣蒼白的花朵。

降至一九五〇年代，就在韓戰爆發，第七艦隊封鎖台灣海峽後，許多左翼的、或是比較干涉生活的、進步的文藝工作者都遭受到嚴酷的迫害。這個「政治肅清運動」的慘烈實在遠遠超過了一九四七年的二二八事變。換句話說，台灣被編入兩極對立的戰後國際冷戰體系，在這個整編的過程中，經歷了一場相當血腥的、慘烈的逮捕和監禁。在經過殘酷的政治肅清所留下來的血腥的土壤上，美國新聞處播下的種子開出了現代主義的文學這樣蒼白的花朵。現代主義的來源還包括詩人紀弦，把法國所謂象徵主義的現代主義介紹到台灣來。我們也知道，現代主義最初發生的時候，有它一定的進步性。它可以說是一九三〇年代對於第一次歐戰後的世界資本主義的幻滅，因而展開了對十九世紀樂觀主義與中產階級平庸社會或破產社會的一種反叛。可是到戰後的一九五〇年代現代主義卻變成完全沒有思想、沒有歷史、沒有生活，只醉心於挖掘內心葛藤的文學。這樣的文學經過打折後，被輸入台灣。我說「經過打折後」，是有道理的，也就是說，在戰後的一九五〇年代，整個第三世界也受到現代主義的影響。然而，因為第三世界在戰前都是西方殖民地，能讀原典的知識分子遠比我們多而且優秀，他們的殖民地歷史短則百年，長則兩百年，甚至四百年。所以法語、英語、西班牙語對他們來說，已經是非常嫻熟的語言。當戰後的現代主義興起，第三世界的知識分子可以直接閱讀原典，比如說T・S・艾略特的《荒原》或者像喬埃斯的東西，他們都讀得很熟。而台灣不是，台灣的殖民歷史短，還有我們是日本的殖民地，五十年的統治過程中，我們的抗日派搞的是現實主義的文學；我們的妥協派只有少數人才經日本搞現代主義。因此，我們對西方語言完全沒辦法掌握。當時所謂現代派的營養資料，差不多都是口傳耳聞，很少很少人可以讀現代主義的理論著作或是文學著作的原典。在這樣的情況下，台灣發展出來的現代主義文學，是有一定的政治經濟學的意義；就是說，在巨大的恐怖以後，台灣過去的干涉生活、現實主義的文學受到很大的打擊。

歷史的斷層，傳統的失落

這種不干涉生活的、逃避的、沒有歷史的現代主義，於是成為政治恐怖背景下非常好的逃避出口。因此，台灣從五〇年代到七〇年代，受到以美國為中心的所謂「現代主義」的支配，長達二十年。這種情況在其他第三世界國家怎麼樣呢？我想現在我們都很清楚，就是在六〇年代中期以後，第三世界文學開始展開重大的反省運動，今天比較重要的第三世界作家在六〇年代就已經寫下非常重要的作品。他們能進能出，一方面對西方現代主義非常熟悉，另一方面能隨著祖國的命運，為了國家獨立、民族解放而鬥爭。他們能認清具體的現實生活，發展出具有自己風格的、色彩鮮明的反帝、反封建的第三世界文學。在學術思想上也是一樣，「依賴理論」也是六〇年代中期以後的產物。總而言之，在其他第三世界國家裡，因為整個二次大戰時的激進傳統沒有斷絕，所以他們的反省力還存在；因而，很快的，他們便以這股反省的力量，建設起民族主義的、反帝的、反封建的文學。

反觀台灣卻完全不一樣，台灣的時代錯誤長達四十年；從五〇年代到七〇年代，台灣文學一直受到強權的支配。三、四〇年代那種批判的、干涉生活的、革命的中國新文學，因為政治上的原因也被切斷，造成歷史的斷層。這個臍帶的切斷，使得台灣現代主義找不到傳統，卻透過當時台灣美國化的學院進口很多唯心主義的文學，來彌補台灣現代文學上失落的傳統。

在長長的五〇年代到七〇年代之間，我們的音樂、文學，包括小說、詩歌、戲劇，便全面地受到西方所謂「現代派」的影響。造成這影響的原因之一是由於我們對西方的原典並不是很清楚，只能生吞活剝。例如：我本身當時也涉獵存在主義或其他各種主義，但瞭解都不深刻。七〇年代的人大抵如此。

問：論戰發生的近因、遠因是什麼？

答：保釣運動發揮重大影響。七〇年代為什麼會產生新詩論戰呢？很清楚的是受到保釣運動影響。保釣運動也頗受六〇年代後期到七〇年代西方知識分子的校園反叛運動的影響。當時大學教育體制的改革、言論自由的擴張、反對越戰，還有民權運動和反文化(counter-culture)等風潮，都對整個戰後資本主義體系整編後的意識形態展開批判。像法國、日本、美國三個不同地區的知識分子，對一九五〇年以後深信不疑的西方價值、秩序，同樣採取強烈的懷疑態度。其中我想必然受到中國大陸文革的刺激，特別是學校教育體制革命的問題。當時的學生占領校區，成立由教授和學生組成的委員會，然後檢討大學的課程，他們反對校園被保守的意識形態所支配。這個運動使得在美國讀書的香港或台灣去的中國知識分子目瞪口呆，那時的留學生多半對政治沒有興趣，他們把中國看成是一個非常遙遠、神秘而且充滿專制、暴政的國家；但是，七○年代他們所嚮往的西方知識界所發生的變化給他們帶來很大的衝擊，從而在觀念與態度上，有了很大的轉變。就在這個時候，美國擅自把屬於中國領土的釣魚台列島，連琉球一併私相授受給日本。新帝國主義議題激發了戰後台港知識分子真實的民族主義的情感，此一民族主義的憤怒原是單純的反對列強對中國領土的干涉。至少在剛開始的時候，不涉及兩個政權的問題，後來隨著國際政治的變化，美國尼克森政府跟中共戰後二十年來第一次接觸，給在美的中國知識分子帶來相當大的震撼，進而提出「愛國，愛哪個國？」的議題。這當中有一些是擁護國民政府的，有一些是擁護北京政府的，龜裂的情況就產生了。

保釣之後不久，便發生了現代詩論戰。當時海外知識分子，對於中國現代詩的惡性西化現象頗多質疑。關傑明提出台灣現代詩中國化的問題。他呼籲台灣詩人不要再寫那種從外國文學作品中借支過來的感情，要有現實，要有人民的疾苦，要照顧到社會的問題。既然要表現這樣的內容，形式也要改變，包括不要再用西方現代主義式的晦澀語言，他並且更進一步提出「民族風格」的文學觀點。此一說法無形中緊密地連結著七○年代釣魚台愛國運動的反帝性格。所以一九七二年的新詩論戰的根本性質是反帝、反西方的。這個針對面非常重要，幾年以後的鄉土文學論戰其實只不過是新詩論戰的延長。當時，我和王拓等人，寫了幾篇文章對台灣戰後三十年來的文學做了一個總結。我們只取「中生代」及「新生代」文學作為批評的對象，像「中國寫作協會」的作品沒有包括在我們的文章裡。「中國寫作協會」是光復後從大陸過來的，他們有組織、有聯誼，囊取台灣各種獎金，他們也有代表台灣參加各種國際文學活動的機會。我們自己發展出來的《筆匯》、《文季》、《現代文學》等雜誌，基本上是自成體系的。因此，當我們對這個體系做出總的檢討和反省時，引起「中國寫作協會」和國民黨保守作家的不安，於是紛紛反擊，這個反擊具有明顯的政治上的意義。彭歌的〈不談人性，何有文學〉，提出所謂的「人性文學」，曾引起雙方激烈的辯論。這個論戰帶著很大的政治清算色彩，使得討論沒有辦法深入。還好，事情並沒有以政治態度與政治訴求來解決，總算平靜度過。

為誰而寫成為重要議題

問：今年正值[1]鄉土文學論戰的第十週年，回顧七〇年代以後，台灣文壇激劇、重大的變遷，您認為論戰對台灣文學的發展，有怎樣的衝擊與影響？八〇年代台灣文學的走向，又在何種程度上受到論戰的影響？

答：當時新詩論戰與鄉土文學論戰的具體結果很清楚：一、對西化文學第一次全面性的批判，也是對戰後二十年來完全處於支配地位的、以美國為首的、輸入的、惡質的西化文學的總檢討。二、作家開始反省文學是為了誰？為了什麼？以及文學的表現形式。前面兩個問題是為誰寫？為什麼寫？寫什麼？後面的問題是怎麼寫？就新詩而言，許多詩人創作出跟過去現代詩形式完全不一樣的詩歌，這是令人喜悅的收穫。第三，正如日本人松永正義所說的，鄉土文學再一次說明了在台灣的文學是中國文學的一部分。他驚異地看出，戰後二十多年以後，在台灣的文學理論上出現了「中國往哪裡去」的議題，譬如國家民族的解放、國家獨立的問題。雖然有很多政治禁忌，但大家仍然圍繞著這個問題。因此，松永正義認為台灣文學無可懷疑的是中國文學的一部分。雖然，一九四九年以後，台灣和大陸有著政治上的分裂，但是從一九七八年的討論文章看來，台灣文學仍然保持對中國的關切，所以他說是中國的文學。

另一方面，我們也要做個檢討。第一，鄉土文學還不是一個全面性的台灣文化思想運動。換句話說，它一直還停留在文學界；這是第一個缺陷。它沒有全面波及到其他的社會科學，或其他的科學研究，或是政治運動，它不是一個全面性的東西。這裡我還要加以註解：雖然它是個文學上的討論，但我們還是可以看到它對社會科學的影響，就是蕭新煌或其他教授所講的：為什麼我們的社會學都不談台灣的現況呢？鄉土文學在社會科學研究上的意義，至少引發像蕭新煌教授[2]這一批人，開始對台灣社會問題展開了研究。雖然還沒出現一個學派，一個movement，但已跟鄉土文學一樣出來批判整個戰後的、美國系統的保守的社會學。

鄉土文學論戰並沒有形成一種新的思想啟蒙運動。

第二，就成績而言，不只社會學方面還沒有提出系統地以台灣為中心、以台灣為關切主題的社會學討論，在電影、音樂、繪畫等等藝術項目上，也沒有受到深刻的影響。如果鄉土文學是以反帝的、批判西方的、中國傾向的觀點來下定義的話，老實說，我們沒有這樣的鄉土文學。但是從一個更寬的觀點來說，它已開始出現這些範疇的東西，只是不夠深刻。總的來說，鄉土文學論戰並沒有形成一種新的啟蒙運動、新的思想運動，現在回想起來，它應該更進一步對整個戰後冷戰體制進行質疑與批判。五〇年代以後台灣基本上變成了這個世界東西兩大陣營二極對立下的被支配物。政治上的反共、防共、恐共，思想上的親美、親日，不管是國民黨也好，在野黨也好，鼓吹的全是美國式的資本主義、議會政治、自由民主。這些，基本上也成為民進黨意識形態的主要內容。

另外一個反省之處，就是在創作實踐上，鄉土文學論戰沒有把思想檢討落實到創作上來。

論戰後，容許我這樣說，還沒有比較重要的作品產生。

追索歷史根源，意義非凡

問：部分從事台灣文學理論或歷史研究的學者認為，發生於七〇年代的「鄉土文學論戰」應被視作「第二次鄉土文學論戰」。這樣的觀點，側重指出所謂「第二次」乃是承繼了發生於三〇年代的「第一次鄉土文學論戰」，亦即「台灣話文論戰」；那麼，由文學發展史的角度來觀察，這兩次論戰的關聯性呈現於兩者之間的哪些特質上？廣泛地看，七〇年代鄉土文學論戰之後的台灣文學，又承襲了日據時期台灣新文學運動的哪些特質？

答：當初，在討論鄉土文學的時候，有人談到一九三〇年代台灣也有過一個鄉土文學論戰。我在這裡補充一點說明，七〇年代台灣鄉土文學論戰的提出與《中國時報．人間副刊》有相當密切的關係。《人間副刊》的主編高信疆先生基本上是個愛國主義者、民族主義者，也是位優秀的編輯，譬如關傑明兩篇引起現代詩論戰的文章，以及《龍族》詩刊現代詩論戰特刊，都是在高信疆策動下產生的。如果沒有透過大眾媒體，這個論戰也許不會擴大。還有一點，我們不要忘記另一個傳統，在南部像鍾理和這一批作家，他們素樸的現實主義文學。我用「素樸」的意思就是說，比起日據時代的現實主義文學，它缺少了一個意識形態。他們只是一個誠懇的、忠實的、熱愛文學的文學工作者。他們生活在鄉村，就寫農村生活的點點滴滴，基本上可能沒有能力觸及比較清楚的意識形態上的問題。另外，當然政治上的恐怖對他們也有影響，他們不敢去碰這個問題。長期以來所謂素樸的現實主義台灣文學，是一個相當重要的「非正式部門」，在資本主義的主要生產方式之下，個別存在著手工藝，或者比較地區性、非市場性的生產方式，被稱「非正式部門」。就文學方面而言，在五〇年代冷戰結構下，親美的、依賴西方的這個主要部門底下也有一個「非正式部門」，那就是南方作家所代表的所謂的素樸的現實主義，它跟三〇年代的鄉土文學論戰有一定的共同點，也有一定的相異點。他們的共同點是反帝，這個思想是受到五四運動的影響。五四之前的台灣知識分子，包括文學界、文化界對中國的方向同樣表示關切，現在祖國為了自立圖強而發生五四運動，及五四運動帶起的白話文學運動，於是當時很多在中國讀書的知識分子，也跟著提出台灣文學的「白話文化」，以反對當時士紳派的、跟帝國主義文學妥協的舊文學。白話文提出後，馬上遇到另一個問題，因為台灣在政治生活上和中國斷絕已久，所以產生了語言問題。白話文學同樣影響福建或其他不同的方言地區，雖然這些地區各自的方言不同，但作家們用統一的白話文創作，是在一個整體的政治結構下面創作，雖然有講閩南語的，也有講湖南話的，像魯迅就講紹興話，可是他們寫出來的東西還是以普通話為主，因為當時大眾傳播都是用白話文。

啟蒙成為文學的大前提

然而，在台灣的作家不像大陸的作家那麼自由。在台灣有閩南語、客家語，不然就是舊的漢文，再不然就是日本話。因此要「我手寫我口」，就產生問題了，因為在當時台灣人的日常生活裡或是閱讀的書籍很少是白話文，所以當作家創作時，就產生了影響。另一方面是日語的干擾，就是在殖民地日語教育下培養起來的讀者，對普通話深感陌生，所以「台灣話文」只是為了運動的需要，請大家注意這點，不是後來所說的，要跟中國斷絕。所謂為了運動的需要，就是說在帝國主義侵凌底下，如果要中國老百姓讀那些古樸的文言文，那麼知識分子的啟蒙運動、政治運動，就沒辦法普及。所以大陸當時不只有白話文運動，還有更激進的漢字羅馬拼音化運動，主要是想讓廣泛的文盲，廣泛的幾千年來沒辦法掌握文字的中華民眾，能很快掌握文字，以增進知識，提高民智。台灣的第一次「台灣話文論戰」，就是從這裡來的，它是應合著實際需要而產生的反帝、反封建的運動，前者是針對日本帝國主義，後者則是針對早已投降的士紳、士大夫階級的知識分子。第三方面，它是要使台灣廣泛的農民、工人能趕快讀文學作品、讀宣傳品、讀理論文章。完全是為了策略的需要，因為像北京話中的「胡同」、「兒」字音等，跟台灣人的現實生活接不上，所以那些激進的文學家提出台灣話文學化的主張。在反帝這點上，跟七〇年代鄉土文學裡所反對的西方文學霸權有很大的關係。當時我們提出教育民眾，提出文學為社會服務的主張，與第一次鄉土文學論戰主張文學應該為大多數人能讀得懂的精神是一樣的。不一樣的是，無論在理論或實踐上，至少是在反帝的尖銳意識上，我們「第二次鄉土文學」論戰反而比較弱。因為日據時代是在舊帝國主義下，壓迫非常明顯，每天的生活裡面都存在著敵人。第二次鄉土文學只有少數的幾個文學工作者看到這一點，不只在理論上充分提出來，在作品上也能充分提出來，像〈莎喲娜啦．再見〉、〈我愛瑪莉〉、〈小林來台北〉，及我個人對越戰討論的一些作品，可是卻不像第一次論戰時那樣普遍。然而它們都有一個共同點：都有一個中國在裡面，都以中國為方向、為思考內容。不過具體地說來，兩者之間沒有直接的淵源，老實說，還有很多人不曉得有第一次的鄉土文學運動。若是不曉得這一回事，怎麼可以說是受到它的影響呢？台灣左翼文學一直到七五年以後才出土一部分，有很多日據時代的左翼文學作品尚未完全開放；這跟三、四〇年代的中國新文學受到禁止的命運相同，所以沒辦法做很好的研究。但是你也可以說，因為台灣文學歷史出現了這個斷層，所以使我們的現代主義延長那麼久。

問：八〇年代以後，由於台灣政治環境的快速變遷，文壇上陸續出現像「政治文學」、「人權文學」等較具批判現實政治色彩的文學主張。這些主張與作品和第三世界國家激進的現實主義文學有何異同？

答：光復後，台灣發展出一條素樸的現實主義文學。這和日據時代反抗的現實主義文學，最根本的差異是在於日據時代有明顯的反帝、反封建的意識形態，特別是賴和、楊逵和呂赫若等人。至於光復以後，經過五〇年代的肅清，具有意識形態認識的人，不是被殺、流亡，就是驚恐停筆。因此，剩下來繼續創作的作家，他們就比較少有意識形態在。當然，意識形態並不等於文學。一個思想比較明確、清楚、激進的寫作者不一定就能寫出好的作品。

時代錯誤的台灣／台灣人問題

戰後，以鍾理和和第一代《台灣文藝》為代表的作家，也就是我們所謂的素樸的寫實主義作家。他們的作品的第一個特點也就是沒有政治的或固定的社會意識形態；其次，他們真誠的、熱情的、甚至是傑出的去描寫生活，描寫五〇年代前後的台灣農村生活。然而，從五〇到七〇年代，在台灣全面西化的現代主義時期，他們一直都是比較弱小的底流，卻也強韌地一直堅持他們的風格。但是這個底流在八〇年代，特別是一九七九年以後開始衝出地表；以前是地下水，現在冒出來一條溪流。一九七九年，美麗島事件發生了，衝擊了台灣知識分子，各方面都起了相當大的影響，大家深深感覺到台籍的知識分子，特別是政治人才，受到了相當大的打擊。外省人和本省人之間的感情在美麗島事件中又起了激變，一些人感到：本省籍人士原來是受到壓迫的，台灣人知識分子是受打擊的。這種感情深遠而且激烈，在政治界和文藝界活動的台灣省籍年輕知識分子，有相當大的一部分人受到這個事件的衝擊和影響。有些台灣作家是以外省人壓迫本省人解釋這個政治事件，而不是用更高層次的政治經濟學知識去了解，所以心中就產生了悲憤。於是提出「台灣文學」的概念，探討「台灣人」是什麼？「台灣文學」是什麼？「台灣」是什麼？這種身分認同的問題在台灣內部引起了廣泛的注意。但把台灣／台灣人當作問題來討論，其實在五〇年代就已發其端緒了。

中共與美國的《上海公報》發表後，二極對立的世界戰略調整了；「台灣獨立」被帝國主義利用的價值大為降低，「台獨」這隻棋子也就報廢了。

一九五〇年代大概是台灣的地主階級與過去親日資本家在整個國民黨的政治結構上爭取到發言權，再加上國際勢力要使台灣徹底親美反共，才產生所謂的「台灣分離主義」。這個「台灣分離主義」運動的一個重要綱領就是台灣／台灣人的問題。把台灣從中國分離出來，必須要有一些理由，於是有人從國際法這個層面提出，也有人從民族的觀點提出，更有的從台灣的歷史來探討，這些都是為了要取得台灣人為什麼要獨立於中國之外的論證。可是，我們的理解是當時在全世界範圍內分成彼此矛盾的兩種政治經濟結構，形成對立的兩個陣營，而「台獨」企圖利用兩大陣營之間的結構矛盾來奪取國民黨的政權，從而為這個反共陣營服務。這些論證主要是由此產生的。可是一方面由於國民黨取代了「台獨」的功能，另一方面由於這種理論比較沒有現實基礎——因為台灣內部矛盾，根本上是社會矛盾，而不是什麼民族矛盾——因此，它就沒有辦法取得廣泛的認同。在一九七九年後，再大肆宣揚這種台灣／台灣人的理論，可以說是一種時代錯誤，因為它已經錯過了台灣獨立的最好時機，它的最好時機是在六〇年代。當時，美國勢力如日中天，中共因文革無暇顧及國際情勢，國際間產生了數個政治運動想讓台灣獨立起來，卻沒有成功。等到《上海公報》發表，二極對立的世界戰略也調整了；「台灣獨立」被帝國主義利用的價值大為降低，「台獨」這隻棋子也就報廢了，所以我說是個時代錯誤。

名詞無關緊要，重要的是作品品質

從另一角度來看，從五〇到七〇年代，海外的台灣籍人士所積極進行的台灣獨立運動，並沒有全面影響台灣當時的知識界。我在綠島時一直都有台灣獨立運動的案件被偵破，但主要還是局限於政治運動。然而，美麗島事件以後就不同了。社會不但對黨外運動採取強烈的同情和支持（如美麗島受難家屬的高票當選），同樣的，文學界也正引起一種覺醒，他們認為過去的文學界太消極、太孤立了。《台灣文藝》的改組，由陳永興醫師接辦了這一份刊物，正是個明顯的改變。從此，這份刊物在題材上比較積極，比較主動過問時局，也比較有明顯的思想色彩。許多作家的台灣自覺性都明顯地提高，「人權文學」、「政治文學」之類的名詞也出現了。

關於個別作家台灣意識的提高，我基本上承認，他們對台灣的關切與愛，差不多是蓄著滿腔的熱血，對台灣人民、台灣命運的深刻關懷。然而，對台灣問題的看法，我個人則有些不同的意見。譬如，最近提出一種相對於中國文學的台灣文學論，這個概念不同於日據時代那種相對於日本帝國主義的台灣文學。他們提出台灣人的概念時，是針對於中國人這一概念的。這個理論是將國民政府四十年來在台灣的支配看成一個民族對另一個民族進行殖民統治，所以認為台灣文學是和中國文學相對立的。然而，在鄉土文學運動時，台灣文學是以在台灣的中國文學這樣的概念提出的。一九七七、七八年時的文學界，在公諸於世的文字上，並沒有提倡目前這種強烈台灣意識的台灣文學。

至於一些文學運動或文學派別的提出，我個人認為名實應該相符。「人權文學」、「政治文學」這些口號，在目前來說，要評論可能還太早了。這兩個名詞的成立，可能還要等到文學上、專業上非常優秀的作品出現才算成立。何況，所謂政治小說對政治應該有結構性的了解，而不是只談一些敏感話題，或是批評國民黨的施政就可以了。台灣政治是不是只有國民黨問題？是不是還該追問：台灣整個社會上的矛盾是什麼性質？它和整個世界結構的關係是怎樣？沒有這樣的深度，恐怕還不能稱作政治小說。

一些優秀的第三世界小說，如：菲律賓作家荷西(F. Sionil Jose)的《我的兄弟，我的劊子手》，非洲喀麥隆作家歐優諾(Ferdinand Oyono)的《老人與勳章》，韓國作家李清俊的《無法寫出的自傳》，及金池範的《烏鴉之死》，以及薩爾瓦多作家Argueta的《一天的生活》等。這些小說都深刻而生動的描寫了第三世界的人民追求社會正義、民族獨立的艱辛歷程。這些小說不論就歷史格局或對人、對政治、對世界局勢的理解都相當深刻，因而動人心魄，感人至深。這些作品，你冠以什麼名稱都無關緊要，是所謂政治小說也罷，人權小說也罷，最重要的是它有生命力和震撼力。

問：去年，德國政府舉辦國際文學會議，部分受邀的台灣作家歸國後，對國際社會重視大陸作家，漠視台灣作家，頗為憤憤不滿；近來此間文學界也在談台灣文學及作家的定位問題，對此你有何看法？

答：幾年前，詹宏志寫過一篇文章說，台灣的寫作者若不深入的認識社會、增進本身思想的內涵，而只對台灣的社會生活做些浮面的描寫，作品內容必然貧乏，恐將僅具地方的特色，在中國文學史上只能成為聊備一格的邊疆文學。對這個寶貴的意見，某些人未經細讀、深思就大鬧情緒，搞得滿天風雨。台灣的文學界有個特殊的現象，就是有些人只要聽到有人說台灣的文學比第三世界文學差，或是比大陸的某些作家的作品差，或者說他不重要、不深刻，就會引起強烈的情緒反應，認為受到歧視、蔑視與侮辱。

寫出民族的心聲，使受侮辱的人尋得尊嚴

台灣今天因為建交國不多，作家在國際場合可能會因國際地位的低微而受到有意無意的歧視。但我要著重指出的是：包括我個人作品在內的台灣文學，總讓人覺得還不夠豐富、不夠優秀。還沒有足以驕人的作品與作家，可向世界顯示掩蓋不了的光輝。所以，我覺得，台灣文學界需要的不是很不健康的自信，而是感到有所不足的自覺；覺得自己不夠，經常見賢思齊以鞭策自己不斷努力。

再者，我個人認為國際上的評價一點都不重要。我很訝異台灣，甚至大陸，都在談論為什

麼某些重要的國際獎不頒給中國人？台灣的文學界有這樣的想法，多少還可從台灣社會比較功利得到解釋。社會主義國家的作家，對於為什麼寫作？為誰寫作？理論上，應該比任何地區的作家先進才對。如果連大陸的作家都問諾貝爾文學獎的審查委員為何不頒獎給中國作家？或什麼時候才給？我覺得是非常可笑而沒有禮貌的事。個人認為一個作家最引以為榮的，應該不是在國際上得獎，或是在說別的語言的民族得獎，而是自己國家的人民認為他寫出了他們的心聲，他的作品使悲傷的人再起，使不能愛的人重新試著再愛，使受侮辱的人試著尋找他的尊嚴。如果他的本國人民都認為他的聲音代表全民族的聲音，他說出了全民族的苦痛、期待、勝利與喜樂，我想這對作家而言，便是光輝的冠冕。爭論自己在國際上的地位如何，我個人覺得大可不必。當然，我沒有在德國受到差別待遇致生不公平之感。這個所謂的不公平之感之所以產生，我想可能有兩種原因，一是別人對我們不太禮遇，其二可能因為自己覺得很重要，在台灣薄有聲名，到了德國卻未受重視，聚光燈都打在大陸作家或別國作家頭上，因而感到受了冷落。如果是這樣，說不定該檢討的是作家自己，不是嗎？

初刊一九八七年六月《海峽》創刊號

收入一九八八年四月人間出版社《陳映真作品集6・思想的貧困》

1 人間版此處有「台灣」二字。

2 人間版無「教授」二字。

曲扭的鏡子．序[1]

我對基督教粗淺的理解，來自我的父親陳炎興先生。在二十一歲前後吧，我開始脫離了按時到教會聚會、祈禱、讀經的生活，先是因為我自己的怠惰於追求，次是因為我在哲學上思維上的變化，再次，如果不是諉人以卸責的話，是今日台灣教會信仰、文化和知性上的荒廢。

但我的父母親始終生動、有生命的信仰生活，是使我一直到今天能尊敬一種真誠的基督教信仰的重要依憑。後來，我在前進的基督教的神學理論中，理解到基督教在今天被壓迫人民尋求物質和精神的解放中所做的重要貢獻，理解到前進的基督徒與激進的哲學家之間真誠尋求相互理解的努力，也使我對今日基督教的生命力與信仰的真摯，敬佩無已。

離開教會多年，驀然回首，才驚異地發現，自己的小說評論中，竟然有不可忽視的部分涉及自己對教會的思考和苦悶。而這些無論如何也不應該引起注意的部分，竟而卻引起了《曠野》同仁的關切，更竟而思成集以付梓，這就不能不叫我惶恐了。

一九八七年七月

我深信這些文章中，必有無數的、嚴重的信仰上的錯誤，隱藏著無數作者內心最深的驕傲、侮慢、褻瀆、虛偽和自義之罪，它們的出版從正面看，我個人以為是極不適宜的。但是，如果把它看成映照著今日台灣教會的一面嚴重歪扭的鏡子，或者也能從這惡鏡中，看見平俗看不見的、教會的影像。二十世紀法國的重要哲學家蔣．保．沙特曾經說，白人只有從阿爾及爾黑種人民的暴力、忿怒和仇恨中，才能看見白人施於殖民地阿爾及爾的殘暴、自私和傲慢，從而走向白人的救贖和解放。同樣，也許今日在台灣的教會，有時或者需要從罪人的妄語中，看到必須去重釋組成的、自己的面貌，獲得赦免和重生。

我以罪人的羞慚與謙卑，用戰慄的雙手，把這本集子呈獻給我所敬重的《曠野》編輯部和他們的讀者，並且乞求他們為我恆切代求。

初刊一九八七年七月雅歌出版社《曲扭的鏡子》（康來新、彭海瑩編）
收入一九八八年四月人間出版社《陳映真作品集9．鞭子和提燈》

1　人間版標題作「一面嚴重歪扭的鏡子——《曲扭的鏡子》自序」。

基督徒文字工作者的社會責任[1]

今天我要談一個比「如何寫作」更為根本的主題——教會及基督徒文字工作者所面臨的社會責任。

先知的使命

在新、舊約裡，可以看見許多偉大的作家與詩人，其偉大處不是在於其文學成就，而在於其能以一支銳筆深刻地描繪人生、批判人生。我們也看到聖經上有許多先知，苦口婆心地，對沉淪的人生發出警告、責備與勸誡，甚至不惜面諫君王，直到家破人亡，遭受悲慘命運，仍是不停。他那無畏的力量不是來自血氣之勇，而是來自上天賦予的責任，因此，即使在刀鋸鼎鑊之前，他必須說話。

直言勇諫

真正的作家包括基督徒作家，必須有先知直言勇諫的精神，不惜犧牲自己的生命。時常，大眾傳播所塑造的作家形象是出世的，不食人間煙火，悠然自得的，富於浪漫氣息；作曲家更是靈感一來，在琴鍵上敲兩下，一首曠世名曲渾然而成。這個形象，與現實有一大段距離。一個作家必須是嚴肅的，有抱負，有理想，是入世的，是積極思想的，為了提升人類的生命與靈魂而努力，這要花費許多精力。今日的作家不僅要文筆好，更要會思考，廣泛地吸收知識，深入觀察和逼視人生。因為文學不同於其他的學科，它是唯一深刻地、嚴肅地反映人和他的生活的一種創造形式。

反省的精神

文學教人反省，教導人之所以為人的條件。當世俗的力量使人不再成為人，不管其外來的力量是否出於政治、經濟或人內心的罪惡，使人的形象扭曲了，這時文學便啟發人思考的力量：思考什麼是愛？什麼是罪？什麼是公義？什麼是寬容？這些都是向來一切偉大文學的主題。因此教會不應忽略文學，視文學為世俗的小技。

忍受寂寞

一個正直的作家往往嚴肅地探討人生及存在的意義。此外，作家也是時常與世俗體制相悖的，因此會有來自各方不同的壓力。舊約中的先知苦苦呼籲人要儆醒，末世將至，卻受到民眾、君王的嘲笑和逼迫。當大家在淫樂荒唐之際，只有先知超越了人的軟弱，他是被孤立的；因此作家經常是寂寞的。也許我們可以看到少數幾位偉大的作家一生受盡殊榮，享受榮華富貴；但有更多作家卻因為堅持說出真話，為世人所唾棄，受當權者的迫害，其命運甚至無可扭轉。幾年前我赴美參加一個國際性的寫作營，世界各國有潛力的作家都被邀請，但是有些專制國家的作家未能出席，原因是他們受到拘禁。令人深深感受到，在這樣的世代裡，作家是最容易受到權勢逼迫的一群。

寫作是一個拚命的行業，徒有恩賜是不夠的，所有優秀的作家、教會的作家，都有著共同的使命，即先知的使命。先知是上帝選召出來傳遞信息的人，往往有極大的考驗在等著他，我要強調，先知都不是特別勇敢的人。他敢於犯顏力諫，是為了上天賦予的使命，不得不然。即使是耶穌，也有這樣的祈禱：「我的父親呀，假使可以，求你不要讓我喝這苦杯吧！」（太廿六39）

技巧後於內容

提到文學，大家會期待我談談寫作的技巧。有人會懷疑陳映真：一個大男人竟會以一個女人的立場，寫出那樣細膩的感情來。有些人，想明白如何觀察、如何描述及如何塑造角色性格、製造高潮之類的問題。這些寫作的基本條件，其實是作家應具備之最起碼的條件，猶如一位運動選手所具備最基本的條件，是肌肉發達、行動敏捷。假如連最起碼的條件都搆不上，便不應選擇寫作為他一生的志業。技巧是主動的、自發的，因而，技巧是無意義的——假如它沒有內容的話。如果文學的形式或技巧與人無關，它便沒有生命。譬如學英語最大的困難在於文法，其實文法是歸納語言而得，語言並非依照文法而生。相同的，文學理論後於文學作品，技巧也是後於內容的。世上不乏經典性的文學作品，當中有很多不合文法的句子，但以文學作品而論，卻是字字珠璣。

五〇年代的台灣文學受到西方形式主義影響甚巨，技巧層出不窮；相對的，它的內容卻十分貧乏。技巧如果離開了內容，離開了對人的關懷，則毫無價值可言。反觀日據時代的先賢作家，在技巧上也許是粗糙的，沒有象徵、比喻、時間倒轉等技巧手法，但它卻讓人覺得親切熟悉，讀來令人震撼，有一股力量深深地攫住了人心，因為它探討的是人的問題，是人的生存和意義的問題。

五十年代的作品多是人內心的葛藤、個人的愛恨和無病呻吟，都是個人瑣碎的事物。技巧是花草，只能給人瞬間的喜悅及新奇，因此形式與技巧並不重要。任何文學作品，只要有深刻的人間性，皆會令人覺得芬芳、偉大、啟發人心。

世俗化的教會

今日台灣教會有許多問題，特別是與第三世界覺醒中的教會比較，台灣教會有許多值得反省之處。台灣教會的問題與台灣文化上最大的問題是相同的——思想、文化的貧窮。也許我們有很多專業的知識，但對於社會、生命缺乏最基礎的認識。

另外一個問題，就是近二十年來台灣社會形成的「大眾消費」社會。生活在此社會結構下的人，變成一種工具——追求商品的工具。信徒不知不覺跟著世俗的潮流走，狂熱地追求物質欲望的滿足，從而喪失了活而深刻的信仰。

在這方面，我覺得天主教有許多值得我們學習的優點。我深深覺得，我們的神職人員多不注重學問及知識的追求。也許我們有足夠的熱情，但這徒有熱情的信仰，往往流於膚淺，無從面對劇烈變動的現代世界。口號是沒有用處的。我並非強調學問可以替代救恩，然而在如此複雜的世界裡，沒有知識、文化與思想，教會就無法契入現代生活的核心。教會的眼光變得短小了。我們的教會和我們的社會一樣，只關心自己。有一個錯誤的觀念，就是「台灣以外的事與我無干」！六十年代的越戰，整個世界的知識分子為越戰鼎沸、議論了數年，甚至遊行示威、抗議指責，唯有台灣視若無睹。除此之外，教派之間互相排斥，許多問題在在顯示，我們沒有具備社會文化思想的信仰眼光來看待這個世界。

歸納起來，今日教會信仰上的缺點有二：

一、知的貧乏

這是大眾消費社會共同的現象。今日的教會活動常限於郊遊、烤肉、查經，偶而到孤兒院去發揮一下愛心——用一種高興施捨的心情，而不是嚴肅的態度；很少去深入地思想一些人生與社會的問題。而知的貧乏，使我們的教會對極端複雜的現代生活與現代世界一無所知。現代世界中的經濟、政治、思想、制度……深刻地支配並影響了現代人和他的生活。一個無知的教會，自然地脫離了現代世界。今日許多基督徒在世襲的基督教家庭裡被保護得太好，而失卻了先知的精神。

二、世俗化

教會有世俗的一面。從社會經濟史的立場來看，天主教在新教未興時，與當時歐洲封建的經濟制度有很大的關聯。教會從「耶穌的教會」變成「羅馬帝國的教會」，再變為封建的、具有強烈階級制度的教會，信徒要透過神職人員才可以與上帝交通；當時的政治體系正是階級分明、權威傾向的，教會成了世俗社會的反映。到了工商業時代，封建制度瓦解，代之而起的是資本主義；政治上，民主思想抬頭，教會中，信徒可以自己研究、禱告、與神溝通，不再需要神職人員作為橋梁與媒介了。

但我要強調的是教會所具有的反俗的一面，最明顯的莫過於耶穌的時代。當時法利賽人便是一個世俗的教會，穿綢戴銀、高談闊論。耶穌來了，祂是溫和的，但祂卻以極憤怒的態度來面對世俗。

在中南美洲，有許多年輕的宣教士，當他們看到全國百分之八十的土地，掌握在百分之十的地主手中；看到地主如何無情地剝削佃農，當他們交不出租金時，地主便私刑拷打。而地主絕大部分是教會的弟兄，在教會中的勢力很大，因為他們是教會奉獻的主要來源。這些年輕的宣教士該如何呢？他的心被分裂了，他感到宣稱愛主的教會，是支配者、而不是貧乏者的朋友。那些在森林裡的，自稱反基督、無神論的「叛軍」，卻強烈主張社會公義與平等。他看到無數窮人仰望的不是教會而是那宣稱反教會的密林中的隊伍。他開始矛盾、禱告、冥想、讀經，遂而產生了「解放神學」。

教會應負起指導人的責任

韓國教會之所以不同於台灣教會，原因乃在於韓國教會負起了指導人生的責任。教會勇於介入各式各樣的社會、政治和經濟生活，進而關懷他們。當農民受到剝削時，教會挺身而出，為他們抗議。他們主要的依據不是高舉社會主義的旗幟，而是福音書上永恒的聖訓。我們以往只尋求心靈的解放，而忽略了物質上對人類的束縛。假如變成只有教會外的人才主張公義時，這個教會便要反省。

過去教會對sin與crime的觀念有很大的區別，教會對罪的要求標準特別高，只要人心中動了惡念便犯了罪。今日卻不同，那些無神論者視之為罪的，教會卻噤口不語，比如《勞基法》的問題、待遇問題、貧民問題、環境、公害的問題等等。那些無神論者拚命呼籲要解決的問題，有些教會卻從來不曾關懷過。冷漠是今日教會最大的致命。

我今日斗膽、放肆地指出教會的缺失，但願不是只出於愚妄的心。基督徒的批評要出於愛心與信仰。在這樣的世代裡，必須非常儆醒，否則便被世俗所淹沒。當別人炫耀自己的學歷時，你要沉默；當別人只選擇大教會去牧會時，你要選擇弱小的；當別人只會探訪有錢的長執時，你要去關懷那些貧困的弟兄，甚至是批評教會的人。

教會不應輕慢知識

在世俗文化思想控制之下，教會所肩負的責任是什麼？假如「什麼樣的社會產生什麼樣的教會」，那很簡單，教會公司化，講究經營管理，運用廣告來推銷福音，比如用搖滾音樂來作聖詩，可以吸引許多年輕人……等等，這些迎合社會的舉動是否是對的？基督徒文字工作者要特別深刻思想這些問題，要追求各樣的知識，進而關懷社會上的問題。如果我們相信知識、思想皆出於上帝，那麼我們的教會就太輕慢了知識和文化了。

教會常有個口號：「知識不能拯救人。」到底正確與否？把知識文化當作救恩的途徑，是錯誤的；但為了救恩而放棄知識卻是荒唐的。身為一個作家，為了追求真相，必須具備各樣的知識。因為大眾傳播的背後，有很多人力、物力都十分壯盛的集團在策畫，你如何與之較量呢？

這特別是台灣教會中的青年必須認知的。要了解，批判體制、反對體制，絕不可為了個人利益而為，而是為了上帝，這是最基本的信仰。

商品化的社會

現在的年輕人處於富裕的時代，從小便無法體驗節制欲望對於人的情操有多麼重要的意義。在我小時候，由於物質缺乏，許多欲望是無法滿足的，因此我們被教育成：當你想要一樣東西，同時，你必須抑制那個欲望。

我的成長經驗

記得有一次，我看見一個小孩在吃東西，便盯著他不放，當我發覺父母用責備的眼光看我時，便覺得十分羞愧。我高中、大學都沒有零用錢，第一件毛衣是大學畢業後才有的。那時也沒有手錶，約會都很緊張，深怕遲到。我很喜歡音樂，便與班上同學組成吉他社，我非常喜愛吉他，但同時也知道我不可能擁有一把吉他。我的功課不錯，眼看許多同學準備留學，我在外島服役時，因為空閒多，也讀起書來，目的只是為了報考留學的有假可放；我考取了，從開始準備到考取的過程中，我知道我是不可能出國的，因為我沒有條件去。這樣的社會環境有個缺點：每一種欲望及可能性都被自己扼殺了；但它也有一個優點：讓你知道現實人生的常態與本質——生活是充滿了限制的。

人生的常態

現在的小孩只要開口，父母便盡力滿足他，所以總以為生活中是沒有任何限制的，只要想到便能實現，因此養成自我中心的觀念。但實際人生並非如此，人生有各種各樣的限制——不論感情、世事、物質，都有限制，這才是人生的常態。今天，廣告、觀念、習俗告訴孩子們：「只要你要，就會得到。」聖經上告訴我們：「你們祈求，就得到……叩門的，門就開了。」這當然有別的意義在內，並非字面上的意思。

今天的教會，處在一個新的社會。這個社會和過去的社會，有著極大的不同。第一個不同，在它是由無數商品堆砌而成的社會。在工商業發達的今日，幾乎每個人身上沒有一樣不是用錢買來的商品：自助餐使家庭日常飯菜也變成了商品。從前小時候，每家的主婦幾乎都會做豆腐乳、𥺸蘿蔔乾，每家都養雞，大部分的東西都是自製的、非商品的。而現在卻樣樣成為商品。以前農民要「買菜」是很不可思議的事，現在鄉下人買菜卻很平常。甚至菜農也買菜，因為他種的菜早已賣掉了，農產品也商品化了。這樣的社會裡，生產是為了消費，不再是從前自給自足的形態。我們的生產已超出生理上的需要太多，那該如何呢？就是促銷。

欲望的解放

促銷的方式有二，其一是介紹你所需要的產品，激勵人去購買。其二是經由各種廣告、宣傳、刺激來激發你對某產品的欲望與需求。例如嚼口香糖是西洋人的玩意兒，也許中國人沒有嚼口香糖的欲望，口香糖製造商開始製造、操縱你的新欲望。於是商人利用大眾傳播媒體開始創造欲望，用電視、廣告來創造需要。從人性的觀點來看，人的欲望受操縱、受影響，產生不必要的、不合理的欲望。人的欲望受到最大限度的解放，這當然是與社會大量的物質條件相互呼應的。

享樂主義潮流

我們可以說，人類有始以來，未曾像今日社會一樣，欲望受到最公開的認同。向來的東、西哲學和宗教都告訴我們：欲望是應該節制的。那怕最「落後」的民族，也會用最自然的智慧，來維持天與人的平衡、維持欲望的適度節制。過去印地安人居住的山區有許多野牛，他們僅在野牛交配後那一段時期狩獵，其他時期任其自由生活，但白人一來，為了無窮的開發，便破壞了此一定律，大量屠殺野牛，任其屍臭遍野。傳統的智慧與信仰一再說明人要如何與天配合、與人和諧。但在現代大眾消費時代中，人的欲望解放之後，卻完全崩潰了，於是造成普遍的「享樂主義」潮流，這是此世代的特色之一。

制度化的消費

第二個特色便是消費已然形成一種制度，促使舊式家庭解體。傳統的家庭對於物質的吸收是有節制的，現在的家庭對新產品的接受力很強，沒錢則用分期付款，消費成為一種體制、一種習慣。

消費人的誕生

第三個特色即是「消費人」的誕生。過去的人雖然物質缺乏，但人情味濃厚，懂得關懷別人；現在物質豐富，但人與人之間的疏離、陌生、冷漠卻愈來愈嚴重。所謂「消費人」，指的就是人生活的最高目的在追求物質享受，一切努力只在朝著這個目標狂奔不已。從買廉價商品，到能夠買豪華別墅，一生為了消費商品而存在。

這種情況下，物質滿足了，心靈卻愈來愈空虛。外國文學常有這樣的作品反映：當一個人拚命爬到他們要的理想目標時，他變得徬徨無助、空虛寂寞，於是開始酗酒，牧師的職責遂由酒保取而代之，兩杯黃湯下肚，什麼事都對酒保吐露。人變得孤獨、寂寞而陌生，雖然見了面也打個招呼，卻無法溝通，只能趁著酒醉，向陌生的酒保傾訴，酒醒後又是形同陌路。台灣的社會也漸漸形成這樣的情形。

因此我要提醒教會的年輕人，今天的教會，處在這樣一個大眾消費社會，處在這種物欲奔放、心靈空虛的時代，在信仰上，應該有什麼樣的立場？教會應該怎樣看我們的社會和這社會中的人生？教會與基督徒要用什麼面貌與姿態來參與社會？這是今日台灣教會所面對，急切需要以信仰來解答的課題吧！

為說真話而寫作

至於基督教作家應該寫些什麼？為什麼而寫？怎麼寫？這與作者主觀的認知有很大的關係。你怎樣在信仰上看這個世界、看這個人生、看人、看這個變動的世界中的教會，以及你和上帝的關係？這是一個值得深思的問題。這些問題有了解答，才是在這樣一個社會結構、物質條件下，一個號稱為上帝兒女的、願為擴展上帝國度而努力的精兵應該寫的。

誰最需要福音

教會在人文、思想上的貧困，是整個台灣在人文、思想上貧困的一個反映。假如我們不從這一點做起，差不多要絕望了。一個基督徒作家，該為誰寫？為上帝、為上帝的事工而寫！但上帝的事工又是什麼？如果一個教會作家不理解現代社會和世界的不義、掠奪和壓迫的結構，不以弱小者、被迫害者、被凌辱者的立場——一如耶穌當年以盲人、痲瘋、娼妓、稅吏、漁夫……的立場去看待真理、看待社會和人，他就無法把握今日基督教精神最核心的問題。在這樣的世代裡，教會工作的對象是誰？誰最需要福音？解決這個課題後，才能問「如何寫？」

我們需要有如舊約先知的勇氣與精神；但要了解，在這世代裡，和任何一個歷史時代一樣，說真話是不容易的，我們都知道哥白尼說了真話而受到教會的迫害。教會歷史告訴我們，在上帝的啟示下說誠實話，不但受到世俗的迫害，甚至受到教會的迫害。因此，基督徒必須有一份安靜且堅定的抱負。真正發自信仰的力量是謙卑的、團結的。一方面要安靜謙卑，另一方面則要勇於表白上帝的旨意，但這有時必須付上很大的代價，同時也是基督徒作家必須有的覺醒。

電視劇《根》的再思

前幾年美國一部電視劇《根》，叫人震撼，也深具教育意義。令人感慨的是，以現在的觀點來看奴隸制度，很容易理解它是錯誤的，但那個時代的人卻持不同的看法。劇中有一個奴隸的主人，是很虔誠的基督教徒，當他鞭打奴隸時，心安理得的想：「奴隸是上帝所賜、為我工作的，他們是劣等人種、該隱的後裔，由上帝交予我來管教。上帝也託付我一個責任，就是要傳福音給他們，也要教他們做人的道理。」他如是想，一點也不覺得不對。這個人在教會也許是一個長老、一個有力量影響別人的人，在教會中，他也許真是愛主、敬畏主的人。但依現在的眼光來看，他的「蓄奴有理」的想法是有罪的。

我如此舉例，是要強調信仰常會受到當地世俗價值觀所制約的危機。假如當時有人挺身而出，指責他說：「你這樣對待我們的弟兄，是有罪的。」這種反世俗的力量，可能遭受當時傳統教會的逼迫，視之為異端，而譏其所言為「魔鬼的聲音」。由此可以看出教會的思想時常與世俗的思想同流。

神就是愛

教會的思想何時才能變得特立獨行、有價值呢？那就是當它反抗世俗的時候。我們現在常說：「上帝是愛」，但我們了解，在耶穌的時代，祂提到「神就是愛」，是一句石破天驚之語。因為那個時代根本沒有平等的觀念。當耶穌高喊「神就是愛」，是非常激進的。所謂激進，是與一時代流行的、體制化的價值和思想相背反、相抗衡。主耶穌批判法利賽人，與窮人為友，大聲宣稱：在上帝之前，凡一切人皆平等……。從他的時代看，這全是「混淆視聽」的「危險思想」。教會應是激進的，但它與世俗的不同點在於教會的激進是溫和的、安靜的、堅定的，來自上帝的啟示，而非出於人的仇恨、反抗。因此，沒有一個先知是體制內的先知，否則便只會歌功頌德而已。

知識不能拯救人

另外，我要強調教會當然絕不主張文化、思想、知識等於救恩。一個很淺顯的道理——救恩來自恩典。救恩是來自於自身的慕義、悔改，但絕對不來自於文化、知識、思想或哲學，因為這些東西，從信仰來看，是救不了人的。

今日台灣的基督教會太過注重聖經知識，而忽略了人文和思想。有許多年輕人立志獻身讀神學院。但我要告訴你們的是，整個台灣的大學、專科教育，一般而言，都是一個空虛的教育，思想上十分淺薄。在這樣的大空氣底下，台灣的神學教育當然也受到影響。一些比較有深度人文思想、活潑的外國神職人員來到台灣，必定受到特別的注意，理由非常容易理解。

我們應當心存和平，所為的不是地上的權利地位，也不是要推翻某種政權、黨派。基督徒必須是一個謙卑的器皿，這也是台灣基督徒作家一個重要的課題。謙虛下來，細心觀察現代人的需要，而不是自滿地老是「感謝主！感謝主！」假如聖經上的作者都是如此，聖經便沒有流傳的價值了。應當抱著思想、文化及知識並不等於救恩的觀念，而認真地、勤勞地、嚴肅地追求當代的文化及思想。

我們能自詡的是什麼？

我們提及教會的特點是激進的、反世俗的，但並不鼓勵人起來反對別人，或者唱反調。因為教會激進、反世俗的唯一動力，就是福音的真理。當教會為了貧農，與地主抗爭時，並非教會推崇社會主義，而是單純的相信福音書上一個十分簡單的道理：「因為我餓了，你們給我吃；渴了，你們給我喝；我流落異鄉，你們接待我到你們家裡；我赤著身子，你們給我穿；我害病，你們照顧我；我坐監，你們來探望我。」（太廿五35-36）如此簡單的信念而已。教會應該用謙虛安靜的態度實踐上帝的話。

我對台灣教會有很深的關懷，不管是它的成長、力量，及對社會的引導。兩百年來的台灣教會，正肩負著一個巨大反省的責任。當我們與大陸上在艱難中成長的教會面對面時，一個是養尊處優，從來沒有想過任何問題的教會；一個是手抄聖經，真正活在鍛鍊裡的弟兄，那種差距何其大！我們所能自詡的又是什麼？

初刊一九八七年七月雅歌出版社《曲扭的鏡子》（康來新、彭海瑩編）

1　本篇為陳映真在「第一屆基督徒寫作藝術研習會」的演講。整理：張理俐。

〔訪談〕由「出走」談起

陳映真對當今台灣教會之觀察與評言[1]

一九八七年一月的《曠野》雜誌創刊號，最引人注目且引起討論的一篇文章，就是以介紹陳映真與教會淵源為內容的〈出走檔案〉，很多讀者期盼對陳映真的心路歷程有多些了解。事實上，由於《曠野》篇幅之限，當初與陳映真之訪談中，確有許多發人深省、值得當今教會再思的內容不得收入。本文特將訪談紀錄整理發表，希望可以幫助讀者更了然陳映真的心靈世界及其對基督徒的深厚期許。

對教會反智現象的再思

我之所以離開教會，原因其實是簡單的，六〇年初開始讀了三〇年代文學及社會科學的作品，受到作品背後的哲學的影響，使思路和價值整個顛倒過來了。但最大的原因，還是在於我感覺到教會太出奇地漠視思想和學術、文化的重要。相形之下，天主教在外界看來「僵化」、「儀式化」的條件下，卻有不可忽視的學術力量[2]。我曾多次和天主教神父交往，常常只覺得對方知性好、談得來，卻不知道他擁有好幾個博士學位。有少數基督教年輕牧師巴不得人家知道他有學術名位，相與之後，卻覺得知性單薄。我見過的神父幾乎不直接向我傳教，只在知識上與我做朋友。他們甚至熱心幫助《劇場》時代我們一些年輕朋友排演《等待果陀》。這是一部對聖殿的幻滅，在某種程度上表現「神之不在」的作品；可是他不但借書給我們作理解和詮釋劇本之用，還請別的神父為我們解說有關具體演出的知識。

天主教所以能夠如此，人們也許可以解釋成那恰恰是一種傳教的迂迴策略，先以學術來吸引人，終至誘人入教。但在我看來，這卻是天主教文化自有豐富的信仰生命，使他們能自由出入於「世俗」的文化與知識。信仰應該使人更有智慧，拒絕知的信仰，在我是不可思議的。

我真切地感覺到天主教的力量。全世界有組織、體系和信仰，能與共產主義抗衡的，恐怕只有天主教了。

其次，神父的修業養成過程，相當嚴肅、艱辛而漫長，能夠塑造出一些傑出的神職人才。反觀基督教，整個傳道人的養成教育，特別在台灣，似嫌單薄、貧弱；在今日複雜的社會中，單靠熱心，恐怕很難面對現代生活中複雜的難題，也不容易解答現代知識分子心靈中深而巨大的疑惑。

我理解並且相信，知識絕對不能取代救恩，這是毫無疑義的。但我想強調「知」在信仰上的重要性。目前台灣的教會太過反智了。此外，許多牧師除了關心信徒聚會的人數、奉獻金額的增減之外，便是忙著與教會中的有力人士和有力的傳道人[3]周旋，不知不覺汲汲於經營自己的名望，一旦在國外某大學取得未必代表信仰和學識的學位之後，讓別人以「博士」相稱，比別人稱他「牧師」更喜悅。他們喜歡用英文交談，講道時偶爾也喜歡引用英文聖經……。有些人只為了「著作等身」，不斷發表未必能造就人的論文[4]、著作，用信徒奉獻的錢出書，不知不覺中犯了驕慢、自私、誇己的罪……。

耶穌基督的「激進」性

耶穌對傳統猶太教提出了激烈的反叛言論。在當時猶太教和猶太社會的支配思想看來，祂非但是個「分歧分子」，簡直是大逆不道、危險思想者。在主耶穌的時代，人們相信上帝只愛法利賽人及文士，只愛上帝挑選的、世襲的僧侶，所以當耶穌說：「神愛世人」，在當時是石破天驚、離經叛道、動搖社會根本的一句話。這樣一句根本地解放了人的思想的話語，今天在許多信徒和牧師口中卻成了一句順口溜的話而已。

然而，基督的「叛變」不是在世俗的層次。當耶路撒冷城民高唱「和撒那」，將祂迎進城去之後，祂沒有鼓勵人民推翻政權，祂悄然消失，因為祂的王國不在世上。

然而，在教會史上，有許多時候，教會成為國家機器的一部分。有時候，教會在世俗政治中互相敵對的統治階級內部爭議中，選擇了支持其中的一方，卻對被統治的底層人民漠不關心。當然，我們也看到教會史上個別教會曾與窮人、奴隸生活[5]，為反抗不公、不義而蜂起的事實。

在教會歷史上，每一次的改革，都是回到信仰的原點，信仰中的改革和參與運動，力量應該來自信仰、福音和祈禱。就連耶穌基督，上帝的兒子，在釘十字架前都禱告說：「父啊，若是可行，請將這杯移去！」祂不是不怕，而是極其害怕，只因上帝的誥命，接受了為拯救世人所行的犧牲。祂不是膚淺的世俗英雄，匹夫式的「豪傑」。

反抗的基本態度——謙卑

對於目前教會中有一群人願意深切的反省，在腐化的體制內反省信仰本質的問題，我是樂於見到的。教會中的反抗有一個特點——與世界上所有的反抗或決裂不同的——是我們有一很大的力量：信靠與謙卑。時常，走出教會干涉生活的信徒，常常會自以為神賦予我們一條新使命，自我為義，使我們指著別人罵：「你這毒蛇的種類，你這悖謬的世代！」事實上，基督裡的反抗與斷裂，是不得已的，是因為內在的一股聖召驅迫著聖徒去做的。同時，我們應不斷為現世的教會祈禱：「主啊！如果這些教會合祢使用，祢還是用吧。」把自己看得太高，看成上主派來懲罰墮落教會的全權代表，驕慢自義，很容易挫折，終至怨天尤人。教會內的改革有不同的本質，因為從神學上看來，不是「人」在改革，「人」只不過是器皿，這個器皿的特質當然也有憤怒與悲傷，所以教會的改革，即使有忿怒，卻有更多的祈禱、謙卑，甚至猶豫吧。

正視教會的自私心態

二次大戰中當納粹警察到處逮捕抵抗分子，抵抗分子躲進了教堂裡，有些德國神父冒死庇護他們，不是出於單純、同情、和人道，而是出於他相信教會應該是個庇護所，神父對來搜查的納粹說謊，是履行他庇護的職責，然後再為他的謊言懺悔。台灣的教會中對教外人有很濃厚「外邦人」的觀念，這是關門的作風，是一種差別主義，使教會孤立於社會，孤芳自賞。基督應該不是這樣的。

台灣××教會是台灣比較涉入政治的教會，在積極干涉生活的態度上，這個教會是台灣各教會中唯一接近了這異象的教會。可惜的是，該教會較多地受到台灣中產階級的、世俗的意識形態，而不是福音中解放的信息所引導。當若干西方教會在六〇年代末開始為五〇年代以後教會因受到冷戰框架的影響，而對中國、中國人民和中國教會深自懺悔時[6]，台灣教會世俗化的反共、反中國主義，卻一直未受到結算。而事實上，很多無神論者口中並不稱頌上帝，手上卻做了神的教會該做的事。

刺激我反省台灣教會問題的，是我從國外的教會文獻資料中，看到被禁錮、試煉中的中國大陸教會的報導，當信仰基督必須冒生命危險，信徒間的交通那麼隱密，讀經那麼困難，與我們這飽食的、自滿的、傲慢的台灣教會，如何相提並論？受政權優容、為體制而不是為真理服務的教會，也許終有一天要為自己的奢慢付出代價。在體制逼迫下洗鍊的教會，可能反而正是上天的赦免和祝福呢？[7]

韓國基督徒金芝河

我也對韓國的教會感到驚訝：為什麼在一個完全沒有基督教傳統的東方國家，基督教有那麼大的力量？

韓國有一位著名詩人，叫作金芝河，是虔誠的天主教徒，進出牢獄多次，仍然毫不退縮。他從信仰出發，一如歷代的先知，對政治、社會有非常犀利的批判，包括對韓國倚賴美、日所造成社會浮誇、治蕩的風氣，軍事獨裁、對學生運動的鎮壓、對人的不平等待遇等等，寫作一篇又一篇的詩章。韓國政府在國際輿論壓力下[8]釋放他，第二天他仍照樣寫作，不出幾天又入獄。從這裡，我看見福音的大能。

在變動中，充滿矛盾、痛苦的世界裡，教會要扮演什麼角色？菲律賓和波蘭的天主教，十分認真的面對這個問題。這個問題如初代教會一樣，它的分際是十分微妙的，一種是從教會走出來，成為無神論者、馬克思主義者；另一種是秉持非常簡單卻又深刻的福音，去從事抵抗。

日本基督徒矢內原忠雄

在近代日本，有一群高級知識分子與作家主張「無教會主義」，認為教會應回到最起初的信仰，不願受到祭司、長老及人的制度影響。他們認為，教會一旦變成體制，就會受到體制、世俗的制約，至終阻礙進步，教會的體制如同一切人的體制，如果不加注意，逃不出體制化的這個規律；所以他們努力要保持非體制的清醒與天人間的溝通。他們遍查《聖經》，認為上帝並沒有告訴人一定要建築一個有屋頂的、稱為「教會」的建築物，為了要接近真理，他們學習希臘文，企圖從希臘文原典中尋找更接近真義的福音。其中，最著名的一人便是矢內原忠雄先生。

矢內原先生是一位馬克思主義的經濟學家（非共產黨員），當日本在中國戰場上、南洋戰場上節節勝利時，只有他站出來呼籲：日本的侵略是錯誤的，他並且公開禱告說：「主啊，如果祢愛日本，求祢使日本戰敗！」當日本人在大街小巷提燈遊行，慶祝「南京陷落」，日本軍國主義力量急速擴展的時候，只有矢內原教授，孤單的、堅定的，站在街旁，告訴日本人：侵略行為是干犯上帝旨意的，如果此戰能勝，對日本將有毀滅性的影響。

矢內原忠雄先生因此被日本戰爭當局關在牢獄中，直到戰後才獲釋。戰後，大夢初醒的日本人才看出，在整個日本瘋狂對外侵略時，連教會都裝上日本神壇屈膝跪拜，用各種神學去合理化。日本人民這樣歎息：「幸好尚有矢內原先生[9]，否則，百年以後，日本後代子孫如何看待這一段舉國瘋狂的時期？」

為義受逼迫

信仰上帝，不是像台灣的許多基督徒一樣，那麼快樂、無知、自足、物質化，有時甚至是輕慢的……。事實上，很多時候，信仰是拚命的事，要被綁赴刑場，唱著詩歌被送進獅子口；信仰有不得已的時候，必須慷慨赴死。台灣許多基督徒，像是八、九十歲的人，仍然快樂的含著棒棒糖。基督是到世上來受苦的，基督徒活著，也並非為了享受……因為基督自己道成肉身的三十多年生命中，就充滿了飢渴、風雨的吹打、焦慮、憂傷、摧折甚至酷刑和拷打，為的是人的肉體與心靈的解放與自由……

初刊一九八七年七月雅歌出版社《曲扭的鏡子》（康來新、彭海瑩編）
收入一九八八年四月人間出版社《陳映真作品集6・思想的貧困》

---

1 採訪：康來新、蘇南洲、彭海瑩；整理：劉曼肅。

2 「學術力量」，人間版為「文化和知性的力量」。

3 「和有力的傳道人」，人間版無此七字。

4 「論文」，人間版為「神學論文」。

5 「窮人、奴隸生活」，人間版為「窮人和奴隸」。

6 人間版此處有「自己曾為冷戰工具，對中國和中國人民、中國教會傲慢、侮辱的時候」。

7 人間版此處接有「而且，無神論政權對教會一時的壓迫，不正是上主對於長期未在階級社會中教會的持權勢以壓制無告者的歷史的鞭笞嗎？」。

8 人間版此處有「從死刑刑途中」。

9 「幸好尚有矢內原先生」，人間版為「幸好在那個瘋狂的時代，我們有一位矢內原先生」。

基督徒與大眾消費文化

人類生活上的吃、穿、用……，所消耗掉的叫消費。何謂「大眾消費」？大眾（mass）這個字有兩個意義：（一）人數上很多，即消費的人很多。（二）商品生產很多，種類很多。人在長久的生活中，藉著生產許多東西來維持生命、延續種族。但是，未曾有一個社會如今天生產那麼多商品，也未曾有一個社會如今天一般，有全社會規模的人，消費那麼多商品。

生活所需皆商品化

在我孩童時代，家裡的生活所需，有很多還不是商品，而是自己生產、手製的。而今台灣在資本主義下，生產越來越發達，商品開始在生活中占很重要的地位。平常看得到的東西幾乎都是商品。如：頭上所理的髮、腳穿的鞋、眼鏡、手錶、衣服……都是商品。外出時，有自助餐，用很少的錢可以買到三菜一湯，使長期最不商品化的三餐也成了商品。「商品化」是今天社會很重要的特色。商品是現代資本主義社會最基本的單位，無數商品堆積成這個社會。「大眾消費社會」是指一個以全社會範圍來消費商品的社會。

這個大眾消費社會和以往的社會不同。以往在生活中商品所占的比例很小，越現代化、資本主義化，人們對商品的依賴越大。離開商品，就無法生活。

龐大的商品生產量

現代社會的另一特色是，商品的大量生產。人類社會未曾有過那麼大的生產量、那麼多的商品。現代科技的發展，使我們進入大量生產的時代。短短時間內，可以生產很多產品。以往織一匹布要十幾二十天，現在一天可以織好幾千匹布。生產技術的進步，構成大量生產的基礎。每天都有豐富、便宜、多樣的商品在我們的生活中，使全社會範圍的商品消費成為可能。這是現代資本主義很重要的特色，也是「消費」與「大眾消費」不同之處。

我想進一步談大量生產與大量消費的關係。我以一個簡單的公式來介紹現代生產制度與消費制度的基本結構：

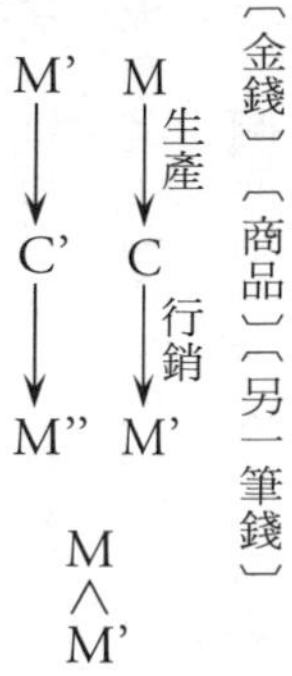

用錢來投資生產，得到一批商品，商品拿到市場上賣，得到另一筆錢。必須$M<M'$，這種生意才有人做，這是第一個生產過程。

第二過程：賺到錢以後，除了發薪水、購原料之外，會拿來再投資，多僱些人、增設些廠房，來生產第二批東西。第二批產品再拿去賣，得到更多的錢。生產、出售、擴大再生產。當然，今天的生意人不會像《聖經》所說無知的財主，天天笑呵呵的去看高高堆積倉庫中的商品。因為他知道：商品不賣出去，利息就跟著來，利上加利，負擔會變得很沉重，一定要盡早賣出去。

用盡辦法，賣出去，賺更多的錢

那麼，這麼多東西如何提早賣出去？今天的「生產」和以往最大的不同，在於過去是按照我們的需要，或不及於我們的需要量來生產。今天的生產則遠超過我們的需要。商品的量多、花樣多。例如，一部電視起碼可用三年、五年，但是，電視機每年都有很多新產品，誘惑我們去買。一部車子用了五年還很好用，但是每年都有許多新車種上市……生產量遠遠超過我們自然與肉體的需要。那麼，如何處理這麼多的產品，就是行銷學的問題了。「行銷」就是，尋找各種途徑，誘惑你去購買，使大量的商品，換得現金。因此，今天有一群專門的人才、專門的組織在動腦筋，引誘我們去買那些商品。舉例來說，美國香菸進口後，他們不以有菸攤擺售為足，他們有周密完整的行銷計畫，銷售的對象可能有兩種人：一是已經在抽菸的人，爭取這種人換抽美國菸。另一個很大的行銷目標是十五—二十歲的青少年。他們的廣告製造出這樣的意象，讓你覺得抽美國菸豪邁、豪爽、有男人氣概，是成熟的人的象徵。這種意象的製造，跨國菸草公司以最好的人才詳細調查、研究，並在大會議室內討論得到結果，絕對不是隨隨便便做成的畫面。

另外，廣告常用的方法是，訴諸權威。例如，一位很有名的雕刻家，雕刻時，喝了一杯咖啡……一個有名的攝影師，拍著照片，喝了一杯咖啡……這是讓我們認為，那些有名的人都喝這個，我們也應該喝這個。

另一種設計，是訴諸舒服、方便……例如電器產品、家庭用品或是廚房設備……廣告的畫面都那麼美。有時我們明明知道自己廚房沒那麼漂亮，仍然會買。

另一個促銷的方式，如百貨公司或超級市場，堆積如山的商品，在燈光下，每件東西都擺設得很漂亮，都那麼誘人，好像不斷的對你招手：「來買我！來買我！」如果你想買個一千二百元的眼鏡，可能身上帶著一千五百元。當你看到其他東西正在大減價，以前賣一千多元的東西，現在只要三百多，自己算計：買眼鏡還剩下三百元，姑且出價看看，這三百元就這樣順便用掉了。如果剛領薪水，口袋飽滿，本來只想買一件東西，結果絕對買了兩、三件以上。這是超級市場很天才的安排。

這種種設計，都是要你掏錢買東西。就是因為今天人類已有能力生產許多超過我們需要的商品，所以商人就用各種行銷計畫，來激發、創造、操縱超出你自然需要的欲望與需求，來購買他們堆積在倉庫裡的商品。本來，上帝賦予我們的需要，冷了穿、餓了吃、下雨躲避，都是很自然的需求與欲望。但是，今天在行銷計畫下，「需要」是經過人工操縱、放大、激發、創造的，個人的需要沒有自由，也不再自然了。

就「行銷」而言，每個市場活動都是每個公司處心積慮的構想、計畫組織而成的。例如，他們要生產一個東西，一定要先定位(positioning)。如桌上這個茶杯，這種質地、這種容量，是普及品，你所定的價格，必須讓每個月收入八千到一萬的人買得起。如果是非常細緻、非常薄，薄得如蛋殼一般，相當漂亮的咖啡杯，一個大概要八、九百塊，這個定位是給那些有錢、生活講究、較有品味的人。香水有一瓶好幾萬的，專門供應貴夫人；也有較便宜的，女工與店員也用得上。商品定位後，必須研究訴求對象。例如口香糖，訴求對象是十五—二十歲的青年男女。這些青年人在台灣的人口有幾百萬？這些人的經濟能力有多大？男性占多少？女性占多少？都必須調查得一清二楚。

接下來，「我這個商品有多少優點？」如這個杯子，很普遍，不算粗糙，價格還算合理。這些優點必須歸納出來，在廣告裡說給消費者聽。至於缺點，也研究得很清楚，不過會將缺點掩飾，將優點擴大。

接著，計算一下，如果一年要用四億來從事生產，拍廣告要花多少？車廂廣告要花多少？僱一些小姐在百貨市場半送半試飲要用多少等等，都有個目標。然後做行動計畫：在報紙、電視、雜誌要刊多久的廣告？在電影院幻燈廣告要做多久？另外還要做預算：如剛才所說的各種行動，在多久的時間內要花用多少？會賺多少？每一種商品的背後，都有一流的人才、有系統的組織，從事很精密、很準確、很仔細的行銷計畫。而消費者，卻是分散而單純的。我們對商品一無所知，看來不錯就買。超級市場有五、六十種牙膏，我們要如何決定該買哪一種？電視上好像常有黑人牙膏的廣告，這種廣告比較熟悉、比較放心，就買黑人牙膏。平時，我們看廣告，或以為「這種東西有誰買？」「這種廣告有什麼用？」但在必要時，真的會發生效用。這是資本主義大量生產經濟結構中才有的商品行銷行為。

現代消費經濟對人心的影響

一、欲望的解放

在這樣的經濟制度、生產促銷制度之下，對我們有何影響？我們不知不覺已進入一個新的道德革命的時代。未曾有一個時代如今天一般，人的欲望得到這麼完全的解放。以往，做媳婦的如果喜歡一匹花布，她不敢跟丈夫講，當然更不敢讓公公知道。在不多久的過去，欲望是一種羞恥，必須壓制。但是今天，欲望成為一種正當的事。透過「廣告」，每個人都告訴你，有現代感的人就要用這個；有sense的人，要買那個；有知識的人，要買這個……無論古今中外，他的欲望在各民族的宗教、倫理、道德中，原都被看成是很危險的，如欲望不好好控制，小可身亡、家破，大可顛覆國家民族。所以每種宗教，包括聖經也是這樣，很多的經節都教導我們，欲望必須看牢、不可放縱。然而今天商品行銷過程中，公開正式的在提倡、鼓勵消費，認為這是榮耀、正當的。人們的欲望成為正大、光明的事。

二、官能的解放

官能是耳目之欲。以往書讀得越多、修行越深的，越應看輕耳目之欲。如果某人愛看美的、愛聽好聽的、愛吃好吃的，人家會批評說：那是沒有用的人、是紈袴子弟……。在過去，感官是一種羞恥，必須控制。但今天不一樣，以電視來說，有彩色的、有立體音響。畫面上，一個歌星會變成兩個或數個，花樣很多，讓你在視覺上得到最大的快樂。你到地下舞廳看少年人跳舞，聽那低音咽咽響、小喇叭嘶叫、鼓聲擂動，少年人樂得要命似的，踴躍躍跳……那是聽覺的解放。又如以往男女之事雖然不盡是罪惡，但非常隱密；以前較特殊的錄影帶，都掩掩藏藏的，現在到處都有賓館或旅社播放，這已不是什麼秘密。

三、享樂主義成為公然正當

以往愛好享受的人，會被人鄙視。我們常說「量入為出」，如果月入一萬二，我們會想：在外地工作，找人共租房子，只要有一張榻榻米睡覺就好了。剩下的錢，可寄回去，或繳學費。現在，一個女孩子月薪一萬三，她捨得花六千元租個小套房，認為「住比較重要」，剩下七千元怎麼生活？到時候泡生力麵，或打個電話：「小張，我今天閒著，出來和我吃個飯。」就解決了！現代人往往超出自己經濟能力去消費。某外國名牌球鞋很好用，一雙一千二，廣告的效果，不僅使住在陽明山、開車打網球的人買愛迪達來穿，做工的人也想：「存三個月的錢，也要買一雙。」中南美洲那麼貧困的地方，一瓶可口可樂售價是他們薪水的十分之一。但是大片的廣告看板，令人心癢，瞞著太太說：「賭輸了錢。」其實，錢拿去買可口可樂喝掉了；用很多錢去買美國進口的糖水喝，覺得「很爽」。這就是行銷的力量。享樂主義在人類的歷史上，未曾如今日一般成為公開、正當、不覺得羞恥的人生哲學，以及被承認的生活態度。

四、在對商品的飢渴與滿足中循環

以往人有許多人際關係的瑣事須處理：父母親人的事、為祖先修墳的事、田裡的事、世俗禮儀的事……等。但是現在，人的一生絕大部分時間都處於對商品的飢渴與滿足不斷的循環中。例如，娶了老婆之後，第二件事就是繳款買房子。厝款一開始繳納，只好要老婆出去上班。房屋買了之後，接下來再分期買輛車子。商品行銷活動使我們對各種商品有非常強烈的飢渴，這種飢渴感從很小的時候就開始。例如電視兒童節目的啾啾口香糖、各種玩具、孩子的食品等的廣告，都能刺激小孩的飢餓感，一直到長大。有了「飢渴」，就想辦法去滿足，滿足後，新的飢渴產生，有了新的飢渴，就努力去得到新的滿足。人生中最有創意、有志氣、有擔當的年紀，都被對商品的飢餓與滿足耗費殆盡。古時候那種勒緊肚子，堅持偉大理想和遠大抱負的青年，已不再有了。

五、虛構的幸福

大眾消費文化也宣導虛構的人生。在行銷目的的經濟制度下，為了鼓勵對物質的追求與飢渴，所以透過文學作品、電視節目、連續劇、電影……建構一個社會、一種生活形態。在其中，青春永駐，人人都很美麗、幸福。電視劇裡，丈夫英俊瀟灑，太太都是溫柔體貼，孩子可愛甜美，家庭幸福美滿，客聽足以作四、五個臥房，豪華的沙發，客廳中央氣派的大樓梯……。劇中男主人不過是公司的中級職員，所過的生活卻是一個月沒有二十萬不足以維持的。美貌、富裕、健康、青春、五光十彩、幸福，如夢般虛構的生活形態，使人對像《人間》這種反映人生真實生活的雜誌感到反胃。「每天勞累工作後，想看些輕鬆的，看了這種書，心情很沉重，不喜歡看。」消費文明已塑造我們的胃口，讓我們寧願相信一些虛假的東西：虛假的幸福、虛假的富裕、虛假的健康、虛假的美貌……。以往，人們都把「祝福」看得很難得，當作是內心期盼的事。如佛教徒苦修，希望討個好媳婦、娶個好老婆、來世出生於富人之家，認為別人子孫富裕是由於祖先有善行。所以，那不是自己所應有的。自己必須苦修，來世才有那種祝福。對基督徒而言，必須確信上帝，一輩子遵從上帝的教訓，才有那種祝福，而不敢將幸福視為自己現世現時所能擁有。但，今天不是如此，人們僅注重現實的生活，現世現時不管是否有能力，都要過那種豪華的生活。

六、金錢幾乎已能買到一切

金錢自古以來固然有很大的作用，但在過去，人生當中有很多事物、很大範圍，是金錢無法交易的。藝術家也很有氣質，窮得喝粥配鹹菜時，你買他的畫，他還要看你分量夠不夠。不懂藝術的，他絕對不賣。人類有很長很長的時間，錢不一定能解決一切。但是今天不一樣，在醫學院滿腦子史懷哲奉獻、犧牲理想的青年，在當實習醫生時，看多了桌下拿錢的惡習，也開始接受藥商的請客。此類為錢而腐化的例子很多。甚至藝術界也一樣。李梅樹、李石樵這些老一輩的藝術家，沉默、寡言、不會交際，做太太的必須張羅吃的、用的，孩子一大堆，急需用錢，卻不敢拿他們的畫去賣。藝術品不能隨便賣。現在的年輕人，還不夠分量，藝術學校剛畢業就到處開畫展、拉關係在報上寫畫評、發帖給那些董事長……等。以往藝術家所引以為恥的事，現在都習以為常；這都是錢的緣故。甚至，有的為了錢賣女兒入煙花。這麼悲慘的事何以發生？是因為金錢在現實的生活中太重要了。以往，身上沒錢，還可以在外行走，路旁總有免費的茶水。小時候，我家總有外地人路過，祖母、伯母趨前寒喧：「你從何處來？」說著說著，大家掉眼淚，急忙盛碗飯給外地人。這種對外地人的關愛、人的道義、義理，使口袋沒錢的人，也能離開故鄉，外出行走。今天出門，坐公共汽車需要錢、買杯茶水需要錢，絕對沒有免費供應的可口可樂，因為商品是必須用錢去交換的。這是商品堆積而成的社會，是依賴商品生活的。我們對商品的依賴越大，對現金的依賴也越大，就會想盡辦法去賺錢。丈夫上班以後，太太在家糊紙盒也好。太太會記帳，出去賺個八千、一萬二也好。現在工作賺錢並不是為了沒飯吃，而是在累積現金，累積現金是為了把更多廣告中的商品據為已有。

七、消費成為一種制度

不知不覺中，消費成為一種制度。以前是有錢才買東西，或有預算才買東西。今天是靠

「購買」來生活。「購買」已成為一種強迫性的行為。有些太太抱怨：「隔壁張先生比你行，中興大學畢業的，現在有兩部車子。他一個月賺多少錢。誰像你！」消費成為一種比較，「人家有車，我們也要買車。」「人家買房子，我們也要買房子。」「人家穿那種衣服，我們也要買那種衣服。」

剛才所講的七點，不僅只是「人心敗壞」、「物欲氾濫」的問題而已。孔子的時代，沒有那麼多的生產，物品沒那麼豐富，當然不能大量耗用，所以花用過度的人，被視為不肖。今天整個制度變了，生產制度與消費制度也不同往昔。人在此環境中，必然受到這麼多的誘惑，反而是能反抗這種潮流和趨勢才奇怪。所以重要的是：今天人類的欲望與需求，已不是「道德敗壞」的問題，而是根本制度下的產品。這不是單以祈禱或信上帝就能解決的事。「野地百合花，也不紡織，麻雀不耕作，上帝仍給它們飽食、華衣。所以不要憂慮吃什麼、喝什麼、穿什麼。」這句話對現代人已經沒有啟示。人類的欲望已不是自然的。人對物質的需求，不知不覺受到行銷活動的操縱。廠商不是用槍威脅你「必須購買」，而是以很甜美的行銷和廣告，使你很情願的、拚了老命也要想辦法去買，標會、分期付款也非買不可。分期付款本身就是虛構的所有權，是超乎你的能力去購買的制度。

消費人的特質

「消費人」是近代社會學的新名詞。在大眾消費社會中，人的本質已經改變，而產生「消費人」這種新的種族，雖然這個種族似曾相識，但本質上卻已改變：

第一個特點：這個人種對商品很敏感，非常愛流行，嗜好購物，對商品非常飢渴。

第二個特點：就是以其畢生精力，一生中最美好、最有氣魄、最有體力、最有創意、最有正義感的時期，耗費在賺錢購物之間，無形中，成為很大的損失。無止境的賺錢、購買，成為人生最重要的目標。甚至教授、學者也可被收買，發表假的報告。

第三個更嚴重的特點是「無聊」。因為不斷賺錢購物，對商品永無休止的飢渴、滿足，最後，突然發現人生無意義。外國雜誌有一篇文章說：在美國的社會，牧師已沒有多大的作用。人內心有什麼苦悶鬱積，不是找牧師，而是找酒保；在那喝酒如同喝茶的地方，兩杯下肚，把自己的痛苦、挫折、恥辱都說給酒保聽，將自己內心的汙穢、痛苦、牢騷全部向漠不關心的酒保傾吐。而酒保一邊擦杯子，一邊嗯嗯哼哼的「聽」著。隔天見面還是互不認識的樣子。人生變成一股漫長難挨的時空，覺得不知如何打發這些長久的時間。這是新的悲慘，人已經活到須「度日子」的時候，時間變成很沉重而殘酷的負擔。以往，人雖然生活困苦、貧窮，但心中有一些目標或信仰、義理、人情，如對子孫的責任、對人類的責任——可以活得很美、很有尊嚴、很有智慧。現代人不愁吃、穿、用，在不斷的物欲、官能、欲望的滿足後，心中空虛，人生失去目標。不知日子怎麼度過，已成為現代人很大的苦刑。

社會思想家馬庫色曾說，今天的消費人是「單向度的人」。以往，人是「立體」的。除了吃、穿、用、生子傳嗣外，他還有能力去愛別人、關心別人，會生氣，有創意，敢反抗、敢表示不滿。今天的人是消費的機器，只關心消費，對人冷漠，不關心別人。以前的人感情豐富，會愛別人、關心別人，將別人的痛苦當作自己的痛苦，將鄰人的歡喜當作自己的歡喜。這個人種已經沒有了，現在新的人種，只顧自己。鄰人、兄弟，甚至父母之事都不管。對人類而言，這是很大的損失。人的向度越來越少，人成為平面的人，只剩下一面，這個面是對物質的欲望。其他例如愛、義憤、同情等美好的德行已經沒有了。

對於物欲，《聖經》怎麼說？

面對這種新的生產及消費制度所帶來整個道德意識的變化，教會及信徒一定也受影響。基督教對財富、官能的欲望不是亟亟追求的態度，而是教導我們必須節制、必須小心。〈路加福音〉十二章十五節：「你們要謹慎自守，免去一切的貪心。因為人的生命，不在乎家道豐富。」意思是說，不要對物質（商品）有那麼大的欲望、貪心。我們在乎的是生命，生命比財富更寶貴。另外〈路加福音〉十二章提到無知財主的故事。上帝對財主說，如果沒有生命，你的財物有什麼用？生命在此並不是指狹義的肉體，而是指人的靈性、人的靈魂。人的靈魂如果滅亡，財寶還有什麼用？另外，《聖經》還教導人，不要為自己積聚財富，為自己積聚財富的人，在上帝眼中是貧乏的人。〈路加福音〉裡還有：你們不要為吃、穿掛慮。野地的百台花、麻雀，不紡織、不耕種，上帝讓它們吃得飽、穿得美好。最後的結論是生命勝過衣食。所以《聖經》上說要先求上帝的國，則所有物質的需要，上帝會為你預備。還有一個重要的教訓：賑濟貧乏的人，就是為自己準備不會腐壞、用不盡的財富在天上。當然財富在此不是指現世的金錢，是指信仰及靈性。〈馬太福音〉六章也有一處嚴厲的教訓：你們不能事奉上帝，同時又事奉金錢、財利，這兩個不能同時並存。〈馬太〉六章十九節有地上財寶與天上財寶的區別。又，從上帝所生的必須勝於世界。生命使我們有能力勝過物質欲望。〈提摩太前書〉六章有記載：「那些想要發財的人，就陷在迷惑，落在網羅，和許多無知有害的私欲裡，叫人沉在敗壞和滅亡中。貪財是萬惡之根，有人貪戀錢財，就被引誘離了真道……」這些在其他宗教中並不是新的道理，但《聖經》卻比較嚴厲，不斷的警惕我們不要落入物質的網羅。因為物質的欲望會帶來沉淪、墮落。這許多經節可歸納成下列幾點：

(一)對欲望、官能採取禁抑、節制的態度。

(二)面對欲望，並不是完全無助。雖然欲望有那麼大的力量，但是信仰會勝過欲望。

(三)物質的欲望引起許多罪惡，物質常是萬惡之根。

(四)廣義與狹義財富的觀念。真正的財富是靈性、精神的豐富，不是物質的滿足。故有天上與地上財富之分。

(五)信仰與財利不能兩全。

(六)要守窮。信徒要在物質上守貧乏的生活。「將所有的賑濟窮人，才能跟從主。」世上的美是虛假的(〈箴言〉)，在這消費社會所看到的美貌、青春、健康、財富……，這些東西是虛構、虛浮的。敬畏耶和華才是真實的，一個有信仰的人能自由進出於欠缺與豐富之間。一個牧師不會因哪個信徒較有錢，就對他較好，也不會因受派在較富裕、財政充足的教會就高興，而派在海邊偏僻的教會，就愁慮。在富足時，怡然自得。在欠缺時，依然自在無憂。一個有信仰的人，富足與貧乏都能怡然進出。

教會面臨巨大的挑戰

在這消費主義的生產制度下，教會面臨很大的挑戰。雖然台灣屬第三世界國家，在國際經濟學上，台灣屬於ＮＤＣ（新興發展中的國家）。這種國家，經濟本質上雖然依賴外國的原料、市場、資本，對強國的依賴度很高，經濟無法獨立，但它的收入也很多，與先進國家相當接近。這與貧窮的菲律賓、泰國、南非差別很大——在那裡教會正義的火燒得很旺盛。在那裡，誰是敵人很清楚，如外來帝國主義者、本國買辦主義、傀儡政府、本國內的封建勢力。因為敵我分明，因為生活很困苦，所以教會有很大的力量、很大的異象，可以面對貧窮，高舉人權正義的力量。但是台灣非常不同，在國際政治、經濟上，台灣和上述國家一樣，但我們是一個富裕的社會；富裕的社會產生富裕的教會，教會富裕後就產生很多問題，需要我們去深思默想、尋找解答。例如，今天牧者本身已開始變化：會友都那麼富足，牧者也要生活；他也有孩子，孩子也要學鋼琴、芭蕾……。物質豐富後，現在的牧者較敢拿人家的，或接受人家的招待。在消費主義的社會下，覺得受招待、拿人家的是應該的，過這種水平的生活也是應該的。因為經上不是說嗎？信徒應當負擔使徒的所需……這種想法不一定錯，當物質對靈命有助益時，我們當然不抗拒。但是《聖經》教訓我們，當物質影響到靈命時就必須多加考慮。社會發生許多奇奇怪怪的事，與富足有關；今天這種現象也產生於教會裡。富足對教會當然很好，但是常常在物質與靈命取捨之間，分寸不易把握，有時會被物質所勝。在祈禱、思想、價值標準上，往往被物質所勝，被巨大的建築、設備、奉獻、教會附設事業……所勝。當然，上帝的祝福不僅表現在物質的興旺上。我所要強調的是：在大眾消費時代大眾消費社會中的教會，必須儆醒，應該對物質有所儆醒。

基督徒面臨巨大的挑戰

我有一位七、八十歲的外省朋友，年輕時正值軍閥時代，他說軍閥時代的政府也沒有今天這麼墮落腐敗。並非現在的人素質比以前差，而是中國的社會未曾有如今這麼富裕過。國家的稅收增加，政府所掌握的經費多，分配各地做建設的機會也多。發包工程，問題就都來了：各鄉鎮政府、民意代表都有油水。錢氾濫、交際氾濫、物質氾濫。我的那位老朋友說，中國未曾有時代如今天這麼不知廉恥，敢拿敢要。

信徒很多時候也面臨相同的誘惑。這種錢可以拿或不可以拿？可以賺或不可以賺？這種事可以做或不可以做？生活上的誘惑強大，到教會去時，內心充滿矛盾、痛悔，回到現實生活裡又沒有能力勝過那些誘惑。也不敢對牧師說，因為牧師常扮演責備的角色：「你不能這麼做。」但不這麼做又不行，他的工作就是整天需帶人去交際喝酒，才有生意，有生意才有業績。我們的孩子自小上主日學，長大後當了導遊卻帶日本人到煙花街觀光，在那種地方賺那種錢。我們為他祈禱說：「上帝啊！求你幫助他找一個較好的工作。」不願祈禱說：「不要讓他做這個工作。」心裡想，這麼好賺的錢，不賺有點可惜。這種不知如何是好的情況，問題越來越複雜，不是單純以讀經、祈禱、默想就能解決。若非思想或信仰上有很大的亮光或認識，是無法解決的。而我們總是一天拖過一天，不知如何是好，隨波逐流。心想，反正教會又沒問題，信徒增加，奉獻也越來越多，總算上帝祝福，其他的隨它去吧！如此信徒與教會都面臨很大的問題。

從守窮得到力量

天主教有所謂守窮。雖然全世界對德蕾莎仁愛修女會的奉獻相當龐大，財團、基金會、藥廠，大量的供應她（因為她的事工太美好），但是她們還是過守窮的生活。例如，她們要去松山療養院替病人洗澡，身上一定只帶兩張車票，或帶僅夠買兩張票的錢。萬一車票丟了，只好以走的來去。吃的方面，去麵包店求乞，得到些做三明治切剩的麵包屑，簡單煮個菜湯來吃。信徒捐贈的罐頭，她們歡喜領受，但統統轉送給別人。又如，佛教的釋迦離開富庶的王位，捨去王子的身分，建立佛教的文明，主耶穌沒生在富貴的人家，卻以石為枕，以狐狸的洞穴為榻。守窮可能是保持我們靈命富裕所必要的途徑，所以德蕾莎修女有那麼美的事工，為臨死的人洗澡，讓他們安穩、尊嚴、清潔的死在修女的懷抱中；抱回棄嬰撫養。在守窮的生活中去活生生的實踐耶穌的教訓。那麼美的能力，可能就是由守窮的操練而來。信徒也是消費人，教會也是消費社會條件內消費人集合而成的；面對這種挑戰，教會需要什麼新的亮光，這是教會與信徒很迫切的問題。

最後我個人還有兩個想法：

教會應擔負先知的角色

第一，教會應擔負先知的角色；從歷史上來看，教會永遠有兩種。在耶穌的時代，一個是主耶穌的教會，是貧窮人、被踐踏人的朋友，也是妓女、稅吏、痲瘋病人或盲人的朋友。另一個教會注重儀式、排場、衣著、知識、儀文等，如法利賽人。教會也一樣，時常擔負兩個互相矛盾的責任，一方面與現體制結合，為體制辯護，為現存的體制及權柄合理化，說：「你們要順從有權柄的人，因為權柄由上帝來。」或：「你們要尊重有地位的人。」地上的權柄利用教會去維持體制的合理性，維持體制受百姓的擁護。但也有很多教會像耶穌時代的教會，是窮人、受逼迫者、被遺棄者的朋友；是受踐踏者的教會。今天不論先進國或第三世界的國家，教會已漸漸在充滿矛盾與變遷的世界中覺醒，去擔任先知的角色。今天，世界上許多得到異象的教會，從事反種族歧視、反侵略戰、反核、反帝國主義……的工作，都發出很大的力量。以往美國的教會如果有黑人進來，白種人就跑開，認為黑人是該隱的後裔，是上帝所咒詛的。六〇年代，在馬丁路德金恩牧師領導下，以祈禱、唱詩、非暴力去面對警方的暴力，而爭取黑人的權益，使美國的黑人終於得到較大的、新而實質的解放。雖然教會的確很難不受世俗意識形態的支配，但今天面對全世界和平、反核、反南非種族歧視的事實，也有不少教會神職人員，不論新教、天主教、平信徒、宣教者，為正義、人權挺身而出。第三世界更是如此。菲律賓柯拉蓉不流血的革命，在唱頌榮詩歌、唸玫瑰經、手舉馬利亞聖像之下，完成革命。又如波蘭教會對波蘭團結工會的領導，或尼加拉瓜、拉丁美洲……等地方，神職人員也勇於與不義抗爭。

台灣四十年戒嚴制度下，教會是最受行政權優容的團體之一，言論不必受取締、出版物不必受檢查；教會受有權柄者的承認及優容，所付出的代價就是不敢批評。對於無神論者所致力反對的不義，教會反而保持沉默。教會本該比世俗有更高的道德標準。《聖經》說心裡動竊意、動淫念即已犯偷竊罪及淫亂罪。《聖經》所說的罪（英文是sin）是抽象的，而一般所說的罪（crime）是物證、人證，世俗法律所辦的罪；sin比crime的範圍及水平高多了。但今天教會卻相反。那些非基督徒都認為不應該且不能忍受的諸如剝削、帝國主義侵略、破壞環境，一般教會卻反而保持沉默。因為我們受到權力優待、庇蔭，所以用我們的正義感去交換。這情形不僅台灣如此，在全世界許多地方的教會，也常常為權柄者修飾、裝飾，為它說好聽的話。我們的教會缺乏對社會、對歷史的分析與批評。教會一方面有個正義的傳統，但對現代的社會和歷史缺乏分析批評的理解。教會應該脫出六〇、五〇年代冷戰的心態，認為「那是社會主義」、「那是社會福音」、「那是不信上帝的人」，因而切斷教會與社會運動者、民族解放者的溝通。我並不是提倡將世俗的主義智慧來代替福音，我們深知世上的智慧與主義不能成為救恩，但面對這麼複雜的社會與世代，教會不能單憑祈禱、默想，就對受痛苦的人說：「願你平安。你可安然回去。你雖很痛苦，上帝祝福痛苦的人，祝福走頭無路的人。」這是不能解決問題的。

兩種形態的教會

基督教福音最大的祝福是道成肉身。基督教上帝不是高高在上接受讚美、接受奉獻、接受崇拜的上帝。與其他宗教不同的是：道成肉身，從聖靈的位格成為人，與人生活在一起數十年，與人交往，吃人的米糧，受風吹日曬，受權力的壓迫。這其中有什麼大啟示呢？道成肉身，除耶穌成為肉體的人之外，也可擴大解釋為耶穌親自進入人的生活，親自去體會人的歷史，去完成救恩。這是何等大的福音與啟示，新時代的基督徒應該緊緊抓住這個啟示去發揮。從這個啟示開擴眼界，發展成較具批判的先知的教會。基督的反抗是安靜的、溫柔的、虔誠的，是不得已的。耶穌在客西馬尼園流淚的祈禱：「父啊！如果能夠，請使這杯離開我。但如果是祢的旨意，我願意接受。」基督徒會怕、會恐懼。古時候先知也是很怕、很煩惱。是上帝要他說話，他不得不說。教會也是。基督徒的反抗是安靜、溫柔，但卻堅定的，他們的反抗可能需要許多俗世歷史學、社會學、分析的智慧。但是他們的力量是從信仰本身、從福音本身、從祈禱而來。

台灣社會有許多其他民間宗教問題的興起，是因為基督教會沒有盡責，負起批判和先知的角色。如果基督的教會不能好好注意這一點，可能民眾將仰望無神者或別的宗教等待解放。

另外，教會在傳福音時也要考慮到本色化的問題，以向山胞傳福音而言：我們需要進一步反省，我們是不是站在漢人的基礎來傳？我們是否尊重他們本身的儀式或信仰？我們是否完全照漢人的形象在改造山地人的信仰，一如白人來到亞洲所做的？也許我們給予山地教會的印象是白人的耶穌，或中國人、福佬人的耶穌。是否我們在毀壞他們的習俗、傳統、文明的代價之下傳耶穌？

再來，教會對帝國主義，對西方過去傳教的歷史和經濟、政治上的干涉，未曾提出批判。今天的教會似乎是以中產階級為主幹的教會。所以中產階級的意識形態是否會取代了上帝的真理？

主耶穌曾說過：「你當捨去一切財利，賑濟貧窮人，你還要來跟從我。」然而，要如何更開闊的解釋，以自由、得勝的態度去看財利、物質，然後如何賑濟窮人？不只是用錢，例如現在少數基督教團體所從事漁民的、監獄的工作，都能較廣泛的解釋為對受壓制的人的賑濟；而後，跟從主，亦即對物質主義、對受壓迫者、對無辜者表現我們的態度，然後跟從主——這個信息要如何重新解釋，可能是今後教會所應該走的方向。

最後，我們切記，永遠有兩種形態的教會：一個教會是穿著華麗、引經據典、談天說地、有地位、有名聲的教會。但耶穌永遠站在另一個教會——引導那些不受現代文明祝福、受欺壓、侮辱、踐踏、不幸者的教會。而我們選擇哪種教會？

初刊一九八七年七月雅歌出版社《曲扭的鏡子》（康來新、彭海瑩編）

陳映真全集（卷九）

THE COMPLETE WRITINGS OF CHEN YINGZHEN (VOLUME 9)

作者　陳映真
全集策畫　亞際書院．亞太／文化研究室
策畫主持人　陳光興、林麗雲
執行主編　宋玉雯
執行編輯　楊雅婷
小說校訂　張立本
版型設計　黃瑪琍
排版／印刷　中原造像股份有限公司

出版者　人間出版社
發行人　呂正惠
社長　陳麗娜
總編輯　林一明
地址　108台北市萬華區長泰街五十九巷七號
電話　886-2-2337-0566
傳真　886-2-2337-7447
郵政劃撥　11746473．人間出版社
電郵　renjianpublic@gmail.com

初版一刷　二〇一七年十一月
定價　一萬二千元（全套不分售）
ISBN　978-986-95141-3-2

國家圖書館出版品預行編目（CIP）資料

陳映真全集／陳映真作. -- 初版. -- 臺北市：
人間, 2017.11
23冊；14.8 ×21 公分
ISBN 978-986-95141-3-2（全套：精裝）
848.6　　106017100